不憫王子に転生したら、獣人王太子の番になりました

Character
登場人物紹介
リカルデロ
リオンハネス国の王太子である獅子の獣人。
ヴェッラネッラ王国との戦争に勝ち、王国に乗り込んできた。
クラフトクリフ
ヴェッラネッラ王国の第七王子。母親の身分が低いため、虐げられているが、日本人大学生だった前世の記憶を頼りにどうにか生きている。

ディボラ
ヴェッラネッラ王国の王妃。
クラフトクリフの継母。
アランネラ
アレンジロの娘。
アレンジロ
リオンハネス国の王で
リカルデロの父。
ジェインネラ
クラフトクリフの同母の姉。
アレンジロ王の妃になり、
アランネラを産んだ。
ヤッカ
リカルデロの部下。
黒豹の獣人。

目次

不憫王子に転生したら、獣人王太子の番になりました

1

ゆらゆらと水中に漂《ただよ》うように微睡《まどろ》む。薄く目を開けると、揺らめく青いカーテンが見える。あぁ、水の色だ。

僕が水底に沈んだのは、とある夏休みのことだった。大学のサークル仲間と河原にキャンプに行ったのだ。

絶好のキャンプ日和《びより》。青い空と森の緑のコントラストが綺麗だったな。川が増水するなんて、誰も思っていなかった。持ち込んだビールをたらふく飲んだ先輩が、ふざけて川に飛び込む。けれど、穏やかに見えた川面《かわも》の下は濁流で。今思えば、上流で雨が降ったのだろう。そんなことに気づきもせず、焦った僕は先輩を助けようと川に入った。

泥のように汚れた水が最後の記憶だ。どうせなら綺麗な青い湖が良かったなんて、どうしようもないことを思ったのを強く覚えている。

そんな夢を見た。

前世の夢だ。溺れる前に食べたバーベキューの串焼き肉が恋しい。それほどお腹が空いている。最後に食べたのは、昨日の朝食だった。今朝は何かもらえるだろうか。

ヴェッラネッラ王国の王子として生まれたのに、今日の食事の心配をしなけりゃならない。それが僕の日常だ。

のそのそと硬いベッドから起き上がり、冷たい石造りの床を裸足《はだし》で歩く。スリッパなんてない。僕には与えられていないからだ。スリッパどころか食事も満足にもらえていない。

寝室から出ると、ちょうど居間の扉が開くところだった。寝室といっても、三畳ほどのウォークインクロゼットみたいな場所を勝手に寝床に決めているだけ。

「おはよう、クリフ。今日はりんごが手に入ったわ。デザート付きよ」

姉上がトレイを掲げて軽やかに言う。給仕の真似事なんて王女がすることじゃない。

「姉上……また、王妃様に『これだから下賤《げせん》の者は』って罵《ののし》られるよ」

ジェインネラ姉上はとても美しい。王妃様は僕らの亡くなった母上にそっくりな姉上が大嫌いだ。だから嫌がらせで、姉上は町娘よりみすぼらしい格好をさせられている。もっとも、姉上は長い黒髪をおさげに編んで洗いざらしのリネンのワンピースを着ていても極上の美人だ。

「王妃様のお話は止《や》めましょう。気が滅入《めい》るわ。りんごは夕食用に隠しておくとして、パンとスープは今のうちに食べておしまいなさいな」

「いつもありがとう」

僕は姉上にお礼を言って小さな椅子に腰かけた。スプーンに伸ばした自分の手が、骨と皮だけなのがやるせない。王妃様の虐待の賜物《たまもの》だ。

姉上は父王が政略結婚の駒にすると明言しているので、美貌を損なわせるわけにはいかない。代わりに僕を虐《いじ》めることに、王妃様は人生の楽しみを見出しているようだ。

「ありがとうなんて言わないで、わたくしの可愛いクラフトクリフ。もっとたくさん持ってこられたら良かったんだけど」

姉上のキラキラ輝く青い瞳が涙で潤《うる》む。

僕らは母上が亡くなってから、二人で手を取り合って生きてきた。僕の中に眠る、前世の知識を糧《かて》として。

ぶっちゃけ母上が存命だった頃から、知恵という名の僕の前世の記憶は大活躍だった。社会経験はほとんどない大学生までの知恵だったが、軟禁されて育った僕を大いに助けてくれた。

僕らの食事が抜かれ出した際は、何かの催しもので父王に挨拶する場で無邪気を装《よそお》って『姉上はこんなに美しいのだから、いつかよその大きなお国にお嫁に行ってしまうのでしょうね』と言ってやったのだ。

あの時の王妃様の般若《はんにゃ》のような表情は忘れられない。国王である父上は僕の言葉を聞いた途端に顔色を変えた。姉上の使い道を瞬時に算段したのだ。変なところに嫁《とつ》がされる危険はあるが、数年の時間稼ぎができた瞬間だった。

一方、僕はほったらかされた。七番目の王子の使い道は思いつかなかったらしい。

父上は姉上の様子を見るようになり、王妃様は継娘の食事を抜けなくなる。代わりに僕への虐待が加速した。

僕の食事は基本的にない。姉上が自分の食事を分けてくれるので、食いつないでいる。以前はもっと堂々と持ってきてくれていたが、最近の姉上の食事は監視されているらしい。残すと監視役の王妃様の侍女が給仕をする小間使いを折檻《せっかん》すると聞いている。姉上自身を痛めつけるわけにはいかないし、優しい姉上を追い詰めるには小間使いに身代わりをさせたほうが効果的だ。

王妃様はよっぽど僕らの母上が嫌いなんだな。彼女だってそこそこ美人なのに、意地悪を思いついた時のその表情は、じめっとしていて気持ち悪い。

「スープ、よく持ってこられたね」

「使用人が食べる賄《まかな》いよ。小間使いに分けてもらったの」

姉上はたまに見せ物よろしく夜会に出席させられていた。その時に殿方にちょっとしたアクセサリーをもらうことがある。それを小間使いに小遣い代わりに下げ渡して、見返りに食事を横流ししてもらっているんだ。

「わたくしの食事に出される具のないスープでは、お腹に溜まらないでしょう?」

確かに透き通った上澄みだけのスープじゃダメだな。けれど、肉だ野菜だとメインディッシュを掠《かす》め取《と》ってくるのは難しい。

賄《まかな》い用のスープは肉も野菜もごっちゃに煮込まれていてシチューみたいだ。ほんのり温かさが残っている。これはかなりいい部類に入った。

「うん?　ちょっと味が変わった?」

僕の舌は侘《わび》しい食事を堪能《たんのう》するために、些細《ささい》な味の変化を感じられるようになっていた。知らないスパイスが入っている気がする。

「フラッギンから珍しい香辛料が入ってきたのよ」

「フラッギンって、隣国の？」

フラッギンは僕らが住んでいるヴェッラネッラ王国と国境を隣接する国だ。あの国も王制をとっている。

両国は主に人族が住んでいるが、外《と》つ国《くに》には獣人族がいるそうだ。父上や王妃様は獣人に対して差別的な発言しかしない。

それはさておき、フラッギン王国とは隣り合わせではあるけれど、仲が良いとは聞いたことがない。むしろ境界線を争って小競《こぜ》り合《あ》いを繰り返しているはずだ。

僕は姉上からこっそり差し入れられたノートで勉強して、それを知っていた。

「お父様は最近、国外に目を向けていらっしゃるわ。民は貧困に喘《あえ》いでいるというのに、何を考えていらっしゃるのかしらね」

ゆっくりと食事をする僕を見ながら、姉上はため息をつく。

僕はろくなものを食べさせてもらえていないし、姉上はリネンの寝衣みたいなワンピースしか与えられていない。夜会の時はドレスが用意されるみたいだけど、それだって上に四人いる姉上たちのおさがりだ。

王妃様は母上以外の側妃たちには寛容だ。僕らの母上が亡くなって十年経つのに執念深い。

父上は王妃様と五人の側妃の間に王子が八人、王女が十一人。国民がひもじい思いをしているのに、僕ら以外の王族は我が世の春を謳歌《おうか》している。

「国外に目を向ける？」

姉上は国民の生活を憂《うれ》いているようだ。

「まさか戦でも始める気？」

「そう聞いたわ。お父様にはっきり言われたもの。最も戦功を上げた者に、わたくしを下賜《かし》するのだそうよ」

「下賜《かし》？」

遂《つい》に時間稼ぎが終わってしまった。姉上は降嫁ではなく褒美として下げ渡される。相手が既婚者でも構わないってことか。実の娘になんたる仕打ちだ。

「ええ。でも、大丈夫よ。多分下賜《かし》なんて実現しないわ。どうせ負け戦ですもの」

父上はどこと戦うつもりなんだろう。フラッギンじゃなさそうだ。香辛料を輸入するくらいだし。

首を捻《ひね》っていると、廊下でガヤガヤと人の気配がした。ここは王子の居室らしからぬ安普請《やすぶしん》なので壁が薄い。姦《かしま》しいお喋《しゃべ》りは王妃様の末娘である第四王女のものだ。

僕は朝食をトレイごと戸棚に隠した。見つかると金切り声を上げられるからね。何度も酷い目にあって学習している。

「ジェインネラ！　クラフトクリフのところにいるのはわかっているのよ！　出ていらっしゃい！」

出ていらっしゃいと言いながら、ズカズカ入室してきたのは王妃様と第四王女だった。王女の名前は覚えていない。異母姉に対して薄情だと言うな。唾《つば》を吐きかけてくる人の名前なんてどうでもいい。

「相変わらず狭くて埃《ほこり》っぽい部屋だこと」

王妃様が顎《あご》をツンと上げて言った。唇の端がニュッと吊り上がって半眼で僕たちを見下ろす。隠しきれない愉悦が透けて見えた。失礼だな。狭いのはどうしようもないが、埃《ほこり》っぽくはないぞ。なにしろ部屋から出してもらえない僕は、掃除しかすることがないからね！

「ふん、目ばかりギョロギョロして気色悪い。なぁに、そのキラキラした瞳。くり抜いてあげましょうか？」

これは褒められているのか？　ビー玉を欲しがる子どもみたいなことを言われても嬉しくない。腹は立つが反応すると面白がられるから、じっと我慢だ。

「何かご用ですか？」

「生意気な口ね」

姉上がおっとりと尋ねると、第四王女が目を吊り上げた。絹のドレスを着た第四王女よりも、リネンのワンピースを着た姉上のほうが気品がある。底意地の悪さって隠しようがないんだな。

「陛下が遂《つい》に進軍なさいました。曙《あけぼの》将軍がお前を迎え入れる準備をしているそうよ。ほほほ、英雄色を好むと申します。お前のために狐の毛皮で襟巻《えりま》きを作ってくれるのですって」

「うふふ、薄汚い獣人族の尻尾は、あなたにお似合いね」

言うだけ言って、母娘はさっさと出ていった。何しに来たんだ？

僕たちは情報に飢えている。大事なことはとくに知らされない。でも例外がある。僕たちが不幸になりそうなことは、嬉々として王妃様が教えに来るのだ。今も、彼女たちは嫌がらせのつもりだろうが、ポロリと重要な情報を落としていった。

「曙《あけぼの》将軍ねぇ」

激しくダサい二つ名、誰がつけたんだろう。彼は将軍というよりバーサーカーらしい。一揆の鎮圧に赴《おもむ》いて農具を手にした農民を皆殺しにした挙句、自軍の兵士も斬りまくったと聞く。死に別れた三人の妻は病死と届けられているが、誰も信じちゃいない。四人目も行方不明だそうだが、もういないというのが使用人の噂話だ。

この部屋は洗濯小屋に近いし隙間だらけだから洗濯係の話がよく聞こえる。彼女たちは手を動かしながら口もよく動かすので、情報を仕入れるのにはぴったりだ。

そんな曙《あけぼの》将軍のところに嫁に行くなんて、死にに行くようなものだ。

「姉上、本当に下賜《かし》されそうになったら、僕を放って逃げてね」

枯れ木のような僕の手足。柔軟は欠かさないし部屋の中を掃除しがてら身体を動かしているが、走ったり跳んだりできるとは思えない。エネルギーが足りずいつも寒いし、走れば三歩で足がもつれる自信がある。朧《おぼろ》げな記憶の中にいる幼い僕は、今の僕と比べてとても健康だった。あの身体があれば姉上と一緒に逃げられるのかな。

「お馬鹿さん。わたくしのたった一人の可愛い弟。言ったじゃない。どうせ負け戦だと。わたくしは皆と一緒に断頭台に登るだけ」

曙《あけぼの》将軍を大将にして向かった先は、獣人の王が治める国だろう。第四王女が狐の毛皮と言っていたから、間違いない。

僕の部屋にある書物には獣人について書かれたものもある。種族によって特性はあるが、ほとんどの獣人が人族よりも強靭《きょうじん》な肉体を持っているという。人族が安心して暮らしていられるのは、獣人族が縄張り――国から出ないおかげと書いてあった。その本は人族に都合の悪いことばかりが書いてあるため、禁書扱いされている。この部屋にはそんな古い本が投げ込まれているのだ。

「あなたこそ、お逃げなさい。どう見たって王族には見えないもの。お目こぼしされるかもしれないわ」

洗いざらしのリネンのワンピースを着た姉上は、品良く微笑《ほほえ》んだ。

「あなたの頭の中には、神様の経典が宿っているわ。逃げられさえすれば、生き延びることもできるでしょう」

僕は幼い頃からおよそ子どもらしくない子どもだった。前世の記憶のおかげで、折檻《せっかん》しようとする王妃様からうまいこと逃げてきたのだ。そんな僕を母上も姉上も受け入れて愛してくれた。神様の経典というのは前世の記憶のことだ。母上はそう言って、僕の頭を撫でてくれた。その母上が亡くなった原因は不明だが……まぁ、お察しだよね。

幼かった僕は前世の記憶をもってしても、愛《いつく》しんでくれた母上を守れなかった。十七歳の今なら姉上を救えるだろうか？　僕だけ逃げるなんて選択はない。姉上を逃がすか、そうでなければ一緒に断頭台だ。

しかし、そんな覚悟は呆気なく散る。

小間使いに案内された獣人族の兵士が僕の部屋を訪れたのは、開戦から僅《わず》か一ヶ月後のことだった。

戦況については全く耳に入らず、僕の食事は相変わらず賄《まかな》いの横流しで、姉上の食事もあまり変わらない、一方、父上たちは常に贅沢していると聞いていた。

だから獣人族の兵士が突然僕の部屋にやってきた時、文字通り飛び上がったんだ。

部屋に来たのは尖った耳を持つ黄金の瞳の兵士で、その腰で黒くて長い尻尾が揺れている。どことなく猫っぽい。案内してきた城の小間使いはガタガタと震えていた。

「なんと可哀想に。この方、本当に王子なんですか？」

「だ、第七王子のクラフトクリフ殿下です！」

兵士が疑ったのは当然だ。僕は全く王族に見えない。使用人棟の端っこの物置き部屋を与えられて、擦り切れた寝巻きをだらりと着込んだ姿。散髪をしたのはいつだったかな？

いつも食料を横流ししてくれるこの小間使いが可哀想になって、僕は少し助け舟を出す。

「継母《ままはは》に虐待されていたのです」

兵士に向かってニッコリ笑った。兵士が一瞬怯《ひる》む。目ばかり大きいガリガリ男の笑顔はさぞかし不気味だろう。

「継母《ままはは》とはディボラ王妃のことですか？」

兵士は少し考える素振りを見せてから、言葉を選ぶようにゆっくり問いかけてきた。

継母《ままはは》の名前なんかろくに覚えちゃいないが、他に王妃はいないので素直に頷《うなず》く。嘘をついたって意味がない。母上亡き今、僕と姉上は奥向きの最高権力者である王妃様の管轄下にある。

「なんと酷いことを……幼い子どもは一族で可愛がるものだろう」

兵士が表情を歪《ゆが》めた。シュッとしたイケメンだけど、取り澄ました感じはない。僕を哀れに思って怒っている。いい人だな。

「では第七王子、私と一緒に謁見の間へ出向いていただきます」

「僕がこの部屋から出ると、ジェインネラ姉上の足の裏に焼きごてが入れられるんです。王妃様にちゃんと執《と》りなしてくれると約束していただかないと、部屋からは出ません」

「……もちろんです。王妃には何もさせません」

すでにこの城がヴェッラネッラ王家のものじゃないのはわかっている。王妃様は好き勝手に振舞えないはずだ。

でもさ、ちょっとくらい告げ口したっていいと思わない？　嘘は一つも言っていないからね。

兵士が請け負ってくれたので、僕は安心して足を踏み出した。それにしても、これだけキッパリ言い切るなんて、彼は下っ端ではないのかも。

僕の着ている寝巻きはダブダブで、ずり落ちる首周りをピンで留めている。裾はドレスのように引《ひ》き摺《ず》っているので、両手でたくし上げた。ペタペタと煉瓦《れんが》タイルの廊下を歩いていると、兵士がギョッとした表情で僕の足元を凝視する。

「裸足《はだし》……？」

「靴があるにはあるんですが、八歳の頃に窮屈になってしまって」

「失礼ですが、今はおいくつですか？」

「十七歳です」

「十……七歳？」

表情が「嘘だろう」と語っている。さっきは「幼い子ども」とも言われたな。

「小さいのは栄養が足りていないからです」

「そうでしょうね。いえ、それは今はどうしようもありません。私が驚いたのは、十年近くも靴を与えられていなかったほうです」

兵士はこめかみを押さえた。

「王都に辿り着くまでに、荒れた農村をいくつか見ました。我らに抗うでもなく、むしろ歓迎すらして素通りさせてくれました……よほど圧政に苦しんでいたのでしょう。それでもあなたほど痩せた子どもは見ませんでした」

「それは良かった。僕より痩せた子がいたら、生命に関わりますからね」

我ながらよく生きているとところ自分に感心しているところだ。それにしても素通りか。そりゃ開戦からあっという間に王都まで辿り着くよね。

ペタペタカツカツ、二人の足音が廊下に響く。

「あの……抱いてお連れしてもいいですか？」

「恥ずかしいから、嫌です」

「裸足《はだし》の足音が気になります」

足音より呼吸の乱れを気にしてくれ。僕はほとんど部屋を出ないため、こんなに長く歩くのは久しぶりだ。歩くだけで気道が痛い。これから断頭台に登る日程調整に入るわけだろう？　その前に太陽の下で思いっきり駆けてみたいが、三歩で転ぶか肺が潰れて苦しい思いをするかだな。

僕が謁見の間に着いたのは、全ての王族の最後だった。本当なら身分の低い者から入って、身分の高い者を待たせないようにするものだけど。などと思ったが、僕の身分は本来ならそんなに低くはない。王弟の息子や降嫁した王女の子どもたちは僕より下だもの。

姉上が僕に気づいて花の顔容《かんばせ》を絶望に歪《ゆが》めた。

ダメだよ、悲しい表情をしないで。僕だけ逃げるなんて、そうは問屋が卸さないよ。

向こうで王妃様とその子どもたちの集団がにんまりしている。集められた王族が全員ではないと申告したのは彼女たちか。いつもいないモノとして扱うのに、こんな時だけ都合の良いことだ。

玉座には大きな男性が座っていた。

「うわぁ、ゴージャスゥ」

思わず口に出してしまう。良かった、誰も聞いていないようだ。

玉座の男性はとても体格がいい。堂々としていて格好が良かった。幼い日に見た父上が座っている姿は、玉座が豪華すぎて埋もれている感が満載だったのに。男性の豪奢《ごうしゃ》な金髪は結われもせず垂らされている。ゴージャスに渦巻く様子は黄金の滝みたい。遠目でよく見えないが、きっとあの金髪の中には獣耳があるんだろう。

彼がリオンハネス王国の将軍かな。行儀悪く足を組んで、そこに肘をついている。謁見の間という公《おおやけ》の場なのにとても様《さま》になっていた。格好いい男は行儀が悪くても格好いいんだな。

僕の入室で全員揃ったらしいが、肝心要《かなめ》の父上がいない。王妃様と側妃四人、王女は全員いるな。若い側妃の腕に赤ちゃんがいる。え？　もしかして、兄弟が増えている？　成人した王子は足りないな。王太子の長兄と軍職の幾人か、大人の男性が少ない。

見たことはあるけど名前を知らない、多分僕の叔母や従姉妹がヒソヒソと囁《ささや》く声から推測するには、戦に関与した者はさらに前に拘束されたようだ。

え、待って。父上と一緒に王太子が逃げたと聞こえた。お国再興に備えてどっちかが逃げるのはいい。それがなんで二人してバックレるかな。敗戦処理や戦勝国への交渉を全部放り出していったわけだ。兄上だってそろそろ三十歳。この場には王太子妃もいるし、小さな妹だっている。王妃様の虐待を見ないふりする事勿《ことなか》れ主義者だと思っていたら、クズだった。いや、国民から搾取《さくしゅ》する父上を諫《いさ》めずに贅沢をしていたんだから、もともとクズだった。

後方にはずらりと王妃様と側妃の実家の連中がいる。ヴェッラネッツラ王国の高位貴族たちだ。玉座のある高座の下にいた熊のように大きな人が、錫杖《しゃくじょう》みたいなものでガンッと床を打った。謁見の間に集められた王族と高位貴族の視線が集中する。注目の合図だったようだ。

「このお方はリオンハネス王太子、リカルデロ殿下である」

朗々と響く声に、僕は驚いた。戦支度の拵《こしら》えを見て将軍だと思っていたのに、まさか王族が真っ先に乗り込んでくるなんて。うちのボンクラ王太子に、爪の垢を煎《せん》じてやってくれ！

リカルデロ王太子は微動だにせず、一言も発しない。ただ壇上から僕たちを見下ろしているだけだ。ビリビリとした威圧感がすごい。

そんなわけもないのに、目が合った気がした。まるでライブ会場で推しアーティストから視線をもらったファンのような気持ちになる。

熊似の人は、これから自分がリオンハネスの代官として城を管理すると宣言した。それから僕たちのこれからのことも。

王族は全て、リオンハネスの王城に連れていかれる。王家の血を引かない側妃はその対象ではないが、幼い王女たちのために同行しても良いらしい。

断頭台は回避されたのか？　それともリオンハネス王国で裁判でもある？

手間暇かけて自分の国に連れていく価値が僕らにあるとは思えない……とくにあの辺で大騒ぎしている第四王女。

「お母様も一緒にいらっしゃるのですよね!?」

空気を読まない金切り声が響く。王妃様は微笑《ほほえ》んで娘を諭《さと》した。

「あなたはもう成人よ。王女の誇りを持ってリオンハネスに参りなさい。母は涙を呑んでこの城であなたの無事を祈ります」

涙を流しながら気丈に振る舞う演技がとてもお上手ですね。

彼女は侯爵家の出身だったかなぁ。確かに王家の血は薄いが、王妃だぞ？　旦那も息子も逃げた今、この場で壇上のリオンハネス王国の王太子に礼を尽くすのは、彼女の仕事だ。

王妃様の態度はそれがわかっているとは思えないもの。

「お母様！　わたくしをお見捨てになるの!?」

絶望感を漂《ただよ》わせた王女の声だが、王妃様が見捨てようとしているのは王女だけじゃない。リオンハネスに移送されて戦利品として配られるかもしれない王族と、リオンハネスの代官が行う統治に利用されるヴェッラネッラに残される貴族、そして国民全てだ。

王妃様は王族たちの冷めた視線など意に介さず、悠々としている。泣いてはいるが、僕の目に映る姿は自分に酔って悲劇のヒロインごっこに興じるおばさんでしかない。

体力のない僕はそろそろ立っているのが辛《つら》くなってきた。王妃様と第四王女の茶番劇にも飽きる。

それは僕だけじゃなかったようだ。

「おい、ディボラ王妃。虫のいいこと言ってんじゃねえ」

玉座からビリビリとお腹に響く、低くて甘い声がした。

なんだこれ⁉

初めて聞いたリカルデロ王太子の声は、とんでもなく魅惑的だ。

彼が豪奢《ごうしゃ》な金髪を輝かせて立ち上がる。でかい。

僕は端の、玉座まではそこそこの距離がある位置に立っていた。これだけ離れていても体格の良さが見て取れるなんて、相当背が高いはずだ。

「王妃と側妃じゃ立場が違う。第一お前は罪人だ。我が国では子どもへの虐待は重罪、監獄行きが妥当だろう。端にいる小さいののこと、お前が虐《いじ》めてんだってな」

いつの間にか、僕をここに連れてきた兵士が王太子の隣に立っている。あの猫耳さんを通じて僕の情報が耳に入ったのだろう。

リカルデロ王太子が僕を見た。さっきみたいに気のせいじゃなく、絶対に。

謁見の間の人々の視線を一身に浴びているのに、王太子の強い眼差《まなざ》しだけを意識してしまう。黄金の巻き毛が覇気を噴き出しているようだ。

そういえばリオンハネスは獅子王が治める国だ。リカルデロ王太子も獅子の獣人だろう。百獣の王かぁ。なんだか格好いいな。

「獣風情が法を語るでない！　わたくしはヴェッラネッラの王妃ディボラである。貴人に相応《ふさわ》しい待遇を要求いたします！」

王妃様が居丈高に叫ぶ。

敗戦国の者の態度じゃないなぁ。さっき自分で責任ある立場を否定したばかりじゃないか。そもそも誰よりも着飾っているのが変なんだけど。ちょっとくらい謙虚に見せる努力が必要じゃないか。今まで自分より偉い人が夫だけだったから、この場で一番偉いのは自分だと思っていないだろうな。

リオンハネス王国とヴェッラネッラ王国は対等じゃない。一ヶ月前とは違う。進軍して返り討ちにあっただけなら、優劣があっても独立した国同士。でも国王と王太子が揃って逃げた時点で、国際的な信用は地に落ちた。

この王妃様に、リカルデロ王太子も熊っぽい代官も利用価値を見出しはしないだろう。自滅したなぁ。

数名の側妃が青ざめている。今にも倒れそうだ。一番若い側妃は腕に抱いた赤ちゃんをギュッと抱き締めていた。王妃様の振る舞いが自分の子の立場を悪くしないか、不安で仕方がないんだ。

「敗戦国の王妃の態度ではないな。裁判が嫌なら、今すぐ首を刎《は》ねてやる」

リカルデロ王太子が唸《うな》るようにそう言うと、王妃様は静かになった。「ひっ」と喉を引《ひ》き攣《つ》らせた後、失神する。第四王女が盛大に悲鳴を上げて、倒れた母親に取《と》り縋《すが》った。リオンハネス王国の兵士が何人か耳を伏せる。こんな時なのに、ちょっと可愛い。

僕らでさえびっくりする大声なんだ。優れた耳を持つ獣人にとっては聴力破壊音だよね。

「此度《このたび》の戦に関与した者や非人道的行為を行っていた者は、我が国の法で捌《さば》きます。移送は三日後です。あなたがたは自室に軟禁となりますが受け入れていただきます」

熊の代官が締《し》め括《くく》ったが、それを邪魔したのは第四王女だ。

「わたくしたちは戦利品ということなの？　ならばお父様とお母様の娘として、わたくしは当然、王の後宮か王太子の宮に預けられるのよね⁉」

彼女は甲高《かんだか》く叫んで大袈裟《おおげさ》な身振り手振りをしてみせる。豊かな胸がふるんと揺れた。色仕掛けのつもりなんだろうか。

母親である王妃様がリカルデロ王太子の機嫌を損ねたばかりだぞ？

この王女と半分血が繋がっていると思うと頭が痛い。案の定、王太子の機嫌はさらに悪くなったようだ。

「お前みたいなキンキン声の女、願い下げだ。それでなくても頭から香水の池に飛び込んだみたいな臭いがする。耐えられる気がしない。俺は戦利品なんていらない」

面倒くさそうに言ったリカルデロ王太子は、マントを靡《なび》かせて高座から降りる。彼の退出でこの場はお開きだ。

しかし何故《なぜ》か、王太子は謁見の間の中央に伸びるカーペットから外れる。ずんずんと大股で僕の前までやってきた。

近くで見ると本当に大きい。百九十センチくらいあるんじゃない？

「相当酷く虐待されていたみたいだな。近くで見ると骨と皮だ。髪もパサパサだし、唇も割れてる。あぁでも、その青い瞳は美しいな」

リカルデロ王太子がぼそりと呟《つぶや》く。

うっわぁ、間近で聞くと胃の底がひっくり返りそうな美声だ。冷え切った身体が一瞬、ぽわんと温まった気さえする。

ゴツゴツした指がカサついた僕の唇を撫でた。ひび割れの上で乾いた血の粉がパラパラと落ちる。

彼は大きな身体を屈めて僕の顔を覗き込んだ。金色の瞳がキラキラしている。姉上の青い瞳が世界で一番綺麗だと思っていたけど、こんなに綺麗な色があるんだ。

馬鹿みたいに口を開けている自覚はある。でも動けなかった。

獰猛《どうもう》な肉食獣の王太子は強者だから目を逸《そ》らさないし、僕は緊張で固まっている。いつまで見つめ合っていたらいいんだ。失神した王妃様が羨ましい！

その時、王太子がくんと鼻を鳴らした。臭いを嗅いでいるのだろうか？

ごめんなさい、僕、臭ってます!? まともにお風呂に入らせてもらっていないんですぅ。風呂好き民族である心の男子大学生が号泣している。恥ずかしくて現実にも泣きそうだ。

「味見」

不意に王太子の目がすっと細められて、ほっぺたに舌が伸びてきた！　ちろりと舐められて、身体がギュンと強張る。自分で言うのも悲しいが、今めちゃくちゃ不潔なんだけど！

ガチガチに固まっていると、王太子は首を傾《かし》げて何かを考える素振りをした。

「あなたが退出しないと誰も退出できませんよ」

「そりゃ、すまんな」

猫耳の兵士がリカルデロ王太子を促して、ようやく視線が外れる。僕の身体からどっと力が抜けた。ここまで来るのにもとてつもない力を使ったので、疲労困憊《こんぱい》だ。

それにしても猫耳さん、ただの兵士じゃないね。王太子様に対してフランクすぎるし、リカルデロ王太子も気にしていない。

「彼が何か？」

「いや、旨そうな匂いがした気がして」

「で、気のせいだったんですか？」

「旨そうは旨そうだったが、ガリヒョロに興味はない」

旨そうって、なんの比喩だよ。獣人族が人族を食べるなんて思っちゃいないけど、あちこちから悲鳴を呑み込む気配がする。いや、部屋にあった獣人族に関する本は、ずっと昔に禁書になってほとんど燃やされたと聞いた。僕を蔑《さげす》む王妃様の子どもたちの悪口に、「獣人族に食べられてしまえ」っていうのもある。彼らは獣人族をそういうものだと教えられているわけだ。

十把一絡《じっぱひとから》げに肉食獣扱いしなくてもいいだろうに。羊や兎《うさぎ》の獣人をモフモフさせてもらえたら幸せになれそうだしね。

待て、リオンハネスの王族は獅子だった。めちゃくちゃ肉食獣じゃないか。

「じゃあな、今夜からはちゃんと食って寝ろよ」

王太子はそう言って僕から離れる。

それはヘンゼルとグレーテル計画なのですかね？　獣人族特有の冗談なのを願う。食べられないとわかっていても、なかなか刺激的だな。

面食らっていると、リカルデロ王太子はヒラヒラと手を振って今度こそ謁見の間を出ていった。

それから三日後。

ヴェッツラネッツラの王族は数十台の馬車に分乗してリオンハネス王国に旅立った。

罪人や戦後処理のために必要な人員は残していると聞く。それにしても馬車の数が多すぎじゃないかと思ったが、ボタン一つ自分で外せない人たちにはお世話係がそれなりに必要だ。兵士が我儘《わがまま》王女の世話をするより、多少人数が増えても侍女や女中を連れていったほうがいいと判断したらしい。

さて、そんなこんなで王族は旅立ったわけだが、僕はヴェッツラネッツラの城に残っている。体調を崩したからだ。もともと栄養失調で、体調が良い日なんてほとんどない。だから多少の怠《だる》さや眩暈《めまい》はどうってことないんだけれど、情けない話だが、お腹を壊したのである。

事《こと》の経緯はこうだ。

ちゃんとした部屋を持たない僕と姉上は、客間に通され、まずは風呂と食事を用意された。

お風呂だよ、お風呂！　どうせ王太子にほっぺたを舐められるなら、風呂上がりが良かったな！

いや、舐められないに越したことはないけど。

それから何年ぶりかで室内履きに足を入れる。久しぶりすぎて窮屈だ。僕の足の裏は分厚くなってひび割れているので、滲《にじ》んだ血で汚れるのが申し訳ない。

姉上にはヴェッラネッラの女中と小間使いがつき、僕の世話は猫耳さんがした。といっても采配するだけで、実際にあれこれ用意するのは小間使いだし、僕は身の回りのことは自分でできる。

身綺麗になってからとった食事は、涙が出るほど美味しかった。熱々のスープが沁みる。

久しぶりすぎて火傷《やけど》したけどね！　舌の上でとろける肉の脂は思い出しても涎《よだれ》が出そう……

ところが、粗食に慣れた僕のお腹は、美味しい脂を消化できなかったのである。

あぁ、前世で最後に食べたバーベキューの串焼き肉の思い出が、壊れていく……。うんうん唸《うな》りながら姉上を見送って、ようやく落ち着いたのはさらに三日後だ。後になって、あれ以上下痢が続いたら危なかったと聞く。前世の知識を持っていて良かった。脱水の危険は理解していたので、苦しみながらも水は飲んでいたおかげで助かったのだ。

姉上に遅れること数日。

僕は今、自分のために用意された馬車に猫耳さんと向かい合って乗っている。

彼はリカルデロ王太子の側近だった。それも高座に上がっても許されるほどの。

「猫耳さん」

「……豹《ひょう》です」

猫科の大型獣だった……。猫ちゃん扱いは失礼だったな。

「豹耳《ひょうみみ》さん？」

「ヤッカとお呼びください」

名乗られたので、名乗り返す。

「クラフトクリフ・ダリ・ヴェッラネッラです」

「存じています」

世話になっていながら挨拶していなかったのを思い出す。

捕虜の情報くらいチェックしているよね。僕はとくに詳しく調査されたに違いない。本当に王族なのかも含めて。こうしてリオンハネス王国に向かう馬車に乗せられたってことは、それが証明されたのだろう。

「姉上のことを聞きたいんですが……」

僕が体調を崩して出立が遅れると決まった時、姉上は当然ながら僕と同行したいと申し出た。その願いは叶えられず、ベッドで唸《うな》っている僕の額《ひたい》にキスを落として他の王族と共に旅立ったのだ。

「僕と一緒じゃダメだったんですか？　姉上も自分のことは自分でできますし、侍女が少なくてもなんとかなりますよ」

もともと姉上には侍女なんてつけられていない。小間使いに頼み事をするのがせいぜいだ。虐《いじ》められたり無視されたりしていた兄弟と一緒なのは、辛《つら》いんじゃないんだろうか。この馬車に姉上くらいなら乗れたんじゃないかと思う。

「この馬車の警備は非常に手薄です。ジェインネラ姫は美しすぎて、一個中隊でもつけねば安心できません」

ヤッカさんは爽やかなイケメン顔を渋く歪《ゆが》めて言い切った。確かに髪を結って相応のドレスを着た姉上は、物語に出てくるお姫様みたいだ。本物の王女をお姫様みたいっていうのも変だけど。

「美しい白鳥ですが、家鴨《あひる》の群れに紛《まぎ》れていれば幾分かは誤魔化せます」

「家鴨《あひる》……」

「たまにガァガァうるさい鵞鳥《がちょう》も交じっていますけれどね」

脳裏に第四王女が浮かんだので振り払う。

姉上の安全のために本隊に入れたのなら、納得するしかない。それに、率先して姉上を冷遇していた王妃はヴェッラネッラに残った。親玉がいなけりゃ、多少は静かだろう。

「さて、クラフトクリフ様の預け先ですが、リオンハネスの王宮に辿り着く頃には決定していると思われます」

欠席裁判になるのは仕方がない。僕がお腹を壊したせいだ。

「処遇について質問してもいいですか？」

「もちろん。ご自分のことですから」

身分が高そうなヤッカさんが僕についているのは、説明のためだろう。

「僕は見ての通り、体力がありません。鉱山の採掘などには向かないと思いますが、どんなところに行かされそうですか？」

「鉱山？」

「罪人にタダ飯を食らわせておくよりは、労働力が不足している場所で働かせたほうがいいですよね？」

知らんけど。父上は罪とも言えない罪を論《あげつ》らって、臣下を簡単に鉱山行きにしていた。姉上が泣きそうな顔でそんな話を聞かせてくれたんだ。敵国の王族の扱いも同じなんじゃないかな。

「鉱山が過酷？」

うん？　反応がおかしいぞ？

ヤッカさんは怪訝《けげん》な表情で眉根を寄せている。

「多少危険が伴いますが、金を稼げるいい仕事として大型の種族には人気ですよ」

体格と体力が違いすぎた！

「……じゃあどうして、わざわざ俺たちを連れていくんですか？」

王妃様みたいにヴェッラネッラの牢に入れれば良かったのに。それなりに数のいる王族を全て移送するのは大変だぞ。

探るようにヤッカさんの目を見ると、彼は一呼吸置いてから口を開いた。

「有《あ》り体《てい》に言えば、集団見合いのためです」

「はぁぁあ!?」

うちなる男子大学生が表に出てきたのは許してくれ。幸い、ヤッカさんに気にした様子はない。

「リオンハネス王国に連れていくのは、ヴェッラネッラ王族の血を絶やすためじゃないんですか?」

リオンハネス国内に、ヴェッラネッラ王家の血をばら撒いてもいいのだろうか。

「我がリオンハネスは、いつ頃からでしょうか……近年、大型種の女性が生まれにくくなっているのです。獣人族は頑健で強靭《きょうじん》な種族ですが、繁殖がとても難しい……」

「はあ」

「大型種の男と小型種の女性との間に愛があっても、子どもは生まれません」

唐突にお国の事情が語られ始める。つい最近まで戦をしていた国の王子に話していいものなんだろうか。とはいえ、なかなか興味深い内容だ。

「人族の女性との間なら、可能なのですか? 生まれた子どもは代を重ねていくと獣性が薄れていきそうですが」

女性が生まれにくいってことは、人族が産んだ子どもも男児が多いってことでしょ。成長して人族と子どもを作るのを繰り返したらそうならない?

「なかなか鋭いですね……ですが、そうはならないんですよ。不思議なことに、生まれる子どもは人族の特徴を持ちません」

「は?」

「神の気まぐれなのか魔物の呪いなのかわかりませんが、父親の種族の子が生まれます」

「ゆ、優勢遺伝子極まれり……」

「ですからクラフトクリフ王子、あなたがお産みになるとして、お子様も獣人の男児です」

へぇ、そうなんだ……？

「ちょい、待って！」

聞き流しかけたけど、なんかすごいことを言っていないか？

「僕が産む？　ちょっと栄養足りてないガリガリっぷりで性別が行方不明かもしれないけど、男だよ!?　ヤッカさんも王子って呼んでるよね!?」

思わず立ち上がり、天井に頭をぶつけた。さらに、移動する馬車の揺れで尻餅をつく。コントか!?

「それが素ですか？」

「あ」

リオンハネスに入国する前に、色々やらかした気がする。

「まぁいいでしょう」

「いいんだ……？」

ヤッカさんが微笑《ほほえ》んだ。笑顔がちょっと優しくなった気がする。満足な教育を受けさせてもらえなかった側妃腹の王子だから、大目に見てもらえているんだろうな。

「続きを話しても？」

「お願いします」

律儀に確認を取ってから、彼が再び口を開く。

にわかには信じがたいことだが、人族は男女問わず大型の獣人族の子どもを産めるらしい。

「人族の王家が獣人族を排除しようとしたのは、男の身で孕《はら》まされることを忌《い》み嫌《きら》ったせいもあると思われます」

それで獣人族を排除したのか。それにしたって男なら誰でもいいわけじゃあるまいに、戦なんて極端なことをしたものだ。

「それにしても、獣人族が人族を食べるという誤解はどこから?」

「誤解だと知ってくれていましたか。嬉しいです。理由ですか……我らと番《つが》った人族には二度と会えないせいでしょうね。人族の国が我らを拒み入国させないとなれば、花嫁は一人で里帰りしなければなりませんが、獣人族は番《つが》った相手とは片時も離れていたくない者が多いため、共に行けないのならば里帰りなど許しません。出国すら不可能になります」

人族の国に残された家族は花嫁を死んだものと思わなければ辛《つら》いのだろう。そんな事実と嘘が絡まって、今のようになったのか。

「人族に子どもを産んでもらいたいのはわかりました。戦利品の王族をどうするのかは、リオンハネスの自由だってことも理解しています。でも願いが聞き届けられるのなら、馬鹿な父上に搾取《さくしゅ》されていた国民には慈悲をください」

ヴェッラネッラ王族の贅沢な生活の陰で、民は搾取《さくしゅ》されていた。だから彼らは、守ってくれない自国の王族より、リオンハネス王国を選んだと聞いている。

「子どもを作る道具になるのは、王族だけでいい……」

若い側妃に抱かれていた赤ちゃんが脳裏に浮かぶ。父王の顔も知らずに育つだろう幼い姫。謁見の間で初めて見たあの子は、僕の腹違いの妹だ。

ギュッと引き攣《ひつ》れるような痛みを覚えて、僕は胸を押さえる。そんな僕に浴びせられたのは、存外軽い声音だった。

「何をおっしゃっているのですか？　道具なんて心外ですね。我々はパートナーを大事にします。まずは匂いを嗅ぐところからです。だから集団見合いと言ったんですよ」

加えてリオンハネスでは女性と子どもは宝のように扱われるのだとか。

「あの……人族の男性は全員、扱いは女性枠なんですか？」

ちらっと見た王弟――僕の叔父さんは、妻子持ちの普通のおっさんだった。ついでに言うと頭髪は寂しくて、お腹は風船みたいにまん丸。その姿を思い出して、チベットスナギツネみたいな顔になったのは仕方がない。

「安心してください。妻候補は適齢期の男女に限られますし、すでに伴侶がいる者は除外しますよね！　流石《さすが》にあの年齢で出産は気の毒だ。性別どうこうより、もうすぐ五十歳だもんね。

「幼年者は相性のいい貴族家で養育し、成長後に婚姻先を探すことになります。我々としては亡国の王族を手厚く遇《ぐう》して、ヴェッラネッラの人族に受け入れてもらうのが目的です。双方の民が垣根なく交流し、いずれ異種族間の婚姻が当たり前にしたいのですよ」

緩やかな侵略だな。獣人族と人族の間には、獣人しか生まれないんだろう？

でも、仕掛けたのはヴェッラネッラだから、甘んじて受け入れるしかない。

「最後に一つ、お伝えします。相愛の番《つがい》関係でなければ、人族の男性は孕み胎《はらばら》を持てません」

ヤッカさんが僕に教えたことは、リオンハネスの王城で王族全員に伝えられているそうだ。

「最終的な孕《はら》み方《かた》は番《つがい》に聞いてください」

「は、孕《はら》み方《かた》……」

ヤッカさん、言い方！　その前に番《つがい》……

ハードルが高いな。戦利品として乱暴に扱われる覚悟はしても、愛し愛されっていうのは想像がつかない。前世で彼女がいた記憶はないし、今世だって一生飼い殺しだと思っていた。生きているだけで精一杯で、愛とか恋とか考えたことはない。それに僕が受け入れる前提だろう？

「例えばなんですが……僕の番《つがい》がリカルデロ王太子みたいな人だったとして、初夜で死にません？」

僕が名前を知っている獣人族は、リカルデロ王太子とヤッカさんの二人。当人に聞くことではないので例え話に登場させるのは王太子だ。体格差がありすぎて潰される未来しか見えない。熊獣人っぽい代官さんクラスだと、ぺちょっと情けない音を出してペッチャンコになる自信がある。

「大事な番《つがい》を苦しませるなんて、獣人族の風上にも置けません」

ヤッカさんの目が細められた。ちょっとした不安だったのに、僕の質問は獣人族にとって心外だったようだ。

「そうですか。ところで、獣人の妻候補から外れた場合の就職先などはありますか？」

王弟や公爵たちが働くところも必要だと思うんだ。そこに僕が入ったっていいだろう。

「妻候補はともかくとして、あなたはまずは目方《めかた》を増やしましょう。働くのはそれからです」

至極真っ当なことを言われた。ヤッカさんの目が僕を労《いたわ》るように優しく細められる。頑張る幼児を見守る眼差《まなざ》しだ。ご飯を食べるだけで体調を崩すようじゃ、何もできないもんね。

そんなふうにリオンハネスへの道中を進んだのだが、ヤッカさんの計画はくるいまくった。何故《なぜ》なら整備された街道を外れた途端、僕が馬車に酔ったのである。重ね重ね申し訳ない。死んだことにしてどこかに捨てていってくれと頼んでみたが、それが許されるはずがない。

ようやく王城に着いた時には、僕はヴェッラネッラでお腹を壊した時よりも酷い有様《ありさま》だった。体重はさらに減り、青白かった顔は土気色。鏡を見せられて絶句したね！　ゾンビ映画のエキストラのようだった。用意してもらった服も着られず、寝巻き姿で入城しちゃったよ。

今、僕を抱えているのはヤッカさんだ。ヴェッラネッラのお城で抱っこは遠慮したのに、口を開くのも億劫《おっくう》だったので文句を言うどころじゃない。

せめて二、三日の休養が欲しかった。もうちょっとマシになってからリオンハネスの王様に会いたかったよ。どうせ他の王族より十日も遅れているんだ。今更数日追加されたって誰も気にしないだろう？

謁見の間はヴェッラネッラのキラキラした空間とは違い、無骨で格好良かった。僕のためにゆったりした寝椅子が用意されている。ただ、玉座の真正面なのは勘弁してくれ。

それにしても椅子まで用意されているなんて、特別待遇だな。そんなフカフカした座面に、僕は横たわるように座らされた。

「この国の貴族が立っているのに、不敬では？」

なんとか声を絞り出す。

広間の両側には大勢の獣人族がいる。大型種から小型種まで様々だ。小柄な兎耳《うさぎみみ》さんや猫耳さんの中には女性の姿も見えるが、大型獣っぽい人々は男性ばかり。

先に辿り着いたヴェッラネッラの王族は、すでに行き先が決まったのだろうか？

「申しましたでしょう？　リオンハネスで子どもの虐待は重罪です。あなたは病気の子どもにしか見えません」

ヤッカさんは僕の問いかけに答えながら、寝巻きの裾を整えた。

それからすぐにリオンハネス国王と思《おぼ》しき、がっしりした体躯の男性が登場する。名前は確かアレンジロだったはず。年齢は父上よりうんと若く見える。国王の隣にはリカルデロ王太子がいて、二人並ぶと派手な金髪が眩《まぶ》しい。アレンジロ王の金髪には白いものも交じっているが、獅子の鬣《たてがみ》は豊かだ。

王太子、相変わらずイケメンだなぁ。いいな、僕もご飯を食べられるようになって鍛えたら、ゴリゴリのマッチョになれるだろうか。

「旨そうな匂いがすると思ったら、お前か」

国王が玉座に腰を下ろす前に、王太子がカツカツと靴音も高らかにやってきた。ゴージャスな金髪を僕に垂らすように鼻を寄せると、すんすんと匂いを嗅ぐ。ついでにペロリとほっぺたを舐められる。うひー、また味見された！

「腹が減る匂いだが薄いな」

空気が揺れた気がした。謁見の間を取り囲む獣人族たちが一斉に息を呑んだ気配がする。ビリビリと肌を刺すような強い視線が僕たちに集中していた。

「食べるところ、ないですよ。骨と皮です。あ、出汁《だし》は取れるかも？」

「本当に食うわけあるか」

リカルデロ王太子がニヤリと笑うと、尖った八重歯が覗く。獅子でも犬歯というのだろうかと、僕はぼんやり考えた。それにしても腹が減る匂いだなんて物騒だ。肉食大型獣なりの冗談なのだろうか。

王太子は僕のパサついた髪の毛をくしゃりと掻き回してから、今度は首筋を舐め上げる。

「うひゃっ」

「匂いは旨そうだが、まだまだだな」

間抜けな僕の声が広間に響き、リカルデロ王太子はくつくつと喉の奥で笑った。国王が大きな口を開けて笑い、王太子の肩をバンバンと叩く。王太子は鬱陶《うっとう》しそうにそれを払いのけているが、じゃれるような気安い態度だ。

隠れて眺めたヴェッラネッラの父上は、いつだってイライラと神経質そうに子どもたちを見ていた。なのに、アレンジロ王とリカルデロ王太子は普通の父子に見える。

国王は玉座に腰を下ろし、王太子は一段下がった階段みたいな場所に立って謁見の間を見下ろす。高座の下には熊っぽい大きな男性がいて、ざわつく広間の中をぐるりと見渡した。彼はヴェッラネッラの代官になった熊さんの血縁かもしれない。

熊耳さんの一瞥《いちべつ》で謁見の間が静かになった。

「ヴェッラネッラの第七王子を迎えたい者は申し出よ」

朗々と響く声で熊耳さんが言うが、みんな隣り合った人とコソコソ話しているだけで誰一人、名乗り出ない。子どもの虐待が許されない国だもんね。僕みたいなのを引き取って面倒なことになるのはごめんだろう。

「まぁ、誰も手が出せませんよね」

ヤッカさんが耳をぴくぴくさせながら言った。豹《ひょう》の耳には彼らの会話が聞き取れているらしい。

時間がゆっくり流れていく。

そろそろ目を開けているのが辛《つら》くなってきた。僕のことはどうでもいいから、姉上がどうしているのかだけ聞きたい。そうしたら、安心して気絶ができるのに。

しばらくして熊耳さんが再び口を開く。

「ではリカルデロ王太子、クラフトクリフ殿はあなたの宮に」

は？　聞き捨てならぬ言葉に覚醒する。

それは王太子宮なのでは？　僕に拒否権はないが、庶民にほど近い男爵家あたりで妥協してもらえると嬉しい……

「勝手に決めるな。俺は側妃なんて面倒なものはいらない。戦利品を手に入れる権利は放棄すると言ったはずだ」

リカルデロ王太子が言葉通り面倒くさそうに言ったので、僕はうむうむと頷《うなず》いた。

お願いします、そのまま我を通してください。

「父上が側妃を迎えたんだ。そのうち弟が生まれるだろう。俺は後腐れのない相手とそれなりに楽しめれば充分だ」

国王の宮にも誰か納められたのか。リカルデロ王太子のお父上だからそれなりの年齢だろうけど、うちの父上だって六十歳を過ぎているのに、若くて綺麗な側妃を侍《はべ》らせていた。まだ赤ん坊の姫までいるんだからお盛んだ。ポヨンポヨンのタプタプのおっさんがそうなのだから、鍛えて厚みのある体躯と精悍《せいかん》な顔付きのアレンジロ王に側妃がいたっておかしくない。

「母上亡き後、二十年近く独り身だったんだ。しばらく蜜月で後宮に籠もっても誰も文句は言わないさ」

王太子が遊ぶと宣言するのはどうかと思うが、その言葉には父王への気遣いが感じられた。

そうか、リカルデロ王太子も母上を亡くされているんだな。

子どもが生まれにくい上に女性が少ないという問題は、重々しく彼らの未来を押し潰そうとしている。王族も少なそうだし、何から何までヴェッラネッラと違う。

「リカルデロよ、我が後宮に納めた姫は弟をひどく案じておってな」

アレンジロ王が楽しげに息子に話しかけた。何故《なぜ》か視線を僕に向けて……

リカルデロ王太子に話しかける体《てい》で僕に聞かせているのだろう。後宮に納められた姫……まさかね？

「クラフトクリフ王子を城の外に出すと、ジェインネラに会わせてやれなくなる。お前の宮にいるのがちょうど良い」

やっぱり姉上か！

同母の姉弟の贔屓《ひいき》を抜いても、ジェインネラ姉上は美しい。ヤッカさんが護衛の心配をするほどだ。ケバケバしい第四王女なんて存在が霞《かす》む。姉上が王の後宮に行くのは自然な流れのように思う。

「可愛い番《つがい》の泣き顔を見たくないのは、我ら獣人族なら当然であろう」

アレンジロ王がしたり顔になる。僕はあんぐりと口を開いたまま彼を見ていた。

間抜け面を晒《さら》しているが、驚きすぎて固まったのだ。獣人族と人族の番《つがい》がそんなに簡単に決まるだなんて思わなかった。番《つがい》とは書類に署名した夫婦というだけじゃなく、謂《い》わば神様からの天啓のような相手なんだって。

リカルデロ王太子もヤッカさんも平然としている。謁見の間にいる獣人族たちも知っていたようだ。

「だったらジェインネラ王女と一緒に、父上の宮に納めれば良いだろう。では、そういうことでよろしく頼む」

待って！　行かないで！　男爵家あたりを斡旋《あっせん》してくれ！　王太子宮から国王の後宮へのチェンジは勘弁してほしい。

颯爽《さっそう》と謁見の間を後にするリカルデロ王太子を、僕は呆然と見送る。亡国の王子が自らの預け先を指定できるわけもない。はっはっと口から変な息が漏れた。

王太子が出ていき、謁見の間に騒《ざわ》めきが戻る。彼らの視線は再び僕に集中した。二十年ぶりに側妃を迎えたアレンジロ王の後宮に、もう一人納められることになるのを驚いているのだろうか。

「静かに！」

熊耳さんが場を静める。そしてアレンジロ王が立ち上がった。

「姉弟で寵《ちょう》を争わせるのは忍びない。クラフトクリフ王子はやはり王太子宮に納めるが良い。王子もそれで良いな？　ジェインネラの慰《なぐさ》めになってやってくれ」

姉上の慰《なぐさ》めになるのは願ったりだ。むしろ今すぐ会いたい。

でも国王の後宮に納められるのは免れたものの、王太子宮に入ることは決定してしまった。アレンジロ王は形だけ僕に確認を取ったが断れるわけがない。

ダメだ、意識が朦朧《もうろう》とする。体力も気力も限界だ。遠くで熊耳さんが何か言っているのが聞こえる。

僕の意識はそこで途切れた。

2

結果的に僕は王太子宮で平和に過ごすことになった。

なにしろ宮の主が渡ってこない。たまにヤッカさんが来るものの、それ以外は最低限いる王太子宮つきの侍従たちにしか会わなかった。大型獣人の女性はとても少ないと聞いていた通り、たまに見かける侍女は小柄な人ばかりだ。

謁見の間で力尽きた僕は、その後七日間も目を覚まさなかったらしい。

時間感覚がないので、自分では普通に寝て起きた状態で喉が渇いたなぁと思いながら「お水欲しい」と呟《つぶや》いたのを覚えている。そうしたら、枕元で青白い顔色の姉上がほろほろと涙をこぼしていた。

「良かった……あなたの青い瞳が二度と見られないのではないかと思っていたのよ」

そう言って額《ひたい》にキスをしてくれたのだ。

目覚めた場所はアレンジロ王の後宮で、姉上曰《いわ》く、我《わ》が儘《まま》を言って僕を運び込んでもらったらしい。ほったらかしの王太子宮の支度が間に合わないこともあって、アレンジロ王が許可を出したのだそうだ。

それから十日ほど姉上と後宮の侍女に世話をしてもらい、ベッドで身を起こす程度には元気になった。その間に新側妃のための支度が王太子宮で行われ、僕の心情は脇にほっぽられたまま、恙《つつが》なく引っ越したのだ。

姉上は夫となったアレンジロ王が政務をしている時間を、僕への見舞いにあてた。なんと王自ら彼女をエスコートして王太子宮に送り届け、夕方に迎えに来る。番《つがい》への甘やかしは獣人族の男の権利らしい。

姉上は常に三名の侍女を引き連れていた。彼女は身の回りのことは自分でできるし、王太子宮にも侍従がいる。それなのに三名もの侍女がついてくるのは、アレンジロ王がジェインネラ姉上を心配しすぎているからだ。

王宮で働く小型獣人の女性のほとんどは、唯一の側妃である姉上を世話するために集められた。それにしても不思議だ。小型獣人の女性はそれなりにいるのに、大型獣人との婚姻では子どもができないなんて。そしてもっと不思議なのは、人族とならば性別すら凌駕《りょうが》して子どもができちゃうってことだ。未だに信じられない。

今日はリオンハネスの城に住むようになって初めて、庭に出た。王太子宮の庭はあまり手をかけられていないようで野生味溢《あふ》れる佇まいだ。それがリカルデロ王太子っぽくて面白い。リカルデロ王太子といえば、僕が王太子宮に住んでいることに気づいているかも怪しかった。ここに寄りつきもしないから。

もともとここには住まずに軍の宿舎にある将校用の部屋を使っていて、現在はヴェッラネッラ王国に出かけて後処理をしているらしい。

僕が住むことになって突貫で無人の宮を整えたのだから、庭が野生味に溢《あふ》れすぎていても仕方がないだろう。奔放《ほんぽう》に伸びた逞《たくま》しい蔓薔薇《つるばら》が元気で、僕は結構好きだ。たくさん歩くと疲れるので、僕と姉上は四阿《あずまや》でお茶を飲みながらお喋《しゃべ》りした。弱った身体のために薄く淹《い》れられた紅茶と柔らかな焼き菓子が美味しい。

「わたくし、父と夫をいっぺんに手に入れた気持ちなの」

姉上が恥ずかしそうに言う。はにかむ様子は柔らかで可愛らしい。以前は優しさの向こうに張り詰めたものを隠した笑顔だった。

姉上は十八歳。王妃様の目を盗んで僕を生かそうと手を尽くすのは、どれだけ大変だっただろう。僕らは親との縁が薄い。母上は早くに亡くなったし、父上はアレだ。

「陛下は姉上にメロメロですもんね」

「嫌だわ、クリフったら」

「そのおかげで気兼ねなく姉上に会えるし、僕も息子のように可愛がってもらっています」

後宮はそんなことが許される場所じゃない。ひとえにアレンジロ陛下の寛大さのおかげだ。

「リカルデロ殿下の妻なら、息子で間違いないのではなくて？」

「殿下ねぇ。僕がここに住むようになってから、一度も帰ってきませんよ」

主人不在に居候《いそうろう》が大きな顔をしている罪悪感。なるべく隅っこでひっそりしていたいが、なにしろ毎日姉上をエスコートしてくる陛下とお会いする。それなりの格好をしなくちゃならなくなった。側妃のための予算は、今まで妃がいなかったから莫大に余っているとかなんとか……。ヴェッラネッラ王国の阿呆父上に、アレンジロ陛下の爪の垢を煎《せん》じてやってほしい。あぁそうだ、リカルデロ王太子がヴェッラネッラにいるのなら、民のために城の備蓄倉庫を開放してくれないかな。

「僕もちょっとは身体に肉がついたし、何か簡単な仕事がもらえるといいんだけど」

カサカサで萎《しぼ》んでいた肌は、急に肥《ふと》って肉割れが出ないようにと、侍従さんたちが丁寧にマッサージしてくれる。メンズエステなんて経験がないから遠慮したいが、彼らの仕事だから奪うなと説教された。誰にって？　ヤッカさんにだよ。

でも人に傅《かしず》かれることが今までなかったから、四六時中ちゃんとした大人、しかも複数人に世話をされるのってそれなりにストレスだ。

僕の食欲が落ちたのを機に、専属に年齢の近い小姓さんがつけられた。僕が気兼ねしなくても済むようにって配慮だ。我《わ》が儘《まま》を言って申し訳ないが、おかげで気が楽になる。

これ以上食べる量が減ると寝たきりに逆戻りだと心配されたようだ。重ね重ね申し訳ない。

とにかく姉上の献身と裏方に回った侍従さんたちの苦労は、少しずつ実を結び始めていた。毎日食べられる量が増えていく。美味しいお肉だって、脂身が丁寧に処理してあればお腹を壊さない。

「お仕事はまだ早いのではなくて？」

姉上は心配そうだ。けれど彼女だってそろそろ公務が始まる。国王は政務、妃は福祉活動に尽力するのが慣《な》らいだそうなので、姉上の仕事はそれがメインになるだろう。

陛下には正妃、つまり王妃がいらっしゃらない。リカルデロ殿下の母上が亡くなられたからだ。王妃代行みたいなこともしなくちゃならないかも。

「そのうちどこかに下げ渡されるだろうし、姉上のお手伝いでもさせてもらおうかな」

「わたくしと一緒なら、どこかで倒れていないか心配しなくても良いわ。でもね、クリフ。下げ渡されることとなんて考えてはダメよ」

カップを置いた姉上が、僕の眉間の縦皺《たてじわ》を指先でゆるめた。

「こんなガリガリ、欲しがる人がいなそうだけどね。ほら、謁見の間の話は聞いた？　ザワザワして誰も手を上げなかったんだよ。仕方がないから宰相様が王太子宮預かりにって言い出したんだ」

熊耳の宰相様は、やはりヴェッラネッラ王国に残って代官をしている熊耳さんと血縁だった。従兄弟だそうだ。

それはともかく、人族の王族をすぐに妻に迎えなくても、小さな姫たちのように養育して嫁に出すことで偉い人に恩を売ろうという考えもあったはずだよな。僕はそれすら面倒なくらい、今にも死にそうで不細工なんだ。

「わたくしが陛下に伺ったのとは、ちょっと違っていてよ」

「そうなの？」

「あなたは殿下の運命かもしれない、と」

「はぁ？　ないないない！」

出会って数日の陛下と姉上たちとは、あまりに違うじゃないか。

殿下はヴェッラネッラで初めて会った時、僕の臭いを嗅いで「旨そう」って言ったんだぞ。獣人族では鉄板の冗談かもしれないが、人族の僕はビビるっての！

僕はお腹を抱えて笑った。こんなに笑ったのはいつぶりだろう。母上が亡くなる前、姉上と三人でピクニックに行った時？　それとも前世で溺れる直前のバーベキュー？

「楽しそうだけれど、ちゃんとお考えなさい。それにそんなに大きな声で笑っては、胸が痛くなってしまってよ」

胸は痛くならなかったが、腹筋がやられた。全身の筋肉が衰えまくっている枯れ木のような身体は、バカ笑いさえ許してくれないらしい。しまいには姉上も上品にクスクス笑って、庭の小さなお茶会は楽しく閉幕した。

それからしばらくして、姉上は国王の側妃として慰問活動や奉仕活動に力を入れることになる。

リオンハネス王国でヴェッラネッラの王族は嫌われるかもしれないなんて懸念は、あっさりと払《ふっ》拭《しょく》された。国力の差がありすぎて、ヴェッラネッラ王国軍はリオンハネス王国軍の本隊と衝突する前に全滅したらしい。国境を越えられることもなく、国内の被害はゼロ。ヴェッラネッラとは反対側の国境付近では、戦争をけしかけられたことさえ知らない民もいるそうだ。

絶対的強者の獅子王の側妃である小さな人族の姫は慰問した先々で歓迎された。

美人で飾らない姉上は、お年寄りの話を根気良く聞いたし、託児所では汚れることも厭《いと》わずに泥だらけの子どもを抱っこする。好かれる要素しかないね！　僕の姉上は最高だ。

僕ら姉弟は二人で慰問先で出す炊き出しのメニューを考えたり、子どもたちを楽しませる遊びを提案したりする。姉上が神様の経典と呼ぶ前世の記憶から引っ張り出すレクリエーションは、子どもたちに大人気だ。

小型獣人は子沢山《こだくさん》の働き者が多く、働けない小さな子どもは教会が開く託児所に預けられる。保育所のようなシステムがあるなんてすごい。リオンハネス王国は出生率が低い大型獣人の子どもだけでなく、多産の小型獣人の子どもも大切にしている。

そんな小さな子どもたちとの鬼ごっこはハードだ。よちよち歩きの子との追いかけっこでさえ、僕にはアスリートのトレーニングのように感じられる。小型獣人の子どもたちは兎《うさぎ》や鼠《ねずみ》、それに猫、よちよちちゃんといえどすばしっこい。

「そくひさまのおとうとさま！　がんばってぇ」

「そくひさまのおとうとさまも、そくひさまなんだって！」

「そくひさまのおとうとさまの、そくひさま？」

舌足らずな子どもたちに応援されるのを楽しんだ。

子どもたちと遊んだ日は、食事が進むしたっぷり眠れた。太陽の光を浴びて少し日に焼けた気もする。小姓君は火照《ほて》った鼻の頭を冷やしながら日焼けを嘆いたが、食事の量が増えたのを喜んだ。

そして驚くことに、僕に成長期が来た！

ミシミシギシギシと身体が軋《きし》み、夜通し痛みに呻《うめ》くこと一ヶ月。苦しんだ割には伸びなかったものの、遂《つい》に姉上の身長を超えた。手足がひょろひょろと長くなって不恰好だが、もうちょっと肉がついたら見られるようになるだろう。

「ジェインネラ妃に似てこられましたね」

「そりゃ姉弟だもの」

僕はヤッカさんと並んで施療院《せりょういん》に向かって歩く。侍従と護衛もそれなりについているが、何かあったらヤッカさんがなんとかしてくれるだろう。他力本願で悪いけど、僕は剣術なんて習ったことがない。

季節はすっかり移り変わり、秋も深まってきた。冬が来て春になったら僕は叔父さんになる。リオンハネス王家に二十四年ぶりの子どもが生まれるのだ。

僕が成長痛でうんうん唸《うな》っていた頃、姉上は悪阻《つわり》に苦しんでいた。アレンジロ陛下は歓喜と心配でおかしなことになっていて、格好いい百獣の王の威厳をどこかに投げ飛ばす。心配しすぎて姉上を部屋から出したがらないんだって。

そんなわけで僕は姉上の付き添いから名代《みょうだい》に昇格して、施療院《せりょういん》や託児所を慰問していた。知り合いも随分と増えた。

「リカルデロ殿下もヴェッラネッラからお帰りになったのでしょう？」

ヤッカさんは殿下の副官なので、ここにいるということはそうだよね。

「おや、いつの間にか殿下とお呼びですか？」

「そりゃ、ヴェッラネッラはリオンハネスの飛地《とびち》になったし、僕はもう陛下と殿下の臣民だもの」

父上は陛下と呼ぶのもおこがましいおっさんだったし、王妃様は王妃様という生き物だ。敬称で呼んでいたのは惰性であって、敬《うやま》う気持ちはまるでなかったよ。

「そうですか。では、殿下にお会いになりたいとは思われませんか？」

「別に。最初からリカルデロ殿下は側妃はいらないとおっしゃってましたよね。それに枯草が枯枝になった程度の貧相な男があんな美丈夫に挨拶に行くなんて、あり得ませんよ」

僕のことなんて忘れているに決まっている。そうでなけりゃ、面倒な側妃なんてさっさと臣下に褒賞として下げ渡されているだろう。下手に挨拶して存在を思い出されたら困る。僕は姉上の赤ちゃんを抱っこしたい。どうせなら、アレンジロ陛下の後宮の侍従になりたいんだけどな。

「あなたはお綺麗になられましたよ」

ヤッカさんの声音は優しい。

「ふふふ、ヤッカさんは僕が一番貧相だった頃をご存知ですからね」

ヴェッラネッラからの道中、枯草のような僕を一番近くで見ていたんだ。確かにあの頃と比べたら、百倍は見栄えが良くなったと思う。

「クラフトクリフ様はジェインネラ妃を美しいと思われますか？」

突然どうした？　姉上が美しいのは誰の目にも明らかだろうに。

「もちろん。リオンハネス王国に来てから侍女さんたちにお世話になって、ますます綺麗になったと思う。髪の毛も艶々《つやつや》でお肌もなめらかで、お子を授《さず》かってからはもともと優しい表情がさらに柔らかくなってきてね――」

姉上自慢は止まらない。この世界にシスコンという言葉はない。誰憚《だれはばか》ることなく、姉上賛美をしようじゃないか。

「落ち着いてください」

ヤッカさんが若干引いている。

「その美しいジェインネラ妃に、あなたはそっくりになりなんですよ？」

「そりゃ姉弟だもの」

二回目だ、このくだり。

「ご自分が美しいとは思われませんか？」

「はぁ？」

僕が美しい？　この貧相な枯枝が？

「またまたぁ」

へらりと笑ってしまう。ついでにヤッカさんの片腕をぺしりと叩いた。

「そんな嬉しがらせを言ったって、なんにも差し上げるものがありませんよ！　僕の持ち物なんて何一つないんですから」

住んでいる王太子宮にあるものは、全てリカルデロ殿下のものだ。そうでなければ、王国の。身につけている衣類だって、王太子の側妃のための経費で用意されたものであって謂《い》わば貸与品だ。コンビニのユニフォームと一緒だと思っている。

「失礼ですが、殿下から個人的な贈り物は何かありましたか？　たとえばジュエリーとか」

「なんで？　もらう理由がありませんよ？」

そんなものをもらってどこで使うの？　女の子ならともかく、僕、男だよ？

「……馬鹿王太子め」

ヤッカさんは時々口が悪い。リカルデロ殿下の学友兼目付け役として幼い頃から傍《そば》に侍《はべ》り、現在では国軍大将の副官を勤めているせいだろう。僕の様子を度々見に来て殿下に報告もしているし、公私共に立派な女房役だよね。名前だけの側妃の僕とは大違いだ。

そろそろ施療院《せりょういん》に着く。普通に歩くだけなら息切れしなくなった。半年前にはこんなに健康になれるなんて思いもしなかったよ。

「ごきげんよう、クラフトクリフ妃」

「こんにちは」

「側妃様、素敵な天気ですね」

「そうですね」

最近ではボランティアで参加してくれる若い貴族が増えている。僕が来る時間に合わせて待っている人もいて、力仕事をお願いしていた。枯枝レベルの貧相さでは持ち上げられないあれこれも、大型獣人の青年たちなら片手間だ。いつぞやヤッカさんが言っていたように、鉱山の採掘業が苦にならないのがよくわかる。

筋肉モリモリの青年たちに軽く挨拶を返していると、ヤッカさんが「彼らは？」と訊《たず》ねた。

「奉仕活動参加者？　希望者？」

疑問系なのは僕が来る日にしか現れないからだ。神父様が苦笑して教えてくれたので間違いない。

「リカルデロ殿下に取り入ろうとしているのかも」

自《おの》ずと僕の返事は簡単なものになる。

「あなたを下賜《かし》してもらいたがっているのかもしれませんよ？」

「この枯枝を？　ガリガリで目ばかりギョロギョロしてるのに？」

僕は姉上と似ている。黒髪と青い瞳と白い肌。目鼻の配置も同じだ。でも、それだけ。同じ品種の薔薇《ばら》だって個性があるってこと。

「ん？　僕が下賜《かし》されれば、姉上やお子に伝手《つて》ができるのか……そっち狙いなら、あり得るな」

僕は拳を握って親指を突き出し、下唇に添える。爪の先を前歯でカチカチ鳴らすのは考える時の癖だ。前世ではガジガジ噛んでいたので、ちょっとは成長したと思いたい。

「そういうのはこちらで排除しますのでクラフトクリフ様は本気の相手だけ気をつけてください」

ヤッカさんは心配性だ。幼い頃から仕えているリカルデロ殿下の醜聞《しゅうぶん》を避けたい気持ちはよくわかる。殿下がどう思っていようと、僕が住んでいるのは王太子宮だもの。

僕はしっかりと頷《うなず》いた。

施療院《せりょういん》での奉仕活動は、予定より早く終わった。シーツを取り替えるためにお年寄りの身体を抱き起こすのは、人族の中でも非力な僕では無理だ。獣人のおじいちゃんはすっごく体格がいい。

けれども今日は、青年貴族のボランティアに加えて、ヤッカさんとその部下という現役軍人が一緒だ。僕が何かを指示するまでもなく、ヤッカさんが青年貴族たちにも次々と仕事を与えた。おかげであっという間に終わったのだ。

青年貴族たちはこの後にも予定があるようで、ペコペコ頭を下げてそそくさと帰っていく。いつもは話しかけてくるのに。

「お世話になりました〜」

お礼くらいは言わねば。

ふと見ると、青年たちの背中を睨《にら》むように見送るヤッカさんの耳と尻尾がピンと立っていた。

「ふん、気概のない」

不機嫌そうに言う彼の毛並みは、真っ黒で艶々《つやつや》していて天鵞絨《ビロード》のようだ。黒豹《くろひょう》って綺麗なんだよね。細いけど鍛えられていて、しなやかな鞭《むち》みたい。

でも、僕がなりたいのは俄然《がぜん》、ムキムキだ。いつかリカルデロ殿下やアレンジロ陛下みたいになれたらいいのに。

「ねぇヤッカさん。ちょっと寄り道したいんだけど、いいですか？」

いつもの侍従と護衛だけなら言わないことを頼む。行きたいのはヤッカさんの職場だ。

「リカルデロ殿下が訓練していると聞きました。軍の練兵場の隅っこで、ちらっとだけ見てみたいんです」

具体的に理想の体格をイメージしながら運動すると効果覿面《てきめん》だと聞いたことがある。もちろん前世で。

「隅とは言わずに、正面からお会いになればいいのですよ」

「隅っこがいいです！　お会いしたいわけじゃないんです」

認識されて存在を思い出されたら困る。姉上のお子を抱っこするまでは王太子宮にいたい、下賜《かし》されたくない。相手も僕なんてもらっても持て余すだろう？　自己中心的ですみませんね。

「なんと健気《けなげ》な……」

後ろで小姓君と護衛がコソコソ言っている。いや、違うから。

「では、あまり目立たぬようにしましょう。練兵場にいるのは体格のいい男がほとんどですから、万が一襲われでもしては大変です」

「無断侵入で捕まりたくはないな」

「そういう話ではありません。獣人族は鼻がいいので、あなたの甘い匂いに釣られて見境いをなくすかもしれないんです」

「……甘い匂い？　あ、最近いい匂いのする香油でマッサージしてもらってるんですよ！」

おかげで乾燥肌がマシになってきた。去年の今頃はカサカサで白い粉をふいていただけじゃなく、寝ている間に引っ掻いて血だらけだったんだよね。僕にはもったいないほどのいい香油だけど、確かにいい匂いだ。

「僕にはいい匂いだけど、香料が嫌いな人はいますものね」

前世だって、柔軟剤や車の芳香剤が苦手な人は大勢いた。獣人族は人族より過敏そうだから配慮は大切だ。

「ヤッカさんがいてくれる今日しかないと思ったんですが……」

残念だ。一人で行くのは、いささかハードルが高い。なんとなくしょぼくれてしまう。

「ん、んッ」

部下さんが咳払いをしてヤッカさんをつついた。上官にそれってありなの、と思ったが、ヤッカさんのリカルデロ殿下に対する態度も大概なので許されるのだろう。

「正面からは嫌なのですね？　こっそりというなら、本当に短時間で済ませますよ」

「いいんですか⁉」

「……そんなに嬉しいんですか」

嬉しいとも！　ヤッカさんの気が変わらないうちに行きたいな。本当にちらっとで構わない。一瞬だけ理想的な筋肉を目に焼きつけておきたいだけなのだから。

「はいっ」

我ながらいい返事である。喜びが顔に出すぎているようだが、自分では見えないので気にしない。

「わかりました。では練兵場の裏手からそっと入りましょう」

「ありがとうございます！」

やった！　筋肉の観察ができる！　気持ち早足になったが、もともと僕の歩みに合わせてゆっくりだったので誰も慌てない。息切れもせずに歩いていると、ヤッカさんがしみじみ呟《つぶや》いた。

「本当に健康になられましたね」

おそらくヴェッラネッラからリオンハネスへの道中を思い出しているんだろう。あの時は乗り物酔いが辛《つら》すぎて、馬車から捨ててくれって本気で思ったもん。

「いやぁ、その節は……」

「だからでしょうね。体臭が強くなっているんですよ」

「汗臭い？」

「そうではなくて……人族とは、かように感覚が鈍いのですか？」

「何を言われているのかよくわかりませんが、人族で一括《ひとくく》りにしないでください」

馬鹿にされているわけではなさそうだが、嘆いてはいるらしい。汗臭くないなら問題なかろう。


練兵場は石垣造りの塀に囲まれた要塞《ようさい》みたいだった。柵の隙間から見学するとかの次元じゃない。ちゃんと門を潜《くぐ》って中に入らないと様子がさっぱりわからない造りになっている。

そりゃそうか。軍の施設なんて秘密ばかりだ。

高い塀を見上げて、僕は圧倒された。やっぱり訓練を見たいと強請《ねだ》るなんて非常識だったろうか。

ヤッカさんの顔パスで門番をクリアしたが、今になって心臓が破裂しそうなほど緊張してきた。僕が塀ばかりを気にしているのに気づいて、ヤッカさんが肩をすくめる。

「頑丈にしておかないと、訓練中に壁が破壊されますから」

「軍事機密を秘匿するための塀じゃないんですか？」

「いいえ、王都の民に迷惑をかけないためです」

破壊、迷惑、穏やかでないワードが出てきたぞ。どういうことなんだと首を傾《かし》げながら歩いていると、突然目の前に人が飛んできたのをヤッカさんが叩き落とした。

「ヒッ」

悲鳴を呑み込む。飛んできたっていうか吹っ飛ばされてきた人は、尖った耳とふさふさした尻尾を持った大柄な男性だった。こんな大きな人が飛んでくるって、どういうことだ。

「うらぁッ！」

男性が雄叫《おたけ》びを上げる。反動をつけて起き上がり、ヤッカさんには見向きもしないで自分が飛んできた方向へ走っていった。僕にできたのはポカンと口を開けることだけだ。

男性の向かった先では、上半身裸の男性たちが組み手をしている。投げ飛ばされたり地面に叩きつけられたり、これは乱闘というのではないの？　その中心に豪奢《ごうしゃ》な黄金の鬣《たてがみ》を太陽の光に輝かせる、一際逞《たくま》しいリカルデロ殿下がいた。

「殿下だ……格好いい……………」

吐き出した息は、我ながら熱っぽかったと思う。

だって筋肉だよ⁉　僕もあんな逞《たくま》しい男になりたい！　ぜひとも兄貴と呼ばせてもらいたい‼　筋トレメニュー、どんなのがいいかな⁉　いや、その前にこの貧相な身体はストレッチからだね！

ふすふすと鼻が鳴りそうになるのを必死に我慢する。ヤッカさんが気味悪げに見ている気がするが、筋肉の前には些細《ささい》な問題だ。

「落ち着いてください。興奮すると匂いが立ちます」

「えッ？　ごめんなさい」

興奮しすぎて汗かいちゃったかな。腋にじんわりと汗が染みてきたかも。制汗スプレーが欲しい。ミントオイルとアルコールで作れる気がする。霧吹きは存在しているから頑張ればいける？

僕が脳裏で変なシミュレーションをしていると、ヤッカさんがふぅと息を吐いた。

「見学はおしまいにしたほうが良さそうです」

彼の視線の先では、リカルデロ殿下が絶好調で暴れている。

「殿下ーーッ！　急にどうしたんすかッ？」

「練兵場で殿下と言うな！」

「そんなら、大将！　なんで急に滾《たぎ》ってんですかッ！」

「何故《なぜ》だろうな!!」

さっきよりも訓練が激しくなった？

リカルデロ殿下の盛り上がった胸筋から湯気が立ち上っている。噴き出した汗が蒸発しているのだろう。野生馬が躍動するような力強さに胸がドキドキした。……あっ、馬じゃなくて獅子だ。

「クラフトクリフ王子、この場を離れましょう」

ヤッカさんの手が腰に回る。強制退去させられるようだ。

「これ以上殿下が興奮すると、王子の身が危険です」

「こっちに向かってくるとか？」

「そうです」

それは怖い。屈強な兵士たちをガンガン放り投げているリカルデロ殿下に突進されたら、秒で死ねる。せっかく断頭台を回避して健康になったんだから、頑張って長生きせねば。

「わかりました。見学させてくださってありがとうございます」

礼を言って踵《きびす》を返す。ヤッカさんの手は腰に回ったままだ。

「僕、もう転びませんよ」

「私の匂いで誤魔化しているんです。マーキングしたと誤解されると私の生命が危ないので、静かにしてもらえませんか？」

彼が何を言っているのかわからない。言葉は耳に入ってくるんだけど、意味不明だ。僕が汗臭いのをヤッカさんが誤魔化していて、それがバレると死にそうになるの？　誤魔化さないといけないほど汗臭い？　体臭は獣人族のほうが濃そうなんだけどな……

僕にもわかるように説明してほしいが、ヤッカさんの強張った表情を見ると結構深刻な状況みたいだ。僕はおとなしくヤッカさんに連れられて練兵場を出る。入った時と同様に彼の顔パスだった。

練兵場から離れるとヤッカさんの手が離れた。その口から僕が知らない情報がもたらされる。

「ヴェッラネッラの王族はジェインネラ妃を筆頭に、すでに幾人かがご懐妊されています」

男でも子が産めると聞いているので、ちょっとビビる。

「姉上以外にも？　もしかして、王子の誰かが？」

僕は第七王子で、王太子の長兄は父上と一緒に行方不明だ。リオンハネスにいるヴェッラネッラの成人した王子は五人。僕が誕生日を迎えたら六人になる。

「いいえ、元側妃方です。番《つがい》になった王子もおられますが、胎《はら》が出来上がるまでには時間が必要です」

小さな王子王女に付き添ってきた父上の側妃が、子連れで再婚したとぼんやりと聞いた。そのうちの二人が懐妊したらしい。あの王妃様に気を遣いながら愚王である父上の奥さんをしているより、全力で妻を守る獣人族との結婚生活のほうが幸せだろうな。幼い連れ子も大事にしてくれるなら、絆《ほだ》されもするだろう。

ていうか、やっぱり奥さん枠の王子もいるんだ……。ちょっと遠い目をするのは許してほしい。

僕がお嫁さんをもらうことなんて考えたこともなかったが、お嫁さんになることはもっと考えたことがなかった。王太子宮に納められたとはいえ、リカルデロ殿下は帰ってこないからほぼ居候《いそうろう》状態だし。

それが、現実に従兄弟王子が獣人族の男性と結婚したと聞いて、他人事だと思っていたものが一気に身近になる。

「僕が下げ渡される日も近いかもしれないですね」

そう言うと、ヤッカさんがあからさまに顔を顰《しか》めた。何かを言いかけ三度ほど口を開いて閉じる。

「いいえ。今は目立った国際的な騒乱も起こっていませんから、褒賞を受けるほどの手柄を立てる機会を得る者はいないでしょうね」

取ってつけたような理由だな。本当の理由は別にありそうだ。

それにしても国際的な騒乱か……リカルデロ殿下が頻繁にヴェッラネッラ王国に足を運ぶのは、父上を捜すためだと聞いた。あんな男を父と呼ぶのは心底嫌だが、他に呼びようがない。

「父上を捕まえた人にご褒美？」

いや、僕がご褒美なんて、うん、ないない。

「ホーツヴァイ王の潜伏場所を発見した程度で、それはないです」

ヤッカさんの声は冷たい。

うん？　ホーツヴァイ王？　……あ！　父上の名前だった！

父上と王妃様はそういう名前の生き物だし、気にしたことがなかったよ。ちなみに他の側妃や異母兄弟、従兄弟の名前も知らない。ずっと閉じ込められていたので、遠くから姿を眺めたことがあるだけだ。姉上の口からも具体的な名前を聞いたことがない。そして母上の名前も知らないことに、僕は愕然《がくぜん》とした。

「どうしました？」

僕が黙り込んだせいか、ヤッカさんの声に温《ぬく》もりが戻る。彼の声音が冷たかったから口をつぐんだのではない。あんまりにも薄情な自分に驚いたんだ。

「いえ、そういえば父上の名前、ホーツヴァイだったなぁ、と」

王妃様の虐待を見ぬふりをした父上の名前なんてどうでもいい。でも、母上の名前は……胸が痛む。彼女を喪《うしな》った時の僕は幼すぎて、仕方ないことだと理解するよりない。

「父上、早く捕縛されないかなぁ」

民を虐《しいた》げていた責任はしっかり取らせなければ。

ヴェッラネッラの王族はほとんどリオンハネス王国に連れてこられたけど、悪いことをしていた人はヴェッラネッラで牢屋に入っている。当然、積極的に戦に加担した人も。

「そうですね。……ジェインネラ妃は今やリオンハネスで最も高貴な女性です。ホーツヴァイ王から助命嘆願のために密かな接触があるかもしれません」

「姉上を疑ってるの？　それは心外です。姉上は父上が大嫌いなのに」

「ええ、ジェインネラ妃を疑ってはおりません。厚顔無恥なホーツヴァイ王が、自分が娘にした仕打ちを忘れて頼ってくるのではと懸念しているのです」

そうか、そういうこともあるんだ。姉上は今、自分一人の身体じゃない。余計な心配はさせたくないな。

「それじゃあ、やっぱり父上は早く捕まえないと」

「そのために、リカルデロ殿下が足繁くヴェッラネッラに通っておられるのですよ。ホーツヴァイ王の足取りを掴めれば、王太子宮にも帰ってこられるでしょう」

「あ、そこは気にしてません」

何度でも言う。僕はひっそりと居候《いそうろう》させてもらえればいい。すちゃりと手を上げて宣言すると、ヤッカさんは再び渋面になった。

「そんなに殿下が嫌なら、私のところにいらっしゃいますか?」

「まった、またぁ。いくら最初に押しつけられたからって、こんな奴の面倒を一生見るなんて馬鹿げてますよ！　別に殿下のことは嫌いじゃないですよ、僕もあんなふうに筋肉ムキムキになりたいですもん」

リカルデロ殿下の副官は気遣いが半端ない。だからって僕みたいなお荷物を背負うなんてやりすぎだ。思わず笑ってしまう。

「あなたはお綺麗ですよ」

ヤッカさんが目を細めて僕を見る。

今日は何度か同じことを言われた。綺麗だなんて言われるとお世辞でも嬉しかった。

季節が巡り雪解《ゆきど》けの頃、僕は誕生日を迎えて十八歳になった。ヴェッラネッラ、リオンハネス両国で晴れて成人となる。前世でも成人だね。

リオンハネス王国の冬はほとんど雪が降らなかった。一方、ヴェッラネッラ王国はここより北だからそれなりに降る。リオンハネスの過ごしやすい気候は、初めての出産に挑む姉上にも良かったんじゃないかな。

そして、姉上は可愛い姫を産んだ。今年初めての春告げの花が咲いた日だ。

アレンジロ陛下が発した喜びの咆哮《ほうこう》は、城が崩れるんじゃないかってほどだった。人族が大型獣人の子どもを産めるのは知られていたが、生まれるのは男児ばかりだった。大型獣人の女児が生まれたのは二十数年ぶりらしい。誰もが新たな王子の誕生だと思い込んでいたところに、王女誕生の知らせが届き、国中が沸きに沸いた。

リカルデロ殿下は姉上が産むかもしれない弟を、次の王太子にしようと言っていた。それは一旦保留にするしかない。殿下にも早く素敵な奥さんが見つかるといいね。

あんなに格好いいんだもの、殿下を好きになる人族もいっぱいいると思うよ。……って、ヴェッラネッラに足繁く通うのは、お目当ての人族がいるからかもしれないな。

姪っ子は本当に小さくて、抱かせてもらった時は怖かった。少しずつ健康になっていて良かった。こんな尊い生命を落としたりしたら、後悔で城の尖塔の天辺から飛び下りる。

「丸いお耳が可愛いでちゅねぇ」

姪っ子に向かって話しかける。赤ちゃん言葉が気持ち悪いが、天使の前では誰もが愚か者になるのだ。

姉上のお子は獅子の特徴を持っていた。豪奢《ごうしゃ》な金髪と金の瞳がアレンジロ陛下とリカルデロ殿下にそっくりだ。顔立ちは多分、姉上似。まだ赤ちゃんだけど、とんでもなく美人だ。

揺り椅子に座ってゆらゆらすると、姫の口がもにゃもにゃ動く。可愛い！

「早くお名前、決まるといいでちゅね」

「最初の贈り物ですもの。陛下は悩みに悩んでいらっしゃるわ」

ソファでゆったり寛《くつろ》いでいる姉上が微笑《ほほえ》んだ。お子の名前はほぼ決定していたのだが、まさかのお姫様だったので考え直し中らしい。

「そういえば、姉上が王妃に冊立《さくりつ》されると聞きましたが」

「畏《おそ》れ多《おお》いのだけど……」

大型獣人の女児は希望の星だ。小さな身体で王女を産んだ人族の姫は、国民の間で女神と呼ばれ始めているらしい。女神を側妃の地位に甘んじさせるとは何事ぞ、というわけだ。

「懐妊がわかった時にも打診されたのだけど、わたくしにはとても務まらないと辞退していたの」

リオンハネスの王族は少ないので、懐妊しただけで大手柄だ。

「姉上は謙虚すぎです。例に出すのも姉上に失礼ですが、第四王女みたいな我儘《わがまま》放題な姫だっているんですよ。彼女に比べたら、生まれたばかりの天使ちゃんだって淑女です」

ねーっと姫に笑いかけると、ふあぁと欠伸《あくび》が返ってきた。可愛すぎてどうにかなりそうだ。

「陛下だって、姉上なら公務に支障がないとお思いになったんでしょ？　姉上にぞっこんだけど、その辺を見誤る方じゃないと思いますよ」

思慮深く逞《たくま》しい獅子の王様は姉上に王妃の器がないとわかったら、側妃のまま部屋に囲い込んでいる気がする。番《つがい》を極力外に出したがらないのが、大型獣人の雄が持つ習性らしいから。むしろ王妃に冊立《さくりつ》すると忙しくなってスキンシップが減ると思っていそうだ。

「で、陛下は今日は公務？」

「リカルデロ殿下がヴェッラネッラからお帰りになったそうよ」

「じゃあ謁見の間で帰還の挨拶を受けていらっしゃるんだね」

リカルデロ殿下は王太子宮には帰ってこないので、知らせが来ないのだろう。自分が住んでいる部屋の主の帰還を、姉上から聞くなんて笑い話だ。

「この後、殿下と一緒にこの子の顔を見にいらっしゃる予定よ」

「へぇ…………え？」

聞き流しかけてハッとする。

リカルデロ殿下がここに来る？　思い出されたらどうしよう⁉　待て、落ち着くんだ。殿下と話したのは一年も前だし、あれから身長も伸びたし体重も増えた。顔にも肉がついて別人に見えるから、大丈夫じゃないか？　しれっと侍従のふりでもしようかな。

姫を姉上に返そうと立ち上がったちょうどその時、先触れの侍女が扉を開い——

バッターーンッ!!

すごい音を立てて扉が開く。

ひぃッ、扉の蝶番《ちょうつがい》が壊れたッ！

「旨そうな匂いがする」

リカルデロ殿下!!

旨そうな匂いって、僕!? 天使ちゃん!? 僕なんて食べても美味しくないし、天使ちゃんは美味しいかもしれないけど、絶対にダメだからね!!

扉に弾き飛ばされそうになった兎耳《うさぎみみ》の侍女は、上手に跳ねて逃げた。僕はソファに座る姉上に姫を返し、その前に立つ。

なんだかよくわからないけれど、入り口に立つリカルデロ殿下はひどく興奮しているようでふうふうと肩で息をしていた。豪奢《ごうしゃ》な金髪が豊かにうねり、黄金の瞳がこっちを真っ直ぐに睨《にら》んでいる。

「お前は誰だ？」

あなたの側妃（仮）ですが!? 侍従ですって言ったら誤魔化せる？

言葉に詰まっていると、殿下の身体が消えた。

「この、馬鹿息子ッ！ 我が妃を驚かせるでない!!」

あ、陛下だ。

「殿下は阿呆ですか!? ここはジェインネラ妃の私室ですよ！」

これはヤッカさんの声だね。

そう、ここは陛下の後宮だよ。実の息子のリカルデロ殿下でも妹姫という口実がなければ入れないはずなのに、目付け役のヤッカさんが入れるってすごいな。めちゃくちゃ信用されているんだね。

「この匂い、知っているぞ？　いや、こんなに甘かったか？」

「あそこにいるのは我が妃だ」

「そっちじゃない！」

「殿下、うわッ！　発情香が出てますよっ！」

「なぬ!?　いくら我が息子でも、王の後宮で発情するのはいただけぬな！」

「お二人共、落ち着いてください！　そんな大声で喚《わめ》いたら……」

「ほにゃあ……ほにゃあ……」

三人が一斉に捲《まく》し立《た》てるので、あ〜あ、天使ちゃんがびっくりして泣いちゃった。姉上がゆらゆらしてあやすが、泣《な》き止《や》まない。

ヤッカさんが殿下を羽交締めにして引《ひ》き摺《ず》り出《だ》した。続いて、兎耳《うさぎみみ》さんが素早く扉に飛びついて閉めようとしたが、蝶番《ちょうつがい》が壊れていて無理だ。

「側妃様、姫様と共に奥の間へご避難ください」

狐尻尾の侍女が冷静に言ったので、僕も姉上に視線で避難を促す。姉上は僕を心配そうに見たが、腕の中の天使ちゃんが身動《みじろ》ぎ、狐尻尾さんと一緒に奥に引っ込む。ほにゃほにゃという、新生児特有の泣き声が遠ざかっていく。

「あの……リカルデロ殿下の番《つがい》さん？」

兎耳《うさぎみみ》さんに聞くと、無言で首を横に振られた。狐尻尾さんの背中を指すが、やっぱり否定される。

「クラフトクリフ妃、ご自身だとは思われませんか？」

僕に付き添っている王太子宮つき小姓君が謎かけのように言った。全然思わないし、なんなら小姓君だって番《つがい》候補かもしれない。

「番《つがい》って獣人族同士だと出会った瞬間にお互い、ビビッてくるんでしょう？　人族が相手でも獣人族側はその相手が運命の人かどうかわかるって聞きました。陛下と姉上がそうなんですよね？」

番《つがい》とは夫婦や伴侶という書類上の縁とは別の、本能的な結びつきを表す言葉だと聞いている。市井《しせい》では単なる婚姻相手や恋人をそう呼ぶ人も増えているそうだが、王侯貴族の間では現在でも特別な執着を生む運命的な相手を指す。

僕がリオンハネスの城に来た時、すでに姉上は陛下の後宮に納められていた。そこから、運命を感じた陛下が猛アタックを開始して姉上が絆《ほだ》されたのだろう。

「王太子宮つきのあなたもよく知るように、殿下は宮に足を踏み入れもしませんよ。僕の預かり先を探す時、誰も手を上げなかったし、殿下も側妃はいらないっておっしゃってましたよね？」

ヴェッラネッラの城とリオンハネスの城、二度も顔を合わせたのにまるで興味を持たれなかった。それはつまり、僕が番《つがい》だなんてあり得ないってことだ。

納得していない表情の小姓君と共に王太子宮へ帰る。姉上への挨拶は兎耳《うさぎみみ》さんに託《ことづ》けた。やはりリカルデロ殿下は宮にはおらず、ヤッカさんが軍の宿舎に連れ帰ったようだ。ちょっとだけ安心する。

鋭い金色の瞳の周りをほんのり赤らめた殿下は、とんでもなく獰猛《どうもう》で変な色気が漂《ただよ》っていた。あれは目の毒だ。

不安を振り払うように一晩眠り、何事もなく朝を迎えた。ゆっくり朝ごはんを食べながら今日の予定をおさらいしていると、部屋の外で人々が騒《ざわ》めく気配がする。

王太子宮は宮の主人が不在なため、使用人が少ない。僕の身の回りを最低限整えて時々話し相手になってくれる小姓君と、掃除やお風呂の支度をする侍従さんが数名ずつだ。使っていない場所はたまに空気を入れ換えるだけ。

こんなに大勢の気配がするなんて、どうしたんだろう。

「何かあったの？」

小姓君に尋ねると、満面の笑みが返ってきた。普段は穏やかに微笑《ほほえ》み、ある意味ポーカーフェイスの小姓君が嬉しそうなのは珍しい。

「今夜から王太子殿下が宮でお過ごしになるとの知らせが入り、全室の点検とファブリックの入れ替えを行っています」

「はぁ、ファブリック……」

聞けば、家具にかけてあるカバーを取り払い、リネン類やカーテンを取り替えているらしい。全室って言ったよね……リカルデロ殿下の生活空間だけでいいんじゃない？

どうしよう、殿下にどんな心境の変化があったのか知らないが、なんで急に王太子宮に帰ってくることにしたんだ？　王太子の私室と王太子妃の私室は側妃の間の真逆にあるから、殿下がわざわざ訪ねてこないと会わないはずだけど……

って、いきなり先触れですか!!

え？　来るの？　ここに？

「嘘でしょ⁉」

小姓君がニコニコして花束を手渡してきた。かすみ草の花束だ。可愛いけど意味がわからない。

僕の前世では、花言葉を嗜《たしな》むような生活はしていなかった。

「殿下からです」

「あなた宛てじゃなくて？」

「昨日から何をおっしゃっていますか」

高貴な方の訪《おとな》いは先触れといって、事前に「伺ってもいいですか？」「今から出発しますよ」というメッセンジャーが来る。僕が陛下の後宮に赴《おもむ》く際も侍従さんが先触れに立つ。訪問の約束を取りつけてあっても、そうするのが礼儀だ。身分が上の者から先触れが来たら、基本的に断れない。

そう、今の僕のように。

「時間がありません。お支度をいたしましょう」

王太子宮の予算で用意された煌《きら》びやかな衣装を着つけられて、黒髪を丁寧に梳《す》かれる。天使の輪が見えるほど艶々《つやつや》になったそれが、肉付きが良くなった頬に落ちかかった。邪魔なので適当に引っ詰めたいが、許されない。このキラキラ衣装には引っ詰め髪は似合わないだろう。

装《よそお》った僕は姉上の劣化版ってところかな。パーツは似ているけれど、やっぱり性差のぶんだけ骨っぽい。

鏡越しに小姓君と目が合った。彼は満足そうに微笑《ほほえ》んでいる。

ヴェッラネッラ王国が解体されリオンハネス王国の属領になって一年。僕がこの宮に入ってからの月日と同じ長さ。王太子宮の主人が初めて側妃の間に訪れる。

一生来なくていいのに。

リカルデロ殿下のことは格好いいと思うが、旨そうだとか変な冗談を言う人だ。獣人族の間では鉄板のネタなのかもしれないが、人族の僕には全く笑えない。

ややあって遂《つい》に応接間の扉が開かれた。真っ先に目に飛び込んできたのは真っ赤な薔薇《ばら》。それからゴージャスな金髪。僕は礼儀として殿下を立って出迎えた。この一年で習得したお辞儀をする。

「この匂いだ」

殿下の目がギラリと光ったように見えた。

黄金の瞳が光るとちょっと怖い。僕を餌だとでも思っているんじゃないかと不安になる。獣人族の食事は僕ら人族と変わらないが、殿下の獲物を狩る獣のような視線は背中がビリビリする。

「ヴェッラネッラのクラフトクリフ王子だな？」

「はい」

肯定する。嘘を言っても仕方がない。

「見違えた……まさか、あの不幸な子どもがこんなに育つなんて」

殿下は呆然と僕を見ている。

多少太ったけど僕は僕だ。ヘンゼルとグレーテルじゃあるまいし、太らせたから食べようとでもいうの？

鬱々《うつうつ》とした気持ちで殿下を見上げていると、不意に薔薇《ばら》が押しつけられる。

さっきかすみ草をもらったばかりですが？　首を傾《かし》げていると小姓君が素早く受け取って、かすみ草を組み合わせて花瓶に生けた。

うわぁ、気障《きざ》!!　最初からそのつもりで、先触れにかすみ草を持たせたんだ!!

「流石《さすが》に謁見の間で、適当に遊ぶ宣言をした人だ」

ついうっかり、呟《つぶや》いてしまう。

「あ、いや、発散は必要だが遊んではない」

「はあ、僕に言い訳の必要はないですよ」

この身体は栄養が足りなすぎて、僕のボクは今のところふんわりしかおっきしてくれない。けれど大学生だったかつての僕は、健康を損なわない程度に自己処理をしていたんじゃないかな……知らんけど。

「大人の男の人なんで、しょうがないです。不潔だなんだと騒いだりしません」

腕を組んでうむうむと頷《うなず》く。

殿下がこれから王太子宮に住んだとしても、この部屋は端っこだ。彼の恋人が僕を気にする必要はない。僕は敗戦国からかっぱらってきた戦利品で、居候《いそうろう》で、形だけの側妃なんだから。

それなのに殿下は怯《ひる》んだように一歩下がった。

「怒っている……のか？」

「何をですか？」

「その……一年も放っておいたことを」

やけに弱気な声音に首を傾《かし》げる。あまり交流していないが、堂々としたイメージしかない殿下がしょんぼりしていると調子がおかしくなる。

「姉上の手助けもありましたし、ヤッカさんも様子を見にきてくれました。王太子宮の侍従たちはとても親切で、とくに小姓は話し相手のいない僕の慰《なぐさ》めになってくれています。この通り、何不自由なく生活しています」

食料と寝床があるだけでも素晴らしいのに、最上級のもてなしを受けている。

「姉……ヤッカ……小姓……」

「はいっ」

この一年を思い返すと表情がニマニマするのを止められない。本当にみんなにはお世話になっていた。いくら感謝しても足りない。

「一年前にヴェッラネッラでお前の匂いに気づいていたのに……」

「黒い冗談《ブラックジョーク》ですね！　僕は禁書を読んで獣人族が人族を捕食しないことを知っていますが、一般の人族は怖がると思いますよ！」

「そうか、怖いのか」

リカルデロ殿下の凛々《りり》しい眉毛が下がった。

「僕は怖くないですよ？」

ちょっとビビッたが、恥ずかしいから言わない。

殿下は僕の言葉に安心したのか、肩の力を抜いたように見える。

「殿下のお邪魔にならないよう、この部屋でひっそりしています。僕のことは気にせず、お相手を呼んでくださいね！」

宣言すると、シビビッと殿下の尻尾が立った。可愛いって言ったら怒られるかな。

3

子どもを産んだ姉上は、引き続き施療院《せりょういん》及び託児所への慰問を休むことになった。

獣人族の女性は出産後二、三日で回復するらしいが、人族はそうはいかない。出産した女性の身体は、交通事故にあったくらいのダメージを受けていると聞いたことがある。もちろん前世の話だ。

姉上は獣人族の慣《な》らいに従おうとしたが、全力で止めた。王妃に冊立《さくりつ》された人族の王女がそれをしたら、後に続く者たちも同じようにしなければならなくなる。

「根本的に身体の作りが違うんだから、無理して何かあったらどうするの？　人族には産後の肥立《ひだ》ちって言葉もあるんだし、頑丈な獣人族に合わせてたら死んじゃうよ」

姉上は自分よりも他人のことを優先する人だ。ちょっと卑怯な手だが、その言葉に効果は抜群だった。アレンジロ陛下が僕の言葉に焦って姉上の手を取る。

「ジェインネラ、少なくとも半年は慰問に出かけてはならぬ」

重々しく命じているが、丸い獅子の耳がぺしょりと寝ている。強面《こわもて》のイケオジが姉上の黒髪を一房取って、チュッと音を立てて触れないキスをした。

アレンジロ陛下、かっこいい。耳は寝ているけれどね！

そんなわけで僕は、姉上の名代《みょうだい》で施療院《せりょういん》と託児所への慰問を続けることになった。それ以外は変わらぬ日常と思いきや、一つ大きな違いがある。

リカルデロ殿下が王太子宮に住み、時間を合わせて食事を共にするようになったのだ。朝食は毎日、昼食は各々《おのおの》、夕食は殿下が必死に仕事の調整をしているようだ。夕食後も残りの仕事を片付けるために外出していることがある。無理に帰宅しなきゃいいのに。

「殿下、今日のお仕事は大変でしたか？　それともまた今夜もお出かけですか？」

チマチマとサラダをつつきながらリカルデロ殿下に訊《たず》ねる。仕事の続きと言いながら夜のオアソビに出かけていても、僕は気にしない。

「いや、今夜は少しクリフと話したい」

いつの間にかのクリフ呼びだ。

まあ、自分でもクラフトクリフって舌を噛みそうになるもの。好きなように呼んでくれたらいい。

殿下は僕をほったらかしていたことに、今更ながら罪悪感を覚えているようだ。忙しい合間を縫って僕との時間を作ろうとしてくれる。ありがたく思うべきなのだろうが、むしろ存在を忘れていてほしかったのが本音だ。距離を詰められると、どうしたらいいのかわからない。

僕の存在を思い出したとしても現状維持を求む。まだ家臣に下賜《かし》するとは言い出していないから、今後もそんな気を起こさないでくれると嬉しい。お城から出されると姉上の手伝いができないし、天使な姪っ子ちゃんに会えなくなる。

「えっと、では何か飲むものを……」

給仕の小姓君に目配せをし、僕たちは食堂から談話室に場所を移した。

僕に与えられている部屋は、いくつかある側妃の間の中で一番いい部屋である。僕しかいないのだから、序列はない。

食堂、居間、談話室、寝室、衣裳部屋に、小姓のための継ぎの間。もちろんバストイレもちゃんとある。裏向きの設備は見せてもらえなかったが、お茶やお菓子を用意するための簡易キッチンもあるようだ。分不相応だと思う。

ヴェッラネッラ王国で僕が住んでいた部屋は使用人棟の端っこで、三畳くらいの広さのウォークインクロゼットを寝室と言い張っていたほどだ。あれはあれで秘密基地みたいだったが。

談話室は庭園に面していて、扉にガラスが嵌《は》め込《こ》まれている。夜だから何も見えないが、その向こうには野生味溢《あふ》れる庭園が広がっていた。今年の春に散歩をした時は黄色い連翹《れんぎょう》の花が洪水のように咲き誇っていて圧倒されたのを覚えている。接木《つぎき》でどんどん増える連翹《れんぎょう》は何もしないとあっという間に庭を侵食していくらしい。

リカルデロ殿下の前にお酒のグラスとデキャンタが置かれ、僕の前には紅茶のセットが用意される。摘まめるボンボンも添えられているが、僕のお腹はさっきの夕食ではち切れそうだ。ドカ食いしたわけじゃない。胃が小さいのでいっぺんに食べられないのだ。

殿下が唇を湿らせる。大きな手のひらがガラスの器を包み込んでいた。僕だったら両手で持っても隠れないだろうな。自分の手のひらを眺める。うん、小さい。

「手のひらの何が面白いんだ？」

不意にそう聞かれる。知らず笑っていたらしい。殿下に問われるまで無自覚だった。

「殿下の手が大きすぎて、グラスが小さく見えるのが不思議で。僕の手とは全く違いますね」

手のひらを見せつけるように殿下に向けて差し出すと、大きな手が重ねられた。さっきまで持っていたグラスのせいでひんやりしている。

「ふわぁ、本当に大きい」

ムキムキな筋肉もすごいけど、手の大きさも半端ない。めちゃくちゃ羨ましい。これだけ大きかったら、天使ちゃんを抱っこするのも楽々だろうな。

殿下の手は僕の指の関節ふたつ分大きい。手のひらもゴツゴツしている。これは剣だこなんだろうか。

民を守る、王者の手だ。

「好きだなぁ」

ポロリと口から出た、賞賛の言葉。

「……好き？」

手を合わせたままの殿下が、僕の言葉を繰り返す。

「図々しくてごめんなさい！　筋肉とか手のひらとか、とても格好良くて！　僕もこんな筋肉が欲しいな……なんて！」

慌てて手を引っ込める。言い訳が早口になった。

「どんな訓練をしたらムキムキになれますか、兄貴！」

「兄貴……？」

「あ」

やっちゃった？　いくら王子らしい生活をしていなかったからって、この言葉遣いはない。しかも殿下を兄貴だなんて！

「俺はお前の兄になるつもりはない」

引っ込めた手を掴まれた。殿下の指は僕の手首を一周してもまだ余る。金色の瞳が至近距離で僕を射た。

「申し訳ありません、出すぎました。兄というか兄貴っていうのは兄じゃなく、兄貴って存在なので」

我ながら頭が悪い説明だ。侠気《おとこぎ》溢《あふ》れる人や筋肉ムキムキの人は「兄貴」という生き物だと思っているんだが、巧《うま》い言葉が見つからない。

僕は身体を鍛える際の目標としてリカルデロ殿下に憧れている。でもそれは、とても畏《おそ》れ多《おお》いことなのかもしれない。そういえば、ヤッカさんもいい顔をしなかった。

王太子宮の片隅に住むのを許された敗戦国の王子でしかない僕は、身体を鍛えようなどと思わず静かにしていたほうがいいのだろう。謀叛《むほん》を警戒されてもおかしくない。

殿下の大きな手と僕の手を重ねた時の高揚感が、しおしおと萎《しぼ》んでいく。ソファに深く腰かけて、膝の上に手を揃えた。王妃様の前に立った時のような気持ちで背筋を伸ばすと、意味もなく目頭が熱くなる。

「あ、いや、兄ではなく。お前は俺の宮のただ一人の……」

大きな手が僕の頬に添えられて、親指が目尻をなぞった。クンクンと臭いを嗅ぐ仕草をされるのはちょっと微妙だ。体臭を確認されるのは恥ずかしい。

「まだ早いか」

「何がですか?」

殿下の眉が少し下がり、言いかけた言葉を自分で遮《さえぎ》る。意味が理解できなくて僕は素直に問うた。あやふやにしておいてすれ違うなんて、よくある話だ。早いうちに解決しておきたい。けれども、相手が話し合いたくない時はどうしようもない。

「お前は身体を鍛えたいのか?」

あからさまに話をすり替えられた。というか元に戻された。

それに対する返事はイエスだが、ヤッカさんや小姓君たちからも賛同を得られていない。別に剣術を習いたいわけではないんだが。そう思いながら頷《うなず》くと理由を聞かれた。

「姉上の名代《みょうだい》で施療院《せりょういん》へ慰問してるんですが、介護人の手伝いをするには非力すぎて。いつも若い貴族の方が手伝いに来てくれるのです。でも人の手を煩《わずら》わせずに自分でできたらと思っています」

「その貴族のことは、ヤッカから報告を受けた。何か避けたくなるようなことをされたのか?」

ヤッカさんと一緒に慰問に行った日のことだよね。それとも、小姓君がヤッカさんとまめに連絡をとっているみたいだから、そっち経由かな。

「ちょっと接触は多い気はしますが、たいしたことはないです」

日本人の感覚的には距離が近いし、ヴェッラネッラでは姉上と亡くなった母上しか傍《そば》にいなかったから普通がわからない。王妃様と第四王女は殴る蹴るだし、小間使いの童女は扉の隙間から姉上に託された食べ物を差し込んで逃げていっていた。人族にさえ親しい同性の友人がいないのに、獣人族の距離感などさっぱりだ。

「そういうわけで、僕に近づく意味がよくわからなくて。政治的な思惑《おもわく》があるのなら手伝いを断ったほうがいいと思うんです。単純な親切ならどんどん社会福祉に貢献していただきたいんですけどね」

殿下も距離が近い。今だって僕の頬に手を添えたままだ。手はゴツゴツしているのに、触れ方は優しい。ヤッカさんも匂いを誤魔化すためと言って腰に手を回してきた。やっぱり獣人族のパーソナルスペースは、僕が思うより狭いんだろうか。

「クリフ、順番に整理をしよう。虐待に関する調書は読んだ。王妃はリオンハネスの法に基づいて裁判し、ヴェッラネッラの罪人塔の最上階に部屋を与えた。第四王女はリオンハネスの修道院だ」

思いもよらぬタイミングで、あの人たちの処遇を聞いた。あの二人のことは、みんなが「相応の報《むく》いを受けております」と言うばかりではっきりしたことは教えてくれなかったのだ。

「今更だとは思うが、お前の口から直接聞きたい。ヴェッラネッラの王妃はお前に何をしたのだ?」

殿下の言う通り、今更だ。王妃様は罪人塔への永のお預け、第四王女は改心するまで修道院から出されない。ヴェッラネッラなら逃げる余地もあるだろうが、リオンハネスでは無理だと思う。僕が生きている間に関わりを持つことは多分ない。

それでも僕は口を開く。殿下が真っ直ぐに視線を合わせてくるからだ。

黄金の獅子の瞳に促され、母が亡くなってからのことを話す。始めは姉弟揃って食事を抜かれたこと、時間稼ぎのために姉上の美しさを父上に認識させたこと、姉上を甚振《いたぶ》れなくなった王妃様の腹いせが僕に集中したこと、姉上が夜会に出るようになると第四王女も虐《いじ》めに参加するようになったこと。

お腹が空いて寒かったし、殴られた日は痛くて眠れなかった。父上が無関心なのには怒りしか湧かなかったが、すぐにどうでも良くなる。他人よりも遠い父親のことなど、考える労力が惜しい。

大学生の記憶を持った僕は、達観した可愛げのない子どもだったな。それでもあの日に帰れるのなら、凍える自分を抱き締めてやりたい。過ぎ去った時は戻らないけれど。

淡々と唇から言葉が流れていく。感情など乗せない。事実を事実として語るだけだ。

「痛かったんだな」

「女性の腕力でしたけど、こっちもガリヒョロなんで……」

爪で頬を傷つけると地味に痛み、結構長く痕が残っていた。

「俺を兄と呼んだお前の笑顔は輝いていた。その後に抜け落ちた表情……どちらが本当の顔なのだ？」

「どちらも」

人間だもの、その時々で違う感情を持つものでしょう？

「リオンハネス王国に来て、贅沢に慣れてしまいました。お腹を空かせることもなく、寒くて眠れない夜もない。姉上の手伝いをしながら、ひっそりと生きていられたら良いのです」

「当たり前の生活を贅沢と言うのか。あの女、あの時に首を刎《は》ねてやれば良かった」

そんな物騒な！　確かにあの時の王妃様の態度は良くなかったが、きちんと裁判をしたのならそれが一番じゃないか。

「まぁいい。お前があの女たちに会うことは、二度とない」

リカルデロ殿下は王妃様の話を打ち切った。彼女のことは思い出したくもないので、僕も異論はない。

「明日、休みを取った」

不意に殿下が呟《つぶや》く。何を藪《やぶ》から棒に。

「久しぶりのお休みですね。ゆっくり休憩してください。このところ夕食の後もお仕事に行かれてましたし、骨休めも大切ですよ」

リカルデロ殿下に「お邪魔はしません」との意思を込めて微笑《ほほえ》みかける。笑顔は最大の処世術だ。

殿下がいようといまいと、僕はいつも通りの生活をするだけ。本を読むか庭園を散歩するか、姉上の名代《みょうだい》で奉仕活動に参加するか。明日は奉仕活動の予定はないから、散歩程度は歩きたいな。

いや、庭園は王太子の間から見えるか？　四阿《あずまや》から窓が見えるから、散歩をしていたらあっちからも見えるだろうし、諦めようか。

「そうじゃない。お前と時間を作りたくて、休みを取ったんだ」

「何故《なぜ》？」

僕の口は思ったことを留められないらしい。明らかな失言だが、しょうがないじゃないか。リカルデロ殿下が僕との時間を必要としているなんて思えない。

「リオンハネスの街を見たことはあるか?」

あると言えばある。ないと言えばない。

施療院《せりょういん》と教会併設の託児所との往復で、馬車に乗って通り過ぎたり散歩がてら歩いたりはした。一番の冒険はこっそり見に行った騎士団の練兵場だ。ヤッカさんに我《わ》が儘《まま》を言ってリカルデロ殿下の姿を見たんだ。格好良かったなぁ。

「奉仕活動の往復だけ」

脳裏に浮かぶムキムキの筋肉を追い払って当《あ》たり障《さわ》りのない返事をすると、殿下が探るように言った。

「その、なんだ。明日、一緒に城下を散策しないか?」

「街の散策?」

行きたい!

姉上と僕の外出は、決められた何通りかのルートからランダムに選んだ道を利用していた。街の人々との交流は、姉上が街の人々に馬車の中から笑顔で手を振る程度だ。

同じ道ばかり使っては襲撃計画が立てやすいと聞いている。父上が姉上に接触する可能性が問題視されているので、念には念を入れねばということらしい。姉上はおめでたが発覚してからは城から出ていないが、僕が慰問に出かける時にもその体制がとられている。だから街をただ歩いてみたいなんて、とても言えなかった。

「行きたいです！」

思わず前のめりになる。

「余計な護衛はつけず、二人で出かけようと思っているが構わないか？」

もちろんだ！　練兵場での無双を思い出す。リカルデロ殿下に護衛なんて、きっと邪魔なだけだ。

「ふふふ、お邪魔虫はいりませんよね」

「お邪魔虫……」

殿下が僕の言葉を繰り返した。やっぱり足手纏《あしでまと》いはいらないよね。二人で出かけるなんて、まるで友達同士みたいだ。

前世で当たり前に楽しんでいた日常は、ヴェッラネッラ王国では虐待を受けていなくても体験できなかっただろうな。ひ弱な王子が共もつけずに街歩きなど不可能だ。

しかし、リカルデロ殿下は腕に覚えがあるどころか、十人力以上の屈強な戦士である。

「あ、あの、街で若者がお喋《しゃべ》りしながら食べ歩きをしていたのです」

大きな串焼き肉を食べる青年たちは、楽しそうだった。

「屋台がいくつも出ていてお祭りなのかと思いましたが、小姓に聞いたら日常なのだと……」

僕が知らない通りには、飲食を扱う屋台ばかりが居並ぶ場所があるという。街の人々はあまり自炊せず朝食を屋台で食べ、持参した容器に昼食を詰めてもらい、夕食はお持ち帰りするのだそうだ。

「殿下は食べ歩きをしたことがありますか？」

王太子だから経験ないかもと思いながら聞いてみる。すると、殿下はニヤリと笑った。

「練兵場に寝泊まりしている時は、毎日屋台メシだ。初めて屋台に行ったのは、悪友どもと学校を抜け出した時だな。ヤッカに見つかってこっぴどく叱《しか》られた」

ヤッカさんはお目付け役兼学友だったんだっけ。なんだか世話焼きオカンに思えてきた。僕の世話をあれこれ焼くところもオカン度が高い。

それにしても「悪友ども」なんて格好いいな。一生に一度でも口にする機会がある？

楽しげな口元から察するに、その人たちとは今でも交流があるのだろう。やっぱり屋台の食べ歩きは、青春を謳歌《おうか》するイケてる陽キャの嗜《たしな》みなんだな。

「ヴェッラネッラでできなかったことをやってみろ」

その言葉に胸がキュッとした。姉上が陛下のことを「父と夫がいっぺんにできた」とはにかんだのがわかる気がする。わくわくが止まらない。僕にも兄と友がいっぺんにできたみたいじゃないか。

「どうしよう、興奮して眠れないかもしれないです」

楽しみすぎて心臓の音がうるさい。

「いや、寝ろ」

イケメンの顔がくしゃりと歪《ゆが》んだ。さっきのニヤリとしたのも男臭くて格好良かったが、今のは隣のお兄ちゃんみたいな笑顔だった。隣のお兄ちゃんいないけど。殿下もヤッカさんも概念だよ、概念。

「俺が居座っていると寝支度ができないな」

リカルデロ殿下が立ち上がり、僕の頭に大きな手を乗せて簾《すだれ》のように垂らしていた前髪を後ろに撫でつけた。それだけで視界が広くなる。

「お前の匂いは甘い」

チュッと額《ひたい》に唇が落とされた。姉上がしてくれるような、優しい兄弟のキスだ。

びっくりした僕は慌てて両手でおでこを押さえる。耳が熱い。顔はきっと真っ赤だ。殿下には否定されたが、これはやっぱりお兄ちゃんポジで決定じゃないか？

のぼせてますます眠れなくなりそう。

ソファの座面でお尻をずらし、僕は殿下から少し距離を取る。ぺこりと頭を下げると、掻き上げられていた前髪が落ちた。小姓君が丁寧に梳《くしけず》ってくれるので、癖もなくさらりと流れる。

殿下が側妃の間を出ていく。見送らねば。居候《いそうろう》だってそのくらいの礼儀はある。

「頑張って眠ります。おやすみなさいませ、殿下」

入り口まで見送るのは小姓君の役目だ。僕は体面上は側妃であり、この部屋の主人なので、立ち上がって軽くお辞儀をするに留める。

「街の中で殿下なんて呼ばれたら目立ってしょうがない。リカと呼べ」

殿下は再びニヤリと笑って僕の返事を待たずに出ていった。

「は？　え？　リカ……ちゃ、ん？　どこのお人形さん!?」

自分で呟《つぶや》いた声につっこむ。リカと言われるとちゃんづけしたくなるのは日本人の性《さが》だ。違った、僕はヴェッラネッラ人だ。いや、待て。ヴェッラネッラは解体されてリオンハネスの城に住んでいるのだから、リオンハネス人なのか。

突然のリカちゃん呼びの要請に勝手にダメージを喰らい、頭がぐるぐるする。今の僕が何人だろうとどうでもいい。

「リカ殿下……殿下つけちゃダメなのか。リカ様？　様もＮＧ？」

黄金の獅子のようなリカルデロ殿下を親しげに呼ぶなんて、めちゃくちゃハードルが高い。ましてや呼び捨て？

街の中って言っていたので、お出かけの時間だけなんとかしよう。なるべく名前を呼ばない方向で。絶対に殿下って言っちゃうから。

僕が身体を鍛えたいって話は有耶無耶《うやむや》になった。ぐぬぬ、何故《なぜ》だ……。ちょっとくらい、いいじゃないか。


眠りは浅かった。小姓君が起こしに来た時は、すでに自分でカーテンを開けていたくらいに。それは自分の仕事だと彼に怒られたが、今朝の天気が知りたかったのだ。当然ながら天気予報などないので、自分の目で確認するしかない。嬉しいことにピカピカの晴天である。

最近はリカルデロ殿下とご一緒していた朝食も、先に済ませた。身支度が一度で済むからね。朝食のためにおしゃれして、もう一度外出のための着替えをするなんて面倒。

「いつものひらひらした服とは違うんだね」

「リカルデロ殿下のことですから、あまり気取った店には寄られないかと」

小姓君が僕の伸ばしかけの髪の毛を丁寧に梳《くしけず》りながら言った。ヴェッラネッラにいた頃は散髪すらままならなかったので、傷んだ部分はばっさり切っている。というか、意識がない間に入浴ついでに散髪されたみたい。その後一年かけて小姓君がお手入れしてくれていた。

彼に着せつけられた服は拍子抜けするほどシンプルな上下だ。生成色《きなりいろ》のシャツブラウスにベージュのパンツ、ジレは黒くて足元は軽いショートブーツだった。

「お綺麗ですよ」

「一年前の僕なら泣いて嫌がるくらい、着心地のいい服だね」

サマーウールっぽい生地は光沢があって上品だ。リオンハネス王国の城に来たばかりの僕は立派な服を着せられても、汚すのが怖くてカチコチに固まっていた。もちろん王子である僕には、ある程度の見栄が必要なのは理解している。加えて王太子のたった一人の側妃が、見窄《みすぼ》らしいわけにはいかない。

「最後の仕上げは殿下がしてくださいます」

「はぁ」

それ以外にどんな返事ができるというのか。髪も新しい服も完璧に思える。これ以上、何かすることなんてある？

「先ほど先触れが参りました。すぐに殿下がいらっしゃいます」

「むしろこっちが出向くべきなんじゃ？」

リオンハネス王国で二番目に偉い人に、迎えに来させるなんて。

「何をおっしゃいますか。側妃様はエスコートされるお立場です」

本当の側妃ならね。お飾りと言うのもおこがましい、引き取り手のない亡国の王子。卑屈になっているんじゃないよ。この立場は楽でいい。

小姓君は常識を知らない僕の小さな疑問にも逐一《ちくいち》答えてくれる。僕より年下だろうに教師役も兼ねているなんて、非常に申し訳ない。時々、何を言っているかわからないのが困りものだが。

「ご心配なさいますな。とてもお綺麗でお可愛らしいです」

ほら、こういうところ。お世辞がうまいのか、センスが悪いのか聞いてみたいんだけど。彼はいつだってにっこり笑って僕という存在を肯定する。

嬉しいんだけど、とてもそうは思えなかった。僕が世界一綺麗だと思うのは姉上で、思い出補正込みなら母上だ。もちろん異論は認める。個々の好みは尊重するからね。

それはさておき、小姓君は僕を迎えに来てくれる殿下を側妃の間の玄関で出迎えねばならなかった。部屋なのに玄関というのも奇妙だが、廊下と僕の生活空間の間に広いポーチがあるのだ。

「少しの間、御前を失礼いたします」

「それには及ばん」

丁寧に頭を下げた小姓君の挨拶を遮《さえぎ》って、リカルデロ殿下が大股で部屋に入ってきた。慌てて立ち上がった僕を上から下まで眺めてニヤリと笑う。

「似合っている。贈った甲斐《かい》があったな」

「え？　殿下からだったんですか⁉　あの、その、ありがとうございます。とても着心地がいいです」

知っていたら先にお礼を言ったのに。僕の動揺などまるで気づいていない殿下は、懐《ふところ》に手を突っ込んで鎖を引っ張り出した。何か飾りがついている。

「王太子宮の外では常に身につけておけ。お守りだと思えばいい」

首にそっとかけられたが、重さはあまり感じない。首筋に殿下の指が触れると、背中に震えが走った。

「ひゃ」

鎖に引っかかった襟足《えりあし》の髪の毛を払われる時に、首に手が当たったのだ。急にくすぐられると間抜けな声が出るよね。

「これでいい」

ネックレスはすぐに首にかけられ、どんな意匠なのか見そびれた。

「服をもらったばかりなのに、続けて贈り物まで、ありがとうございます。鏡を見ても？」

見下ろしてくる黄金の瞳が、満足そうに細められる。満腹の猫に似ているって言ったら怒られそう。ゴージャスな黄金の巻き毛から覗く丸い耳は、どう見ても猫のものではない。

「これは匂い袋ですか？」

小姓君が掲げる鏡に写っているのは、刺繍で飾られた小さな巾着だった。金色の鎖は細くても丈夫そうで、無理に引っ張らなければ切れないだろう。巾着から優しくて甘い匂いがする。

「これはサシェという。ハーブやドライフラワーを詰めて香りを楽しんだり、特別なお守りを入れて虫除けにしたりする。匂いが薄くなったら言え。新しいものと交換する」

鏡の中の僕が身体を揺らしてサシェの角度を変えると、ふわりふわりと香りが広がった。

「いい匂い。好きな匂いです」

「そうか」

「同じハーブのサシェを持っているんですか？　殿下から同じ匂いがします」

豊かな黄金の巻き毛が揺れる度、香りが立ち上る。シャンプーかブラッシング用のオイルなんだろうな。目の前にいる殿下の胸元に垂れている髪の毛に鼻を近づけて嗅ぐと、くすぐったいようなソワソワするような不思議な感覚がした。

「お前は……いや」

何かを言いかけて、殿下が咳払いをする。

「衣装によっては似合わないこともあるだろう。普段は服の下にしまっておけばいい」

「はい。ありがとうございます」

お礼はちゃんと言わないと。なんだか気分が浮き立つ香りだし、気に入った。

「支度が整ったのなら、出かけるぞ。昼食は食べ歩きをしよう」

「はい！」

「街で殿下と言ったら串焼きは取り止《とや》めだ」

「えッ!?」

甘い匂いのことなんて頭から吹っ飛ぶ。リカルデロ殿下は本気だろうか？

「リカだ。ほら、言ってみろ」
「リカ、様」

「敬称はいらん」

「敬称は譲れません！」

いつか王太子宮から放逐《ほうちく》された時に、呼び捨てが癖になっていたらまずいじゃないか。リカ様呼びだって畏《おそ》れ多《おお》い。今まで通り、殿下でいいのに。

勢い込んだ僕に驚いたのか、殿下――リカ様の目が少し大きくなった。見開いたとも言えない僅《わず》かな変化だ。それを感じ取れるくらいの距離にいることが恥ずかしい。忘れていた甘い匂いが再び香る。頭の芯がぼんやりするような、うきうきするような、不思議な心持ちだ。

「驚いた。大声も出せるんだな」

それなりに王子様っぽくは取《と》り繕《つくろ》っていたせいかな。ヤッカさんには行儀作法が身についていないところも見せているが、彼は告げ口をしなかったようだ。王太子宮の隅に住まわせてもらっている身には、問題だ。やっちゃったなぁと、心の中で自分に突っ込む。僕の視線は泳ぎまくっているに違いない。

「体力がついたようで良かった。ジェインネラ妃の前で見せるような、普段の表情を見せてくれたらもっと嬉しいが」

リカ様が微笑《ほほえ》む。

本物の王子様！　戦闘特化の朴念仁《ぼくねんじん》だと誤解していた。僕みたいななんちゃって王子と違って、幼少から王子様として育つと甘い台詞《せりふ》がつるっと口から出るんだね！

「では行こうか。迷子になるなよ」

リカ様が僕の手を取って歩き出す。マナーで習ったちゃんとしたエスコートではなく、普通に手を繋いでいるだけだ。平民に扮しているのにエスコートされても困るけど、ナチュラルな恋人繋ぎは恥ずかしい。

いや、待って。日本で恋人繋ぎと称される、手のひらをピッタリくっつけて指を絡める繋ぎ方は恋人関係に限らない？　それよりも迷子がどうのって、まだ王太子宮から出てもいないんですが？

リカ様の歩幅は広い。手を繋いでいると足の長さが圧倒的に違うので、早足になる。

「殿下、側妃様に上着を！」

小姓君が駆けてきた。彼は柔らかなケープを差し出しながら、立ち止まったリカ様に頭を下げる。

「畏《おそ》れながら、側妃様におかれましては冷たい風は身体に毒でございます」

「冷たい風って、これから夏が来るところだろう」

「側妃様は人族でいらっしゃいます。それも一般の人族よりも身体がお小さいのです。もともと我らより体温が低い種族なのですから、暖かくして差し上げねば。あっという間に肺を病《や》んで儚《はかな》くなられますよ」

小姓君は頭を下げたまま言い切った。

「昼間はお脱ぎになって構いませんが、朝晩はきちんとお召しになってくださいませ」

この子、人生何周目なんだ？

僕の肩にケープをかけてさっと距離を取ると、再びお辞儀をする。全ての動作が流れるようで、僕が口を挟む隙がなかった。「ありがとう」と礼を言うのが精一杯だ。

ケープを肩にかける時に離れた手が、ふんわりとお尻の下に回った。

「ひえッ」

浮遊感に驚いて声が出る。逞《たくま》しい腕が軽々と僕の身体を宙に浮かせ、腕を椅子のようにして座らせたのだ。

「こうしていれば、暖かいか？」

「できれば下ろしていただいてよろしいでしょうかッ⁉」

不安定な空中椅子の上で重心を保とうと、咄嗟《とっさ》にリカ様の首に腕を回す。僕の頭が彼のそれよりも高くなって、正直に言うなら怖い。知らなかった。僕は高所恐怖性だったのかもしれない。

「何故《なぜ》だ？」

「た、高い、怖い、恥ずかしい、です」

「俺がこうしていてもか？」

お尻の下にある腕の反対の手が、背中に回る。しっかりと支えられて恐怖は少し薄まった。しかし高いことには変わりないし、子ども扱いのようで恥ずかしさは増す。

「子どもじゃないんですから」

身長差で見上げるしかなかった黄金の瞳が見下ろす位置に来た。縦に長い瞳孔を初めて間近で見て、ちょっと感動する。ポカンと口が開いていたかもしれない。

ぼーっと見ていると、リカ様がにゅっと口角を引き上げた。

「人族の瞳孔は丸いんだな」

同じところを観察されていた。お互いの目を見ているってことは、見つめ合っちゃっているわけだ。心臓がガッコンガッコン動き始めた。血液を送り出すポンプが出していい音じゃない。

イケメンオーラに耐えきれず、なんとなく視線を外した先には笑みの形に引き上げられた唇がある。牙のところが少し盛り上がっていて白い歯が見えそうだ。最近は旨そうって言われなくなったけど、この人は肉食獣なんだと再認識した。

「あの、自分で歩かせてください」

「子ども扱いしているわけじゃない。我ら獣人族が伴侶を抱えて歩くのはよくあることだ」

そうなの!? あぁ、なるほど、一応側妃としての体裁を気にしてくれているんだな。

「まだ宮を出ていないので、見せかける必要はないですよ」

「見せかける？」

「ええ、僕を寵愛《ちょうあい》してるように見せかける必要があるんですよね？　宰相様に何か言われたんですか？」

宰相様が僕を王太子宮に納めると決めたんだ。そうだとしても、アピールするのは街を歩いている時だけでいいと思うんだけど。

「宰相は関係ない」

じゃあヤッカさんかな。彼は度々王太子宮にやってきて、リカ様が宮に帰らないのを怒っていたから。でもなぁ、下ろしてもらわないと……

「恥ずかしいのが一番の理由ですけど、自分で歩かないと筋肉が萎《な》えて寝たきりになります」

それでなくとも僕の身体はガリヒョロだ。リカ様みたいなマッチョを目指すには運動しなきゃならない。筋トレの前段階のストレッチすらまともにできないんだ。せめて歩きたい。

「下ろしていただけませんか？」

一度逸《そ》らした視線を合わせる。叫び出したくなるほどのイケメンが目の前にいるが、じっと耐えた。ここで負けたらマッチョへの道が閉ざされる。

「お願いします」

「……手は繋ぐぞ」

「もちろんです。迷子になるのは怖いです」

スマートフォンのない世界で再合流するのは至難の業《わざ》だろう。便利な文明の利器を覚えていると、この世界の不便が身に染みる。

リカ様は至極丁寧に僕の身体を下ろした。床にしっかりと両足が着いたのを確認しているうちに、よれたケープまで整えてくれる。やっぱり獣人の、それも百獣の王である獅子から見れば人族の青年の体格など乳幼児と変わらないのかもしれない。

歩いて街まで行くのかと思っていたが、城の通用口に馬車が用意されていた。

正面玄関……と言っていいのかわからないが、正門に続く大きな入り口は閉ざされている。なにしろ観音開きの扉は大型獣人の従僕が二人がかりで押し開ける大きさだし、ホールだってテニスコートくらい広い。そのため、舞踏会や他国の要人をお迎えする時くらいしか使わないそうだ。王族が日常に使う玄関は別にある。

「歩いて行くのかと思っていました」

「途中までだ。街に着くまでに疲れては、何も見られないぞ」

「……それは否定できませんね」

「馬車が嫌なら抱いて行くが？」

「それは勘弁してください」

「クッ」

なんか笑われた。何かおかしいことがあったのだろうか。見上げたリカ様の横顔がくしゃっと歪《ゆが》んでいる。

「いいぞ。どんどん素が出てきている。不機嫌そうな眉間の皺《しわ》がたまらねぇな」

上機嫌に言って、リカ様は僕の髪の毛をくしゃくしゃと掻き回した。リカ様も言葉遣いが練兵場で軍人さんたちの相手をしていた時のようになっている。それはともかく僕の髪の毛はぐちゃぐちゃになって、小姓君の苦労が水の泡だ。

地味目のお忍び仕様の馬車に乗り込むと、二人で並んで座る。座席を巡ってちょっとした問答があったけど、王太子殿下が進行方向に背中を向けるなんてあり得ない、僕が馬車酔いするのも避けたい、というのでこうなった。お忍び用の馬車は姉上と乗った公務用のものよりこぢんまりしていて、大きな体躯のリカ様は窮屈そうだ。

「お前、猫被ってるだろ？」

「……否定はしません」

僕の返事に、リカ様が「クックッ」と喉の奥で笑う。

「面白いな。高位貴族なら物心つく前から息をするように覚える腹芸が全くできていない。だが、ろくな教育も受けてこなかった割に礼儀を弁《わきま》える分別《ふんべつ》はある。時々表に出す市井《しせい》の民のような気安さが可愛いな」

深い交流をしてこなかった相手に、身包《みぐる》みを剥《は》がされるようだ。とくに最後の台詞《せりふ》が聞き捨てならない。可愛いっていうのは女性や子どものための言葉だ。陰気なガリヒョロには似合わない。子ども扱いか、そうかそうか。

「ヤッカさんに何か聞きました？」

子ども扱いの理由を探る。

ヴェッラネッラからリオンハネスへの道中、僕につきっきりだったヤッカさんには取《と》り繕《つくろ》わない姿を晒《さら》していた。馬車に酔いまくって吐き戻し、猫を被るどころではなかったせいだ。あの出来事のおかげで、ヤッカさんも僕の前では割とナチュラルだと思う。

「ヤッカの前ではいつも自然にしているのか？」

「いつもというほどは会っていませんよ」

彼が王太子宮に通っていたのはリカ様が僕をほったらかしていたからであって、それを本人に言うのは気が引ける。リカ様が自分の宮に帰ってくるようになってからは、一度も訪問がない。主の留守の間、生活に不自由がないかを確認していたんだから、用事がなくなったってことだ。

「けれど、なんだかんだ、僕の短い今生で、姉上の次にたくさん会話した相手ですから」

ほらアレだ。隣に住んでいた幼馴染の兄ちゃんが、大学進学を機に引っ越した。ヤッカさんとはそんな感じの程良《ほどよ》い距離感だ。ちなみに前世にそんな存在がいたかは覚えていない。

リカ様の副官だから、ヤッカさんとはそのうちまた会うこともあるだろう。そう思ったタイミングで馬車が止まった。

リカ様が自分で扉を開けて先に降りる。僕もそれに続こうとしているうちに、手と腰を取られてふわりと降ろされた。別にもたついたわけじゃないんだが。どんくさいと思われたのかと考えた次の瞬間、リカ様の様子を見て、自分の僻《ひが》み根性が恥ずかしくなった。

切れ上がった眦《まなじり》が優しく弛《ゆる》んでいて、単純にエスコートだったと気づいたのだ。

「酔っていないか？」

「平気です」

体調まで気にしてくれる。

リカ様は一体どうしたんだろう。あんなに側妃を面倒くさがっていたのに。

馭者《ぎょしゃ》に迎えの時間を指示して馬車を移動させると、手を繋いで歩き始める。大きな手の長い指が、僕の手に絡む。絶対に迷子にさせないという気概を感じた。やっぱり恋人繋ぎではないようだ。リオンハネスの文化をもっと勉強しなくては、恥を掻きそうだ。

「息苦しくはないか？」

「ゆっくり歩いてくださっているので、大丈夫です」

さっき小走りになっていたのを、リカ様が気にかけてくれる。彼は足が長い上に鍛えているので、こんなノロノロ歩きはかえって疲れそうだ……抱いて歩こうとしたのは、そのためなのか？

「さて、お前は食べ歩きがしたいんだったな。昼食には早いが、腹は空いているか？」

「まだです。さっき朝食をいただいたばかりなので……」

少なめにしたけど、もともと食べる量が少ないので、街に着いて早々は無理だ。

「それもそうか。では行きたいところはあるか？」

何をするのかは、僕の希望を優先してくれるようだ。こんなこと、ヴェッラネッラにいた頃なら考えられない。狭い、暗い、寒い、三拍子揃った自室から一歩踏み出せたのは、リカ様がヴェッラネッラを制圧してくれたおかげだ。

ところが、残念ながら勉強不足で、街の名所も名物も知らない。アレンジロ陛下が姉上の希望で寄越してくれた家庭教師は様々なことを教えてくれたけれど、主に国の産業やら福祉制度やらについてだったので若者が繰り出す行楽地の知識は全くない。

「えぇと、若い人たちはどんなところで遊ぶんですか？」

「的当てやカードかな？」

「的当てもカードもどんな遊びか知らないんですが、普通の若者が楽しむ休日の娯楽みたいなのが知りたいです」

午前中の比較的空いた道をのんびり歩きながら、街並みを見るのもいい。馬車の中から眺めていた場所を自分の足で歩く。それだけで楽しい。

足元は石畳で舗装してある。切り出しの技術がすごい。馬車の車輪に耐えられる硬い石を加工できるなんて、腕のいい石工が大勢いるんだな。しゃがみ込んで観察したいくらいだが、それはまた今度にしよう。

「そうか。なら……お、ちょうど良く的当てが始まっているぞ」

リカ様が指差したのは大勢の背中だった。人だかりの中心で的当てという娯楽が開かれているらしい。専用の施設があるのではなく、広場や市場に場所が作られるみたいだ。

とはいえ、僕の身長では今のところ人だかりしか見えない。的当てというからには、ダーツか射的みたいな遊びなんだろう。

ガゴッ。ドガッ。

……ガゴ？　ドガ？

想定外の音がする度に、人々が歓声を上げた。色んな耳や尻尾が興奮に揺れている。大きな体躯の獣人ばかりで、何が起こっているのかよく見えない。的当てって、もしかして物騒な遊びなのか？

「おや、大将！」

「おお、みんな！　大将殿下に前を空けてやってくれよ！」

「おう、すまんな。今日は連れがいるんで、甘えるぜ」

モーゼの十戒ばりに人垣が割れた。っていうか、リカルデロ王太子殿下、あなた随分と市井《しせい》に馴《な》染《じ》んでますね！　めちゃくちゃ顔が知られてますよ！　僕がリカ様って呼ばなくてもいいんじゃないですかね！

人だかりの前のほうには、小柄な人々がいた。獣人族は種族による特性が表に出やすいようだ。

「的……当て……？」

「やってみるか？」

僕の思ってたのと違う！

的当てとは、名前の通り的にものを当てて点数を競う遊戯のようだ。丸太の輪切りが支柱に括《くく》りつけられていて、足元に線が引かれている。立ち位置が的から離れるごとに点数がアップするようで、外したらアウト。実にわかりやすいルールだ。

……投げるのが、斧でなければ。

「多分持ち上がりさえしません」

差し出された斧を前に首を横に振る。サイズ的には鉞《まさかり》に近い大きな斧、どうしたって無理だ。

リカ様はとくに何か言うことなくそれを引き下げたが、周りの空気は嘘だとばかりに騒《ざわ》ついていた。見せたほうが早い。リカ様が片手で軽々と持つ斧に手を伸ばす。もちろん両手だ。

「そんなに重くはないが、止《や》めておけ」

「ものすごく重たいと思うんですけど、やってみます。落とさないよう、支えてくださいますか？」

足の上に落ちでもしたら、大怪我しちゃうからね。リカ様が頷《うなず》いて、僕が斧をしっかり握り締めたのを確認して手を離した。

「うわっ」

想像よりも更に重い。斧の頭が重力に引っ張られて僕の身体もそれについていく。バランスを崩してよろめいたのは想定内だ。石畳に鉄が叩きつけられる前にリカ様が支えてくれる。

「ありがとうございます」

礼を言ってリカ様に斧を返した。彼は今、斧から手を離していないので、返すってのも変だけど。

「気が済んだか？」

「僕よりも周りの皆様が」

チラリと視線を流すと、人々が言葉もなく僕を見ていた。獣人族は小型種であっても人族より力持ちが多い。人族の中でもさらに非力な部類に入る僕は、とても珍しいようだ。

「だから身体を鍛えたいとお願いしているんです」

リカ様のようにムキムキマッチョになりたい。そこまでの高みに到達するのは無理でも、そこであんぐりと口を開けて僕を見ている犬耳の少年くらいまでは。施療院《せりょういん》での奉仕活動が格段に楽になるだろうし。

「自分でなんでもやろうとするな。施療院《せりょういん》を訪ねるなら、小姓や侍従を何人でも連れていけばいい。お前は自分でやることではなく、采配することを覚えろ」

そうは言ってもねぇ。ふんぞり返っているのは性に合わない。どうしたらいいんだろう。それに、僕の世話をしてくれている小姓君は側妃の間つきであって僕が給金を払っているわけではない。

楽しい外出にケチをつけたくないので、ひとまずリカ様には笑顔を向けておく。彼の黄金の瞳がきらりと光った気がした。お日様でも反射したのかな。

「まぁいい。細かいことは、また今度だ」

リカ様はそう言いながら、おもむろに斧をぶん投げた！

「ひぇッ」

間抜けな声が出たのは仕方がないだろう？　予備動作もなくいきなりだったので、背筋がひゅんと伸びる。

斧はガスッと鈍い音を立てて的に突き刺さった。ごく短い時間ビィンと振動して、投擲《とうてき》の衝撃の強さを伝えてくる。僕の非力さに驚いて静かになっていた見物客も、やんやの大喝采《だいかっさい》だ。

え？　コレ、本当に普段からみんなが熱狂する娯楽なの!?　的を取り巻く人々の輪が狭すぎる。リカ様は的を外さなかったが、すっぽ抜けたり変なところに飛んだりしたらどうするんだろう。

こっわ！　超、こっわ!!

「大将、今日はお連れさんがいるから、ちょっとお上品ですな！」

聞き捨てならない声もする。いつもはもっとワイルドなの!?　一般の老若男女の娯楽がこんな力技だなんて、ヴェッラネッラのヘナチョコ軍隊が太刀《たち》打《う》ちできるわけがない。

「お連れさん、もしかして側妃様かい？」

もう誰も遠慮しなくなって、僕はわあっと囲まれた。みんなデカい！　咄嗟《とっさ》にリカ様にしがみつく。一番体格が良くて威圧感があるのはリカ様だが、他に頼れる相手はいない。

ふわりと身体が浮いて抱き上げられたのに気づく。安定性抜群の縦抱っこだ。お出かけ前にご遠慮申し上げませんでしたかね！　なんて文句はお口チャックだ。

わぁわぁ騒ぐ民衆がてんでバラバラに話しかけてくるから、自分で立っていたら身長差で唾《つば》を浴びまくったに違いない。緊急避難だと思えばいい。

「人族ってぇのに、初めてお目にかかりましたよ」

「施療院《せりょういん》の奴らが、王妃様になられたジェインネラ様は可憐《かれん》だと騒いでいましたからね！」

「そんなこと言っているのがバレたら、国王陛下に目ん玉くり抜かれるぞ！」

ここでどっと笑いが起こる。陛下が姉上を溺愛しているのは、民衆にもよく知られているらしい。

笑顔で大騒ぎをする人々を眺めてうむうむと頷《うなず》いていると、リカ様がこっちを見た。抱き上げられた状態だと、顔が近すぎてドキドキする。イケメンは視覚の暴力だって身をもって体験中だ。

「妃への寵愛《ちょうあい》を父上が吹聴《ふいちょう》しているわけじゃない。獣人族の習性だ。俺たちは番《つがい》を大事に閉じ込めておきたい生き物なんだ。番《つがい》を視界に入れたというだけで、喧嘩になることもあるからな」

「ふわぁ、獣人族は愛が深いですねぇ」

「愛が深いと言ってくれるか」

「言いますよ。うちの父上とは大違いです」

「アレと一緒にするな」

そりゃごもっとも。僕だってあんな人非人《にんぴにん》と同列に扱われたくない。身体に流れる血の半分がアレだなんて、気持ち悪くて仕方がない。

「大将殿下、いい男だよねぇ」

不意に、女性の声がすんっと耳に飛び込んできた。未だ抱き上げられたままなので、声の主を探すためには視線を下げなければならない。

大型種は女性が生まれにくくなって数を減らしているが、小型種の男女の出生率は変わらない。だから、きっと小型種だろう。

「あたしじゃ子が産めないからお妃様にはなれないけど、一度くらいお願いしたいよねぇ」

ピンと立った長い耳、大きな胸とくびれた腰のセクシー兎《うさぎ》さんが腕組みしてリカ様を見上げている。きつい眼差《まなざ》しも押し上げられた胸も挑発的だ。姉上の侍女の中にも兎耳《うさぎみみ》さんがいるけど、タイプが全然違う。リアルバニーガール、可愛いな。サバサバしたお姉さん、嫌いじゃない。

小型種と大型種の間には子どもができないので、後宮へは入れないのだろう。後宮の一番の存在意義は、後継者を産み育てることだから。でも、リカ様は大人の男性なんだよな。子どもは置いといて、心を通わせる恋人はいてもいい。

「ちょっとぉ、抜け駆け禁止ぃ」

バニーガールさんよりもっと小柄な女性が、甘ったるい声で参戦してきた。丸くて薄い耳とちゅるんと長い尻尾が特徴的な彼女は、多分、鼠《ねずみ》だ。

若い女性が街で積極的に自分の魅力をアピールしている姿を見ると、獣人族が斜陽だとは信じがたい。大型種は原因不明の女性の出生率低下で滅びようとしているのに。

「ねぇ、殿下。ダメ？」

えっと、バニーさんや。あなた随分気安いね。知り合いなんだろうか。

僕はリカ様に訊《たず》ねる。

「リカ様、この方々は？」

「野郎どもと飲みに行く酒場の給仕だ」

なるほど、昼間は時間があるので娯楽に興じているのか。まさか彼女たちも斧の的当てに参加するんじゃないよね？　あの斧、持ち上げられるの？

「あの……」

僕は好奇心に勝てなかった。

「お嬢さんたち、もしかして、リカ様みたいに斧を放り投げられるんですか？」

女性の細腕でもコツさえ掴めば簡単だったりするのかな。明らかにバニーさんよりヒョロい自分の腕にげんなりしながら聞くと、彼女はチラリとこっちを見た。

「無理に決まってるでしょう」

つんと顎《あご》を反らして否定される。

「じゃあ、応援にいらしたんですね。お嬢さんみたいな可愛らしい人に声援を送ってもらったら、みんな張り切っちゃいますね」

「お、お嬢さん？」

バニーさんがキョドった。くっきりした目をさらに大きく見開いて、落ち着かない様子で手を握ったり開いたりを繰り返す。

「あははっ、お嬢さんですって！　受けるぅ」

「うるさいわね！」

「怒っちゃ嫌よ、お、じょ、う、さ、ん」

「何よぅ。あんただって最近大将殿下がお店に来ないって文句言ってたじゃん」

ネズミさんがバニーさんを揶揄《からか》うと、彼女は可愛くぶんむくれた。取り囲む街の人々もてんでに囃《はや》し立《た》てる。リカ様が王太子だってのはみんな知っているのに、怖れる様子は一切ない。ヴェッラネッラのことはよくわからないが、多分王族と民衆がこんなに寄り添ってはいなかっただろう。

「皆さんと仲良しなんですね」

これがあるべき王族の姿だと感心する。言葉が無意識に口から滑り出していた。

「あ、いや、仲良しというわけでは……」

「違うんですか？」

何故《なぜ》か言葉に詰まったリカ様が僕を見上げる。

「大将をしている時は王族の肩書きはないものと周知させているだけだ」

「それを仲良しっていうんですよ」

大将だって、相当な身分だ。ヴェッラネッラの曙《あけぼの》将軍なんて、仮にも王女だった姉上を妻にしようとしていた。それだけ偉いということだ。最後はあっさり民衆に見捨てられたっぽいけど。

「そうではない、あー、その」

リカ様が言《い》い淀《よど》んで小さく首を横に振る。何か都合の悪いことがあるのかな。威風堂々、俺様臭さえ漂《ただよ》う彼らしくない。って、語れるほどリカ様のことは知らないが。

最近のリカ様は仕事を終わらせるとすぐに王太子宮に帰って、僕と食事をしていた。騎士団の部下さんたちと親睦を深める機会が減ったに違いない。それと同時に、バニーさんとネズミさんが働くお店にもいかなくなったんだろう。

「僕のことはお気になさらずに、お仕事後の一杯などを楽しんでくださいね。あ、彼女さんとの逢引きもできていないのでは？　部下の皆さんと飲み会もいいですけど、彼女さんをほったらかしちゃダメですよ？」

リカ様のフォローをするつもりで言ってみる。

あれ？　街の皆さんが静かになったぞ？　さっきまでバニーさんたちを囃《はや》し立《た》てていたのに、黙りこくってしまった。視線を感じて人々を見回すと、みんな僕を見ている……どうしたの？

「側妃様？」

最初に沈黙を破ったのはバニーさんだ。その隣でネズミさんがポカンと口を開けて僕とリカ様を交互に見る。

「側妃様が大将殿下のお相手を探すの？」

「そんなまさか！」

「そ、そうよね」

「素敵な彼女さんがもういらっしゃるんでしょう？　僕が紹介なんてできませんよ……って、もしかして彼氏さんでした？」

リカ様には、王太子宮での食事を終えるとまた出かける日があった。仕事が終わっていないと言うけれど、余計な詮索はしていない。それにリオンハネスの国内にいる僕の知り合いは僅《わず》かだ。ヴェッラネッラの王族も紹介できないし、そもそもほぼ面識がない。

「クラフトクリフ……お前の立場はなんだ？」

押し殺したリカ様の声。長い名前をつっかえもせずに言いながら、黄金の瞳でギラギラと僕を射る。何って言われても……

「えっと」

少し考える。そうして導き出した答えは――

「王太子宮の居候《いそうろう》？」

それ以外に思いつかない。

リオンハネスの城に初めて立ち入った日、誰も僕を欲しがらなかった。だから熊の宰相様が王太子宮に納めるよう進言してくれたんだ。亡国の見捨てられた王子という面倒くさい立場の僕は、他に行く当てがないからリカ様の厚意に甘えている。できることなら存在を忘れてほしいが、今となっては無理だろう。せめて立場を弁《わきま》えて、ひっそりしていようと考えている。

だから、この答えはひどく的確なものだ。満足してうむうむと頷《うなず》く。

顔の下でガルルッと獣の唸《うな》り声《ごえ》のような声がして、リカ様に抱え直された。子どもの縦抱っこ的な姿勢から、両手を使った所謂《いわゆる》お姫様抱っこにだ。

うわぁ、これは恥ずかしさマックス。勘弁してください。

けれど、文句は言わせてもらえなかった。

「お前は俺の側妃ではなかったか？」

「はい、側妃です。他に男を住まわせるのに適した肩書きがないですもの」

イケメンの睨《にら》み、怖いよ。理不尽に怒り出す人じゃないと信じたいが、眼力に圧倒される。

それでも街の皆さんが勘違いしないように言っておかなければ。市井《しせい》で人気の王太子様は、寄《よ》る辺《べ》ない亡国の王子に親切にしているだけだ。軒先《のきさき》を借りて母屋《おもや》を乗っ取るような真似はしない。

「リカ様は僕の憧れですが、ちゃんと弁《わきま》えてますからご安心ください」

せめて筋肉を理想とするのは許してくれ。目標を目の前に掲げておくと、筋トレは成功しやすいと聞いたことがある。

グルグルとリカ様の喉が鳴る。怒りを懸命に抑えているようだ。

「……憧れるのも、ダメですか？」

やっぱり鍛えるのも許されないようだし、仕方がないのかな。ぶっちゃけちゃったから、王太子宮を追い出されちゃうかもしれない。胸の奥がギュッとなる。すぐ近くのリカ様の黄金の瞳から
そっと顔を逸《そ》らした。

「あの……大将殿下」

おずおずと、下方から声がする。バニーさんだ。

「側妃様、もしかしてわかっていないんですか？」

「嘘でしょ？　こんなに将軍殿下の匂いをつけているのに⁉」

ネズミさんがバニーさんの隣であんぐりと口を開けた。

「人族は鼻が利かぬらしいな」

「それは、あの、すごくすごく、ごめんなさい」

歯切れの悪いバニーさんと大きな吐息を漏らすリカ様。二人は意思の疎通ができているようで、揃ってため息をついた。

「側妃様」

バニーさんの声が真剣味を帯《お》びる。これはちゃんと聞かなければならない気がする。

僕を横抱きにしているリカ様に下ろしてくれるように頼むと、案外あっさりと聞き入れてくれた。怒っているみたいだったから許されないかと思ったのに。

「お待たせしました」

正面に立ったバニーさんは僕と視線の高さが変わらない。隣のネズミさんはもっと小さい。小型種の獣人女性は、人族とあまり体格が変わらないようだ。ちょっと太ももが逞《たくま》しいのは、兎《うさぎ》だからかな。身体能力は僕らとまるで違うのだろうけど。

「私たちが働いてる店は真っ当な酒場で、春をひさいだりはしてないことを先に言っとくね」

赤い目が真っ直ぐに僕を見る。白い耳がピクピクしているのに気を取られていると、後ろからリカ様に肩をポンポンされた。

モフりたいなんて思ってないぞ。相手は女性だ。セクハラ、ダメ、ゼッタイ。

「なんだかんだ言ったけど、大将殿下は酒場の上得意様ってだけよ。訓練の後に若い衆を大勢引き連れてきて、食べて飲んでお金を落としてくれる、大事なお客様」

「はぁ」

「んもう、ちゃんと聞いてるの⁉　側妃様！」

叱《しか》られた。訓練の後にみんなでご飯を食べに行くってことでしょ？　脳裏に浮かぶのはリカ様に投げ飛ばされていた、大勢の若い騎士だ。ほとんどが大型獣人のむくつけき大男で、少しいた小型獣人の騎士もすばしっこくて逞《たくま》しかった。うん、彼らならたくさん食べるだろう。

「リカ様、財布？」

「そうだけど！　それ、流石《さすが》に失礼だわよ⁉」

いや、バニーさんも大概フレンドリーだよね？

彼女の態度から真剣味が薄れて、可哀想な子を見るような視線を向けられている気がする。

「とにかく、大将殿下とその大勢の部下さんたちとは、お酒を飲みながら気安くシモの話をする程度の仲なのよ！」

居酒屋とガールズバーのいいとこ取りみたいな店なのか。ガールズバー、行ったことないけど。

「一回お願いしたいとか、一晩どぉ？　とか、間に合ってるって断られるところまでがお約束なの！　鉄板の酒場冗句《ジョーク》なの！　側妃様ったら信じらんない、女の子にこんな恥ずかしいことを言わせるなんて！」

バニーさんは握り締めた拳をブルブル震わせて、顔を真っ赤にして怒り始めた。

「ダメですよ。爪で手のひらが傷ついちゃいます」

僕は彼女の手をとってゆっくりと片方ずつ開かせる。爪の痕はくっきりとついていたが、良かった、皮膚は破れていない。

「少し赤いですね」

言ってから、はたと気づく。僕、セクハラかましてるッ!!

「すみません！　お嬢さんの手をとるなんて、とても失礼な真似を……ぎゃっ！」

鳩尾《みぞおち》に太い腕が絡まり、ぐんっと宙に持ち上げられた。ちょい待って、なんで俵担《たわらかつ》ぎなの!?

「不用意に女に触れるな」

「それは申し訳なかったですけど！　この担《かつ》ぎ方《かた》はないんじゃないですか!?」

ガリだから肋骨が痛い！　薄い肉と皮がリカ様の分厚い肩の筋肉に押しつけられて、ゴリゴリと擦れる。

「建前だろうがなんだろうが、お前は俺の側妃だろう？　女に色目を使うんじゃない」

「女性に色目？　無理ですよ!?　その先が全く進展しないんですよ！　ふんわりしかおっきしないのに！」

その時、ピシャーンッと雷が鳴ったような心地がした。黙って僕らの様子を見ていた街の人々も怒っていたバニーさんも、揃ってぴしりと固まる。僕、今、何を言った？

「ふんわり、おっき、とは？」

俵担《たわらかつ》ぎされているので、リカ様の声がお尻の辺りから聞こえてくる。じっくりと確認するように問われて、視線が泳いだ。

リカ様には見えていないけれど、僕の目の前には的当てに集まっていた街の皆さんがね、大勢いるわけですよ。ついでに言うと、さっきまで正面で対峙していたバニーさんとお友達のネズミさんには、しっかりとお尻を向けている。

「ふんわりおっきとは、どこがどうなることなんだ？」

「こんな往来で、何を言わせたいの！」

最初にうっかり口を滑らせたのは僕だけど、格好良すぎるイケメンにガン詰めされるなんて無理。あまりの恥ずかしさに顔から火が出そうだ。

「では、宮に帰ったら詳しく話せ」

「串焼きを食べるまでは帰りません！」

自由な両手でリカ様の背中をぽかぽかする。本当は思い切り叩きたかったけれど、相手は王太子殿下である。そこは理性を働かせた。

串焼きへの未練を叫んでいる時点で、何も取り繕《つくろ》えていないのには気づかないふりをする。だって、ホントに羞恥《しゅうち》でどうにかなりそうなんだ。考えてもみて!? リカ様の体格からして絶対にエグいアレを持ってるでしょ!? そんな人に僕の貧相なあそこ事情をどう説明しろってのさ！

「今日を逃したら、次はいつリカ様と外出できるかわかりませんから」

街歩き、食べ歩きは、どうもリカ様が一緒でないと許されないっぽい。僕一人でとなると、一人と言いつつ小姓、侍従、護衛、などなど大所帯になるのが目に見えている。

それは一旦、脇に置こう。

「お嬢さんの手をとってしまったこと、本人にきちんと謝らせてください」

初めて会った男が勝手に身体を触るなんて、本当に申し訳ないことをした。このまま担《かつ》がれて場所を移動したら、二度と謝罪の機会が訪れないかもしれない。

「リカ様、お願いです」

僕は広い背中を叩くのを止《や》める。振動で鳩尾《みぞおち》が痛い。力を抜いてだらんと体重を預けると、三度のため息と共に地面に下ろされた。数瞬だけ正面から向かい合う。

もうリカ様の瞳に怒りは浮かんでいなくてほっとした。よろめかないよう彼の腕で身体を支えて体勢を整えると、仕方ないなぁとでも言いたげに淡く微笑《ほほえ》まれる。

「――ッ!!」

ふわッ！　なんかいい匂いがする？　気のせい？　それより、イケメンが至近距離で笑うの禁止!!

一気に耳が熱くなる。また顔が赤くなっている気がした。逃げるようにリカ様に背を向けると、バニーさんとネズミさんがクスクス笑っている。

「お嬢さん、不用意に手をとってしまい、申し訳なかったです。ご不快ではありませんでしたか？」

バニーさんとの身長差はほとんどないので、真っ直ぐに彼女を見て謝る。彼女のくるんとした赤い瞳がキラキラして、鼻が僅《わず》かにピクピクした。流石《さすが》、兎族《うさぎぞく》、小動物系の可愛らしさ全開だ。

「とくに不快じゃないけど……女友達と手を繋ぐみたいなものだったわ。ねぇ？」

「うん、こんな感じ」

バニーさんが傍《かたわ》らに視線を向け、ネズミさんが彼女の腕にギュッとしがみついた。部活帰りの女子高生が戯《たわむ》れているような絵面だ。可愛いが、その中に僕が入るのは視覚の暴力なのでは？

「ガリヒョロの男ですよ？」

「それ、結構な数の女を敵に回す発言ですからね。細身で儚《はかな》い雰囲気だし、お美しいと評判の新王妃様にそっくりなんでしょ？」

「姉上の美しさはそりゃ、天上の女神級ですよ。僕も目と鼻と口の造作は似てますけど、組み合わせたら別物なんですよね」

なんだか謝罪がおかしなほうにずれてきた。静まり返っていた人々の中から小さな笑い声が聞こえる。それはあっという間に広がり、爆笑の渦が巻き起こった。ここはお笑い演芸場だったのだろうか。背後からもくつくつと押し殺した笑い声がするので、リカ様の様子がなんとなく察せられる。

「大将殿下。私たち全力で応援するわ。今度、側妃様も一緒に飲みに来てよ」

「応援なんぞいらん。と言いたいがな」

バニーさんの口調はすっかり砕けていた。きっとこれが酒場のノリってものなのだろう。リカ様もあしらっている感じがすごい。

「人族って小柄で可愛らしいけど、色々、大変なんですね」

「人族で括《くく》るな。少なくともこれの姉は聡《さと》いし、自分を売り込んでくる勘違いした奴もいるぞ。我ら獣人族と同じで、それぞれ個性がある」

リカ様が至極真っ当なことを言った。

確かに僕と姉上、ついでに第四王女が人族の標準だと思うと酷い目にあうだろう。それにしても、僕のことを語るリカ様の口調が子どもを見守る親戚みたいになっているのは解《げ》せぬ。

「んんッ」

そこでバニーさんが咳払いをした。

「とにかく！　私は側妃様に触られたって気にしないわ！　酒場で働いてたら、酔っ払ったヒヒジジイにお尻を触られるなんて日常茶飯事《にちじょうさはんじ》だもの。むしろ、握った拳で怪我をしていないか気にしてくれるなんて、どこの天の御使《みつか》いかって思うじゃない」

「そうだ、そうだ〜」

「うるさい、アンタみたいなのに嫌味言ってんのよ！」

途中で囃《はや》し立《た》てた髭面《ひげづら》の男性をバニーさんが一喝した。それに合わせて、何度目かの笑いが起こる。お笑いのライブでドッカンドッカン受けている雰囲気だ。

「逢引きの邪魔してごめんなさいね。大将殿下も側妃様を怒らないでくださいな。成人まではもうちょっとありそうだし」

バニーさんがセクハラに感じていないのは良かった。なんだかんだ、リカ様の機嫌が良くなったのもいい。

だがしかし、僕の年齢をですね！　ここは一つ、きちんと訂正しておかないと。

「僕、十八歳です」

「…………随分体格のいい、八歳ね？」

「聞き間違いのふりに無理があります」

「本当に十八歳なの!?」

「嘘を言ってどうするんですか……」

そろそろ慣れてはきた。明らかに年下の小姓君も、未だに僕が小さな子どもであるかのように振る舞う時がある。

「……男の格好をしているけど、女とか?」

「確かに姉上とほとんど変わらない背丈ですけど、ちゃんと成人した男です。もちろん、リオンハネスの法律で、ですよ」

仕事も結婚も好きにできる年齢だ。

「僕が小柄なのは、子どもの頃に食事が足りなかったせいです」

「どこかの国の王族って聞いているけど、ご飯食べられなかったの?」

「訳ありだから、大事にしている」

リカ様が僕の後ろからお腹に手を回した。

「とりあえず今日の目的は、屋台の串焼き肉を食べに行くことだ」

「そりゃ大変だわ。こんなところで時間を潰してちゃダメじゃないですか」

バニーさんがこの場を締めるように言った。かなり強引だが、これ以上囲まれていても何もできないからいいタイミングだ。リカ様も異論はないようで、よく通る声で「邪魔したな」と言って僕の手を引いた。

また自然に人垣が割れて道ができ、二人でそこを抜ける。大勢に囃《はや》し立《た》てられる中、僕たちは黙って歩いた。大騒ぎで、リカ様に話しかけても聞こえないからだ。その代わりに笑顔を向ける。

的当ての集団から離れると、リカ様は少し歩調を速めた。

「嫌かもしれないが、抱えるぞ」

返事を待たずに僕の身体を掬《すく》い上《あ》げ、ビュンと風を切って駆け出す。それなりに賑《にぎ》わっている通りなのに、すれ違う人々を器用に避けていった。

僕はといえば高くなった視界が目まぐるしく変わるのに順応できず、リカ様の首に腕を回してしがみつくばかりだ。あの場を早く離れたいのはわかるしね。

そうして、結構な距離を移動した。伏せていた顔を上げると、大きな倉庫のような建物が並んでいる。街の裏手か外れのようだ。人の姿はまばらで、多少口論しても聞かれる心配はない。いや待て、獣人族なら聞こえるのかな。

「ここならいいか」

リカ様がそう言って僕を下ろす。

座らされたのは、大きな木の根元に設置されたドーナツ状のベンチだ。木陰を選んでくれたようで、日焼けの心配はない。僕の日焼けを嫌がるのは、僕ではなくて小姓君だけれど。

「どうされました?」

予想外の騒ぎになってしまったから、今日の外出は終わりだろうか？　そう思っていると、リカ様が僕の目の前にどっかりと座り込む。ベンチで隣り合ってではなく、正面……つまり、地べたに直座りだ。

「リ、リカ様？」

焦って名を呼ぶ。

王太子殿下が地べたで、側妃がベンチだなんてどうすりゃいいのさ。僕が慌てふためくのもお構いなしに、リカ様は黄金の瞳でこちらを見上げた。ギラギラと獲物を狩る肉食獣みたいな眼差《まなざ》しだ。

「ふんわり、おっき、とは？」

「ここでそれ聞き直しますかッ⁉」

蒸し返しキタ――ッ‼

それ、一旦終わったんじゃないの？　真昼間《まっぴるま》の屋外で僕の貧相なアレの情けない姿を語れと⁉　宮に帰ったらって言ってたんじゃなかったっけ⁉

耳が熱いどころじゃない。目の前まで真っ赤に燃えている心地だ。

両手で顔を覆って冷まそうと思ったのに、いつも冷えている指先まで火照《ほて》っていてなんの役にも立たなかった。それでも見上げる美丈夫から僕の情けない表情を隠す。

「お前の男の証《あかし》が萌《きざ》しているということか？」

ズバリ言われた！　この内容に比べれば、僕がバニーさんの手をとったことなんておままごとだ。

「恥ずかしがらせているなら、謝る。医師がお前の臓器の発育を心配しているんだ」

リカ様の口から思ったより落ち着いた声が出る。

「臓器？」

僕は指の隙間からリカ様を見た。とても真剣な表情だ。

「胃の腑が萎縮して食事を摂取できず、血も薄かったそうだな。今までは生命を繋ぐのに必死で、その他の欲は後回しだったわけだ」

発育が悪すぎて、二次性徴が遅いと言いたいらしい。

「緩やかにでも萌《きざ》し始《はじ》めているのなら、腑の健康をかなり取り戻せているということだ。これからは、修復、成長ではなく成熟していくだろうよ」

小姓君はとくに何も言っていなかったが、過保護にされていたのはそのためだったのか。僕自身はすっかり回復して元気なつもりだったけど、周りはそう思っていなかったらしい。そりゃトレーニングを許してもらえないわけだ。

「で、ふんわりおっきとはどういうことだ。幼児言葉のようにしてぼかしているが、俺が思っているような意味でいいのか？」

どうしても僕の口から言わなきゃダメですかね？

少し熱が引いたように感じていたが、またカッカしてくる。

僕は諦めて頷《うなず》いた。

「朝……少しだけ……すぐに治まるけど……」

まだ吐き出したことはない、多分。下着が汚れていたことはないから。

それにしても金髪金眼の百獣の王の口から出る「ふんわりおっき」の破壊力……

「稚《いとけな》い側妃の口から『ふんわりおっき』などという言葉が出るのは、なかなか倒錯的だな。幼く見えるが、やはり成人なのだな」

似たようなことを考えていたらしいリカ様は、僕が大人だと納得したようだ。それが証明されると何かあるのかな。まさかどこかに下賜《かし》される予定が？　姉上と天使ちゃんの傍《そば》にいたいけど、我《わ》が儘《まま》は言えないからなぁ。なんたって僕は亡国の王子だ。戦勝国から見たら戦利品なんだしね。

次の預け先では、こんなふうに外出には誘ってもらえないかもしれない。

「僕がきちんと大人になったら、こうやって出かけられなくなりますか？」

「そうだな。お前の夫は、外に出すのを嫌がるだろう」

「そうですか……」

下賜先《かしさき》はもう決まっているのかもしれない。ヴェッラネッラの幼年王族は、年頃になるまでリオンハネスの貴族家で養育される。それからお見合いをして嫁《とつ》ぐべしと定められた。僕もそれとあまり変わらないのだろう。年齢は成人を迎えているけれど、身体機能的には幼い子どもと変わらなかったわけだし。

王太子宮に納められて一年、リカ様とはほとんど会うことがなかった。最近になってようやく会話するようになり、僕たちの時間は動き出す。王太子宮の隅っこでひっそり暮らして時々姉上の手伝いをし、天使ちゃんと戯《たわむ》れる生活はそろそろ終わりそうだ。

それならせめて、今日の一番のお楽しみである串焼き肉は食べておかなければ。

「まぁ、嫌がるだろうが、番《つがい》が出かけたいと頼めば許すのが獣人の男だな」

リカ様がそっぽを向いてぶっきらぼうに言う。

誰かを思い浮かべているのだろうか。僕が知っている人かな。施療院《せりょういん》の手伝いにやってくる青年貴族くらいしか、知っている人はいないけれど。

火照《ほて》った頬がスッと冷める。寂しいと感じるなんて、僕は案外この生活が気に入っているようだ。

「リカ様。僕、お腹が空いてきました」

屋台へ行こう。街をゆく若者たちのように友達同士で連れ立って、大きな肉にかぶりつくのだ。

右手を差し出すと、リカ様がそれに応えて立ち上がった。地べたに直座りしていたので、お尻を軽く払ってから手を繋いでくれる。

迷子にならないよう、手のひらを合わせて指を組んだ。そうすると腕が絡んで身体がくっつく。

ねぇ知ってる？　僕の記憶の片隅にある前世の知識ではね、これ、恋人繋ぎって言うんだよ。

そんなふうに思ったけれど、口には出さない。

小柄で足の短い僕に合わせて、リカ様はゆっくりと歩く。ここはやっぱり通りを二本外れた倉庫街で、すぐに元の大通りに戻った。お祭りみたいに賑やかな市場を通り、お目当ての串焼き屋台を見つける。若い男性だけじゃなく、みんな豪快に串に刺さった肉を平らげていた。

あれ？　馬車の中から見た時は、こんなに大きいとは思わなかったんだけど……

大型獣人の店主が持っていた時は普通サイズだったのに、手渡されたら化け物級だ。一串に五つの肉が刺してある。それら全てが僕の握り拳より大きい。

「美味しい」

タレは絶品だった。

だけどその串焼きはリカ様のお腹の中に消える。僕の顎《あご》では肉を噛みちぎれなかったのだ。

街へ散策に出かけた後、僕の生活に少しだけ変化があった。側妃の間つきの使用人が増えたのだ。最初からいてくれる小姓君の他に、侍従が三人ほど。

もともと小姓が一人なのは少なすぎたのだ。これは僕の我儘《わがまま》だった。いや、目に見えないところでは、もっと大勢が働いているのは知っている。しかし、前世庶民の虐《しいた》げられた亡国の王子である僕は、大勢の大人に傅《かしず》かれると疲弊した。いつも見られていることに慣れずに不眠が続き、食欲が失せ、せっかく回復しかかっていたのが元の木阿弥《もくあみ》という事態に陥《おちい》る。それが小姓君一人しかついていなかった理由だ。

新しい侍従さんは、僕が施療院《せりょういん》に慰問に行く時に同行するための人員だった。リカ様はたまに慰問に同行するようになり、彼の都合がつかない日に侍従さんが数人一緒に来る。なんでそうなったのかと言うと、奉仕活動に勤《いそ》しんでくれていた青年貴族たちが現れなくなったのだ。

初めてリカ様と一緒に施療院《せりょういん》に行った時、いつものように手伝いに来ていた青年貴族たちと鉢合わせた。彼らは予告もなく現れた王族に大層驚いたようだ。幾人かが及び腰ながらリカ様に話しかけていたが、二言三言交わした後で姿を消す。それから二度と姿を見せなくなった。彼らにリカ様が何を言ったのかは知らない。犬か狼っぽい青年の尻尾が足の間にぎゅーっと入っているのを見てしまって、なんだか気の毒になっただけ。

そんなわけで力仕事をしてくれるボランティアがいなくなり、その穴埋めにリカ様が提案してくれたのが侍従たちだった。

そんなある日のこと、僕に公務の話が舞い込んだ。

名代《みょうだい》などではなく新王妃の最も近い血縁者として、晩餐会だか舞踏会だかに出席しなければならない。王女の誕生と新王妃冊立《さくりつ》の祝いに来る他国の使者をもてなす宴らしいのだ。

不安しかない。側妃としてではないといっても、人々は僕の背後に王太子を見るだろう。一応この一年でマナーは仕込まれている。しかし、最初のうちはベッドの中で家庭教師から読み聞かせをされるに留まり、リカ様に放置されていたこともあって真面目に取り組んでいなかった。表に出るつもりなんて、露《つゆ》ほどもなかったんだよ。

「人族の国らしいんだけど、どこだろう？」

「フラッギン王国と伺っております」

「フラッギン……どこかで聞いたな」

小姓君が答えてくれた国名を、ぶつぶつと繰り返す。

あ、思い出した。香辛料の国だ。ヴェッラネッラ王国が滅ぶちょっと前、姉上とそんな話をした覚えがある。

「大陸地図って見せてもらえるのかな」

旧ヴェッラネッラとフラッギン王国は隣り合わせていた。微妙な国境線の位置争いのために百年単位で小競《こぜ》り合《あ》いを続けていたのに、急に香辛料の取引を始めたのだ。そして、リオンハネス王国とはかなり距離があるはず。

小姓君がすぐに地図を用意してくれたので早速位置を確認する。やはりリオンハネス王国とフラッギン王国は離れていて、わざわざ祝いに駆けつける真意がわからなかった。

「獣人の国に人族の王妃か。やっぱり注目されているんだろうな」

しかも敗戦国の王女が戦勝国の王に嫁《とつ》いだんだ。破格の扱いだよね。

リオンハネスは豊かな国だし、ヴェッラネッラ以外の人族の国が友好関係を築きたいと思うのも無理はない。獣人族は人族を餌にする野蛮な種族だなんて誤解が解《と》けたら、肥沃《ひよく》な平野と豊富な資源を埋蔵する山々はとても魅力的だろう。陛下に側妃を贈る打診にでも来るのかな、なんて穿《うが》った見方をしてしまう。

そんな僕の邪推をよそに、にわかに王太子宮の側妃の間が騒がしくなる。僕の晩餐会用の服を作らなければならなくなったのだ。

久々に会ったヤッカさんは、仕立て屋とやらの付き添いだった。急遽探してきた仕立て屋なので、大将副官の監視つきなのである。

彼らは羊獣人の夫婦で瞳孔が横長だった。視線が合わなくて嫌われたのかと心配になったけど、それは彼らが極度の緊張でブルブル震えているせいだった。採寸する時の呼吸もおかしかった。そりゃそうか、ヤッカさんの右手がずっと剣の柄《つか》にかかっていたもの。

お店のお針子さん総出で仕立てるらしく、本当に急遽決まった晩餐会なんだとわかる。姉上と天使ちゃんのドレスは陛下が万事抜かりなく整えているだろう。

豊かな国だからドレスの一枚や二枚、国民に迷惑をかけることもない。そう思うが、姉上も僕も必要以上にお金をかけられると恐怖を覚える。今回は外交だから仕方ないものの、できれば隅っこでひっそりしていたい。

そうして出来上がった衣装は気後《きおく》れするほど素晴らしく、久々に着用を拒否したくなった。ファストファッションの綺麗めコーデでお茶を濁したいが、ＴＰＯは弁《わきま》えねば。そもそもこの世界にはファストファッションがない。

小姓君がめちゃくちゃ張り切ってヘアセットのリハーサルをしてくれた。当日は朝からお風呂に入る予定だ。本当は全身エステをしたかったらしいが、僕の体力がないので諦めたと言われる。

「エステはどうでもいいけど、そんなに体力ないかなぁ？」

「人族を基準にしてもないと思われますよ」

小姓君、安定のツッコミだ。今世の自分史上、最高のコンディションなんだけど。

晩餐会は言ってしまえば大掛かりな夕食会だ。事前学習をざっくりまとめると、夕方から始まり歓談しながらダラダラとお上品な料理を食べる行事。

ただ、僕、前菜で満腹になっちゃうんじゃない？

席順は夫婦や家族が隣合わせになることがない。近い場所にはいるけれど、同格のゲストと交互の席に案内されるそうだ。街に出かけた時のように、リカ様に食べてもらうことはできないな。

「フラッギン王国の使者も人族なので、ご安心ください。側妃様の前に置かれる皿の中身を減らしても、使者の皿とたいして変わりませんよ」

小姓君が安心させるように言った。本当に僕より年下なのに配慮がすごい。盛装でちゃんとした食事をした経験がないものの、おかげで頑張れそうだ。

「せっかくなので、殿下に見てもらいましょうか」

彼がそう提案してくれたのは、リカ様が晩餐会に出席できなくなったからだ。王太子が父王の王妃お披露目を欠席するほどなんて、どれだけの案件なんだろう。大将としてのお仕事で国外に出るらしいんだけど。

本番さながらに着飾った姿を、僕は鏡に映す。血色が良く見えるように、軽く化粧をされていた。化粧台の向こうから見つめ返すのは、姉上にそっくりな自分だ。

こんなに似ていたっけ？　黒い髪の毛は丁寧に梳《くしけず》られて艶々《つやつや》しているし、目は目薬を差したんかってくらい潤《うる》んでいる。チークをはたかれたほっぺたはふんわりとピンク色だ。メイクの力ってすごいな……

程《ほど》なくしてリカ様の来訪が告げられた。侍従が入ってくる。それにしても先触れがないなんて、こちらからお出ましを打診したとはいえ随分とフランクだ。

背後でがたんがたんと音がして、鏡越しに扉が開かれるのが見えた。ぬぼっと偉丈夫が映ったが、振り向く前に消える。

黄金に煌《きら》めくゴージャスな巻き毛の残像が一瞬見えたような……？

「殿下、お化粧室はご遠慮ください」

ヤッカさんの声？　それからズルズルッと大きな荷物を引き摺《ひず》るような音がする。

小姓君に促されて居間に向かうと、リカ様がソファに座りもせずに床に片膝をついてこめかみを押さえていた。その横でヤッカさんが腕組みをして仁王立ちしている。その眉間にはくっきりと皺《しわ》が刻まれていた。

リカ様の黄金の髪が、滝のように床に流れ落ちている。室内でも靴の生活だから、髪の毛が床につくと汚れが気になった。

「リカ様、埃《ほこり》がつきますよ」

日々完璧に清掃が行われているので、そんなものは微塵《みじん》も視界に入らないが、なんとなく気分が良くないよね。

傍《そば》に寄って僕も膝をつく。失礼しますと断ってから毛先を床から持ち上げると、甘く爽やかな香りが漂《ただよ》った。リカ様にもらったサシェと同じ香りだ。

「不思議な香り……眠たくなるっていうか、安心する香りですよね」

すんと鼻をひくつかせて香りごと空気を吸い込むと、お腹の奥がぽかぽかする。

どんなハーブを使っているんだろう。リカ様のシャンプーには香りの元になるハーブが配合されているに違いない。側妃の間に据え置きの石鹸《せっけん》もいい香りだし艶々《つやつや》になるが、この匂いに包まれて眠ったら幸せだろうなぁ。

その時、がつっと肩を掴まれた。

「ひゃっ、どうしたんですか？　驚きました」

「……この、匂いに、包まれて眠る？」

「口から出てました？」

脳内での独り言のつもりだったのに、しっかり聞かれていたようだ。新しい洗髪剤をお強請《ねだ》りしているみたい、物欲の権化《ごんげ》で恥ずかしいな。

「聞かなかったことにしてください」

側妃の間にあるものでも贅沢なのに。

「いや、しっかり聞いた」

「そんな意地悪な」

「……意地悪か。なんかそれ、グッとくるな」

リカ様が訳のわからないことを言い出す。

困惑して傍《かたわ》らに控えるヤッカさんを見上げると、無表情でリカ様の背中を足蹴にした。

えええッ？　ヤッカさん、そういうキャラなの⁉　幼馴染み兼目付け役兼副官って、随分と特別なんだね！

「お前なぁ！」

「殿下、気持ち悪いです」

ヤッカさんは自分を跳ね除けて立ち上がったリカ様に向かってピシャリと言う。

「お前も――に言われてみろ！」

「そんなのは、認識されてからおっしゃってください」

一部聞き取れないが、エキサイト気味のリカ様と冷静なヤッカさんではヤッカさんのほうが優勢に見える。黄金の獅子と黒い豹《ひょう》がギャンギャンやっているのを見て、友達っていいなと思った。今世の僕には、こんなに親しい友達はいないから。

床に膝をついたままニマニマしていると、小姓君が僕を立たせてくれる。しまった、盛装着付けのリハーサル中だった。汚すのが怖いから、さっさと着替えたい。

「リカ様、ご歓談中すみません」

「お前にはこれが歓談に見えるのか？」

声をかけると、リカ様は怪訝《けげん》そうにこちらを見た。彼はもともと無愛想というか野生味があるというか、すごみのある笑みが多い。けれど最近の彼は表情が結構豊かだ。ヤッカさんに見せるようなナチュラルな表情を向けられて心が躍る。

「気の置けないご友人との語らいは、とても羨ましいです」

楽しそうな様子はいつまでも見ていたいが、黙って席を外すのも失礼だ。

「友人と言われると、不思議だな」

「そうですね。私の生命が尽きるまで、面倒を見るのが運命と思っておりますが」

「おい」

学友で目付け役で従者で副官。一人で何役もこなすヤッカさんが涼しい顔で言った。

「いつか私の生命を捧げてもいいと思える相手に出会ったら、優先順位を下げさせていただきますがね」

「そんなのは当たり前だ。俺の最優先は不動になったからな」

ヤッカさんに語りかけながら、チラリと黄金の瞳が僕を見る。

なるほど！　本命の恋人さんがいるんですね！　ご安心ください。僕はこの部屋に住まわせていただけさえすれば、本命さんが正妃の間に入られるのを邪魔しません！

この数週間でリカ様との交流が増え、いい人なのを確信している。亡国の王子のお守りなんて申し訳ない。早く本命さんをお迎えできるといいね。

そう考えた瞬間――

ちくり……

なんだ、今の？　まぁいいか。

リカ様に安心してもらいたくて、僕は笑った。口角が強張る。これは住処を失うことへの不安だろうか。

「ご用意していただいた晩餐会用の服、ありがとうございます。当日のお披露目ができないと伺ったのでお呼び立てしてしまいました」

その思いを振り払い、両腕を少し広げて前面の立ち姿を見せる。

シルバーっぽい光沢のあるライトグレーの一揃えだ。細身のシルエットなのに僕の痩せぎすが目立たない。誰かのお下がりがあれば借りようと思っていたけれど、体格も合わなきゃ尻尾もない。お仕立ては仕方がなかった。散財させて申し訳ない気持ちもあるが、ぴったりした盛装はとんでもなく着心地がいい。

「……ぐ」

リカ様が変な唸《うな》り声《ごえ》を上げた。猫科の大型獣人の習性なんだろうか。

「どうぞ、殿下に後ろ姿も見せてさしあげてください」

ヤッカさんに促されて、僕はくるりと回る。ジャケットの丈はお尻が見えない程度の長さで、ズボンは細身だ。獣人族は小型種であっても太ももが立派な人が多いらしく、型紙を作るのが難しかったと聞く。

一周回って、僕はリカ様の正面に向き直る。彼は大きな右手で目元を覆うようにして親指と中指でこめかみを揉んでいた。体調でも悪いのだろうか。

「軍の仕事で国を離れると聞きました。体調が思わしくないところを申し訳ありません」

「いや、体調は問題ない」

ムキムキマッチョで病気とは無縁そうだけど、無理はしないでほしい。本当に元気なの？

じっと見つめると、またぐるるとリカ様の喉が鳴った。

「この音は機嫌のいい時の音なので、気にしなくていいですよ」

ヤッカさんが教えてくれる。

「お前は黙れ」

「黙っていたら、クラフトクリフ王子がご不安でしょう。人族は私たちと違って、日常的に喉が鳴ったりしないんですよ」

「日常的……」

なるほど。

したり顔で頷《うなず》くが、喉の音を聞き分ける自信はない。とにかく、お元気ならそれでいい。

「では、せっかくおいでくださったので、お茶をどうぞ。その間に着替えてまいります」

いい加減着替えねば、本番前に汚してしまいそうだ。部屋の掃除は行き届いているが、僕は自分の粗忽《そこつ》さを信用しているので脱いでしまうに限る。

「ヤッカさんもご一緒にどうぞ。リカ様のご友人ですし、気になさいませんよね」

側妃の間に入室できるほど信頼されている彼だ。僕が本当の側妃だったら許されないかもしれないが、居候《いそうろう》をしている亡国の王子の居室と思えば問題ない。

「お前も一緒に座れ。着替えは後でいいだろう」

「無理です。汚すのが怖いんです。そんなおっそろしいこと、言わないでください」

リカ様の誘いに被せるように、拒否の言葉が飛び出した。あ、と思って両手で口を押さえるが遅い。一応敬語とはいえ、行儀悪く早口で捲《まく》し立《た》ててしまった。今日はあんまりボロを出さないようにしようと思ったのに、晩餐会用の服を汚す恐怖に負ける。

「ははは ッ。いいぞ、もっと砕けろ。この間も言っただろう。市井《しせい》の民のように気安いほうがいい。どうせヤッカと二人だと、兄弟みたいにしてるんだろう？　俺も交ぜろ」

「リカ様、この間は兄弟じゃないって言ったじゃないですか……って、はむッ」

再び口を押さえたが完全に礼を失《しっ》している。

「はむッて、お前、なんだそりゃ」

リカ様が身体を揺すって笑い出した。堪《こら》えているようだけど、全然できていない。ひとしきり笑い、彼は肩で大きく息をする。

「腹筋を鍛えていて良かったと、今ほど思ったことはない」

何気に失礼だな！

「それはともかく、非公式だが、実質ジェインネラ妃の披露目の席だ。王太子が不在なのは外聞が悪いが、明後日から俺たちはヴェッラネッラへ行く。ホーツヴァイ王の潜伏先の情報が寄せられたんでな」

うちの阿呆な父がすみません。姉上の大事な日に、許せないな。

「そんなわけで、晩餐会のエスコートができん。今のうちに、おめかしを堪能《たんのう》させろ」

「おめかしって……」

まぁ、おめかしだけど。改めて言われると恥ずかしいな。耳がぼぼっと熱くなる。また赤面しているかもしれない。小さな子どものように思われていないかな。

「お前、顔が赤くなるとヤバいな」

「ヤバいとは？」

「匂いが強く薫《かお》る」

「え？　汗臭いですか？」

「そうじゃない。どうしてすぐに、汗臭い方向に持っていくんだ」

「体臭って汗をかいた時くらいしか、気にならないので」

たまに強烈な体臭の人もいるが、多くはない。僕は自分の匂いは感じられないし、リカ様から香るハーブの匂いくらいしかわからないほどにぶい。もらったサシェから仄《ほの》かに香るのと同じ匂いだ。

「お前の匂いは甘い。爽やかな果実のような旨そうな匂いがする。感情が昂《たかぶ》ると体温が上がるんだろう」

「はぁ……」

なんと返事をすればいいのやら。また旨そうだと言われた。けれど以前のような捕食されそうな恐怖は感じない。リカ様という人に慣れたんだろうな。

「とにかく、着替えは後でいい」

「それは勘弁してくだ……あ」

また自分の口を塞《ふさ》ぐ事態が発生する。リカ様に慣れたからといって、気を抜くにも程《ほど》がある。しどろもどろになって視線をキョロキョロさせていると、リカ様の手が伸びてきて僕の髪の毛を掻き回した。

「わかった。着替えてくるのを許そう。その代わり、待っているから庭園の四阿《あずまや》に行こう。ヴェッラネッラに赴《おもむ》く前に、この間の仕切り直しだ」

仕切り直しってなんだよ。まぁ、僕は居候《いそうろう》でリカ様は家主だからしょうがない。

にやりと片頬だけ上げて笑うリカ様はたまらなく男っぽい。こんないい男になりたい人生だった。ガリガリの身体に彼の顔が乗っていても、ぜんぜん似合わないのはわかっている。絶望的に運動をしちゃいけない身体だと諭《さと》されたので、僕には鍛える術《すべ》もない。せめてストレッチと王太子宮の野生味溢《あふ》れる庭の散歩は続けよう。

僕は手櫛《てぐし》で髪を整えながら、リカ様から逃げる。彼がくっくっと喉で笑い、喉仏が上下するのが見えた。どこもかしこも男らしい王太子様に背を向けて、僕は小姓君の手をとり、逃げるように化粧室に駆け込んだ。

その後の四阿《あずまや》での、お茶？

リカ様がやたらと膝抱っこしたがるせいで盛大にボロを出しまくって、完全に中身がバレたことと謎の不整脈で息苦しかったのしか覚えていない。

「御影石《みかげいし》の腰かけは冷たいな。ほら、こっちに来い」

「冷たいのはその通りですけど、膝はないですねっ！」

ってな具合だ。

リカ様はニヤリと笑って「その調子だ」って言うし、もともと僕の本来の口調が庶民的なのを知っているヤッカさんは、顔を背《そむ》けて笑いを堪《こら》えていた。

もういいさ、開き直ってやる。王太子殿下がいいと言うんだ。必要な時だけちゃんとしていれば問題ない。

僕はそう結論づけた。

4

リカ様とヤッカさんとお茶をした翌々日、二人はヴェッラネッラに向けて一個小隊を率いて出発した。小隊というのは隊の人数の規模であって、力量が劣っていたり新兵ばかりだったりするという意味ではない。ヴェッラネッラ領――旧ヴェッラネッラ王国にはすでに熊の代官さんが率いる駐屯軍がいる。そのため、移動の体裁を整える人数だけいればいいそうだ。

リカ様はお茶を飲みながら、自分で早駆けしたほうが早いと文句を言っていた。馬の存在意義を語り合いたいものだ。

お見送りは王太子宮の玄関で済ませた。今までそんなことはしなかったから、僕らの仲がぐっと近づいたのを感じる。リカ様が王太子宮で生活を始めなかったら、こうはならなかっただろう。四阿《あずまや》のお茶会で色々バレてしまったので、取《と》り繕《つくろ》う必要もない。

「散歩は庭園だけにしておけ、奉仕活動は侍従だけじゃなく騎士団から何人か連れていけ」

とか、とか。リカ様は何か色々言っていた。

護衛はいつもそれなりにいるから、騎士を追加するとなると結構な大所帯になる。

「何故《なぜ》急にそんな心配をし始めたのか謎ですよ。今までと変わらず、慎《つつ》ましく生活するので何も問題ないと思います」

「言うようになったじゃないか。その調子で出迎えは賑やかにしてくれ」

リカ様の癖になりつつある髪の毛ぐしゃぐしゃ攻撃を受け、僕はぎゃーと叫んで逃げた。王太子とその側妃のすることじゃない。バタバタしていると息苦しくなり、最後はあっさり捕まって抱き上げられた。

「これを……」

僕の胸の真ん中を清潔に整えられた爪がとんと突く。その真下にあるシャツブラウスの内側に、リカ様にもらったハーブのサシェを下げている。

「風呂に入る時以外は、絶対に外すなよ」

「匂いが消える前に帰ってきてくださいね」

ハーブの種類は王太子の部屋づき侍従に聞けばすぐにわかるだろう。けれども、せっかくリカ様に選んでもらったんだ。またリカ様にもらったほうが嬉しい。

「いってらっしゃいませ。道中、気をつけて」

「辛《つら》い知らせを持って帰るかもしれんが、それは許せ」

額《ひたい》にチュッと親愛のキスが降る。姉上からのキスと似た、でも、全く違うキスだ。

リカ様は父上を捕縛しに行くんだもんな。抵抗されたら、まぁ、最悪な事態にはなるよね。慰《なぐさ》めるような穏やかなキスは、やっぱり僕を弟か小さな子どものように思っているのだろう。

「問題ありません。先に家族と民を捨てたのは父上です」

それよりずっと前に捨てられた僕に、なんの感慨があろうか。

床に下ろす時は、壊れ物のようにそっと。練兵場で部下さんを投げ飛ばしていた人だと思うと不思議だ。

リカ様は身体を離す前にもう一度、僕の額《ひたい》にキスを落とした。最後には、待ちくたびれたヤッカさんに尻尾を引っ掴まれる。

「尻尾は反則だ！」

「根元じゃないからいいでしょう」

なんてオモロイ言い合いをしていた。幼馴染みは仲良しで羨ましい。以前ヤッカさんには断られたが、僕もいつかリカ様をモフってみたい。ライオンの尻尾は先っぽだけもふもふしているから、どんなふうに触ったらいいのだろう？

玉座に座った姿は百獣の王だったのに、ギャップってこういうのを言うんだなぁ。前世で覚えた言葉を噛み締めながら、僕はリカ様の後ろ姿を見送ったのだった。


リカ様が出張に出てしまうと、食事が一人ぼっちに戻った。

部屋の中の使用人は増えたものの、僕に話しかけるのは小姓君がメイン、侍従さんたちはひっそりと控えているだけだ。僕から話しかければニコニコと返事をしてくれるが、あちらから世間話が振られることはない。当然ながら一緒に食卓を囲むこともなく、一人で食べるのには慣れていたはずなのに、僕は無性に寂しくなった。

今日も、もそもそと美味しいけれど味気ない朝食を終える。それから日課にしている庭園の散歩だ。ルーティンはなるべく崩さない。いつか運動の許可を出してもらえるように、下地の体力作りは続けておかねば。

二日前にリカ様とお喋《しゃべ》りしながら歩いた小径《こみち》を行くのは、三歩下がって小姓君、その後ろに五歩下がって三人の侍従さんら。

春の花は圧倒されるほどだったが、夏が来て青々とした木々の緑が眩《まぶ》しい。庭師たちが天秤担《てんびんかつ》ぎした桶から水を撒き、自分たちも大汗をかいている。塩舐めてる？ って喉元まで出たが、理由を説明しづらくて呑み込んだ。熱中症の概念って、リオンハネス王国ではどうなっているんだろう。ヴェッラネッラは北国だから、気にしたことがなかった。

四阿《あずまや》までやってくると、休憩タイムだ。

ここのお城、とにかく敷地が広い。初めて見た時に具合が悪くなかったら、絶叫していただろう。そのベルサイユ宮殿じみたお城の一角に王太子宮がある。その広い庭で少し早足になるとすぐに息が切れるので、四阿《あずまや》でのお茶休憩は必須である。

艶々《つやつや》した御影石《みかげいし》でできた腰かけは、そのまま座ると硬い。小姓君が素早くブランケットを敷いてくれる。

リカ様の膝に乗せられて逃げようともがいたのを思い出して、ぷすっと笑いが漏れた。僕の髪を掻き回してすんすんと匂いを嗅いでくるので、アンタは犬か⁉ と叫びそうになったがぐっと堪《こら》えた自分を褒め称えたい。

どこから運んできたのか、温かいお茶が陶器のティーセットでサーブされる。小姓君も侍従さんも魔法のポケットを持っているのに違いない。

僕はお茶を一口飲んでお菓子を口に運ぶ。美味しいはずなんだが、朝食と同じで食べた気がしない。

ぼんやりしていると、にぃ、と小さな鳴き声が聞こえた。

「何か声がしなかった？」

「子猫ですね」

僕の耳には微《かす》かな音量でも、獣人族の小姓君にははっきり聞こえたようだ。

獣人の国にも人型ではない普通の動物がいる。馬車を牽《ひ》く馬がいてペットの猫がいないわけがないだろう。家畜も野生動物もちゃんといた。

普通の動物と獣人族の進化の分岐はわからない。ルーツを研究する学問はないみたいだ。少なくともヴェッラネッラの僕の部屋にはなかった。埃《ほこり》をかぶった古い書物は様々な知識を僕に与えてくれたが、かなり偏《かたよ》っていたんだよね。

「迷い猫が上位種に怯《おび》えて出てこられないのでしょう」

小姓君が心配げに言う。彼は猫系の獣人だが、侍従の一人が犬系だ。人の良さそうな犬の彼は申し訳なさげにマロっぽい眉を下げた。柴犬を思い出してほやんとする。

「無事に母猫に会えるといいんだけど、傍《そば》にいるのかな。いないなら保護してあげたいんだけど」

保護と言葉を飾っても、結局はペットの飼育のお強請《ねだ》りだ。自分でお金を稼いでいるわけでもない僕が言うのはおこがましい。

「その子が求めるなら、我らは先祖の末裔を保護することを躊躇《ためら》いません。自由気儘《じゆうきまま》に晴れた空の下を駆け回りたいのなら、それを止めもいたしませんが」

先祖の末裔、素敵な言い回しだ。

お許しをもらえそうなので、まずは子猫の確保を試みる。それは造作もないことで、犬獣人の侍従がとっくに匂いで居場所を突き止めていた。それどころか僕以外はみんなわかっていた。

そりゃそうだ。彼らの全ての身体機能が人族より優れている上に、僕自身に人族最弱疑惑があるからね。……うぅ、認めない。諦めなければ、いつかゴリマッチョになれるかもしれない！

運動神経が怪しい僕は、おとなしく腰かけに座って待つ。リカ様を見送ってから沈んでいた気持ちが浮き立ってくる。

お茶の時間をいっぱいまで使って保護した子猫は小さかった。真っ黒で水色の瞳をしている。猫って黄金色の瞳が多そうだけど、こんなアクアマリンみたいな瞳の子もいるんだね。

「側妃様に似ています」

「どちらかというと、姉上じゃないかな」

瞳の色はちょっと薄いけれど、豊かな黒髪と煌《きら》めく青い瞳の姉上にイメージが重なる。まるでジェインネラ新王妃に侍《はべ》らせるために選ばれた猫のようだ。

「フラッギン王国の使節団って、リカ様と入れ違いに入城したよね？」

今は迎賓館に滞在しているのではなかったか。出迎えの行事は宰相や外務大臣がしているはずだ。使節団の団長は王族ではないと聞いたので、同格かリオンハネス側が少し上だろう。

「姉上への献上品が脱走したってこと、ない？」

これだけ広い敷地なら、野良猫一家が住み着いていてもおかしくない。でも綺麗に清掃が行き届いた場所で残飯漁《ざんぱんあさ》りなどできないし、管理された池の鑑賞魚を狩るなんて難しい。誰かが餌を与えているのなら、そういう猫の一家がいると使用人の噂話の種になるだろう。動物は先祖の末裔と言って大切にされているのなら、なおさらに。

ということは、最近持ち込まれた子だと思う。毛並みも美しいし、痩せてもいない。美しいアクアマリンのような瞳だって、目ヤニも見当たらないし……小姓君が抱く子猫を観察すると、そうとしか思えない。

「フラッギンの使節団に問い合わせましょう」

侍従さんが一人、早速、場を離れた。その背中を見送ってから僕も散歩を終わらせて部屋に帰ることにする。ここまで来たのと同じだけ歩かなきゃいけないが、たっぷり休憩はとった。

ふにゃふにゃ鳴く子猫を小姓君から受け取る。軽い身体は羽根のようで、ほんのりと温かい。胸元に小さな爪を引っかけてしがみついてくる。

なに、これ。めっちゃ可愛いんですけど!?　もしも姉上への贈り物だったら、この子のお世話をさせてもらえないだろうか。姉上のところには天使ちゃんがいるから、子猫は侍女たちに任せきりになるだろう。

「可愛いなぁ」

腕の中の子猫を見て呟《つぶや》く。

あんまり夢中になりすぎて注意力散漫になり、途中、何度か躓《つまず》いた。何もないところじゃないぞ。ちゃんと小石があったんだからな！

子猫はしっかりケープに爪をかけていたため、落とさずに済む。お高い衣類が気になるが、可愛いは正義だ。

ゆっくり時間をかけて散策コースを歩き、普段使いの玄関まで戻ってきた時だ。困った顔の侍従さんと跪《ひざまず》く男性三人に会う。侍従さんはさっきフラッギンの使節団にお伺いを立てに行った人だ。

僕が何も言わないのに、男たちは顔を上げた。姉上以外の人族に会ったのは一年以上ぶりだ。フラッギンという国はヴェッラネッラともほぼ交流がなく、香辛料の輸入が記憶に残っている程度。

彼らはヴェッラネッラ人よりも彫り深い顔立ちをしており、厳しい雰囲気がする。真ん中の男がギョロリと目を動かしてこっちの姿を確認した。再び恭《うやうや》しく頭を下げられたので、僕の立場ではどうするのが正解なのか考える。

「ヴェッラネッラの尊き方」

しゃがれた声が語りかけてくる。公用語だが、フラッギンの訛《なま》りだろうか？　語尾が強くて怒っているように聞こえる。

ヴェッラネッラの元王族とはいえ、尊き方かと問われれば、僕はノーと答えたい。尊き方は、靴ももらえずに裸足《はだし》で生活なんかしない。

僕が晩餐会に出席するのは側妃としてではなく、ジェインネラ新王妃の実弟としてだ。その時はクラフトクリフ元王子としての挨拶をする予定である。

しかし、こんなイレギュラーな対応は想定していない。どう答えるのが正解なんだ？

「なんと麗《うるわ》しい」

「姫君をお抱きになられる姿は、神にお仕えする聖なる御母《みおも》のようですな」

んん？　おかしなことを言い出したぞ？　姫君……この子、雌なの？

この人は使節団内部でいかほどの役目を担《にな》っているのだろうか。下っ端、団長の側近、団長本人、誰？　どっちにしたところで厳重抗議だ。僕がまだ玄関よりも外にいるとはいえ、ここは完全に王太子宮の敷地内。おおかた猫のことを尋ねに行った侍従に無理を言ったんだろう。友好国の使節団の相手は使用人の立場では非常に面倒だ。

「御使者殿。この場所には王太子殿下の許可のない者は入れませぬ。見なかったことにいたしますゆえ、お引き取りを」

僕は一旦、懐《ふところ》の広いところを見せる。勝手はできないし、どうしたものか。

「おお、これは申し訳ない。姫君もゆっくりなさりたいでしょう」

なんだか話が噛み合わない。ん？　姫君って、姉上の天使ちゃんのこと？

姉上が産んだ陛下の初めての姫君は、丸い獅子の耳と尻尾の先にフサフサとした毛を持つ獣人だ。顔立ちは母親である姉上にそっくりだが、赤ちゃんなのに多毛な金髪も最近開いた黄金の瞳も陛下から受け継いでいる。獣人族なので耳と尻尾以外は僕ら人族と変わらない。なんで黒い猫ちゃんと間違えるんだ？

まさかとは思うが、獣人族はルーツになる動物の姿で生まれてくると思っているの？

フラッギンの男は大仰《おおぎょう》に片手を広げてお辞儀めいた仕草をしているが、全く申し訳なさそうではなかった。子猫はフラッギンとは関係なかったのかな。よくわからないが、部屋に閉じ籠もるに限る。こういう手合いのあしらいは、僕には不向きだ。頓珍漢《とんちんかん》なことを言って場を白けさせるに決まっている。国際問題が非常に怖い。

僕はとにかくこの場を離れたかった。

けれど、失敗する。ごきげんようと立ち去ろうとして、彼らに背を向けてしまったのだ。いやぁ、我ながらチョロい。

「うわぁ！」

およそ王子様らしくない悲鳴が口から飛び出す。なんと頭からガッポリと袋を被せられた。こんな状態に陥《おちい》れば、誰だってびっくりしてこうなるはずだ。

「側妃様！」

「慮外者《りょがいもの》！」

小姓君と侍従さんたちの叫び声がする。子猫は袋の口が閉められるよりも早く、にゃあんと一鳴きして逃げた。ほっと安堵《あんど》したのも束の間、身体が担《かつ》ぎ上《あ》げられてぐわんぐわんと目が回る。

頬に当たるザラザラとした感触は、麻袋か何かだろうか？　おそらく穀物を入れて運ぶ大きな袋だ。一体どこに隠していたんだろう。

護衛の騎士さんたちの怒号と侍従さんたちの叫び声、男たちの言葉から、僕に刃物が突きつけられていると知った。

「王女は諦めろ！」

「ひとまず新王妃だけでいい！」

新・王・妃！　姉上と間違えられてる――ッ！

フラッギン王国の使節団は、人族の姫が獣人国の王妃に冊立《さくりつ》されたのを祝いに来たんじゃない。どさくさに紛《まぎ》れて姉上を誘拐しに来たんだ。

なんで間違えるかな⁉　僕と姉上は確かに似ているけれど、根本的に性別が違う！　パンツルックが目に入ってないの⁉　第一、天女のごとく麗《うるわ》しい姉上に失礼だ！

かろうじて出ている足をバタつかせるが、俵担《たわらかつ》ぎされた体勢は鳩尾《みぞおち》に男の肩が食い込んで苦しい。しかも、リカ様に同じことをされた時のような安定感がない。僕よりずっと大きな男だが、リカ様ほどは鍛えていないようだ。

それにしても何故《なぜ》、誰も彼も僕を担《かつ》ごうとするのだろう。これでも十八歳の成人男性だぞ！

しばらくバタバタ暴れてみたが、多少、男がよろめきはするものの決定打を与えられない。そのうち息苦しくなって諦めた。

麻袋の中は蒸れるし新鮮な空気が足りない。これは体力の温存を考えるべきだな。僕のミジンコみたいな体力は、さっきの散歩で半分消費している。

時々止まって下ろされて、また担《かつ》がれる。どこか狭いところに隠れながらのようだ。やはり何度か追いつかれているようで、その度に男が刃物をちらつかせる気配がした。わざわざ誘拐するくらいだから殺意はないはずだが、万一を考えてリオンハネスの騎士は手出しができないのだろう。

それにしてもフラッギンの偽使節団め！　姉上と間違えて僕を攫《さら》ったのなら、もっと丁寧に扱ってよね！　女性をこんなに乱暴に扱うなんて、言語道断だ。

揺れて胃の腑がひっくり返る。ぐわんぐわんと目が回り始めて、地獄の馬車旅を思い出した。四阿《あずまや》でいただいたお茶とお菓子が迫《せ》り上《あ》がる。コプッと嫌な音がした。うつ伏せなので喉に詰まるのは回避できたが、代わりに喉から鼻へ流れていく。痛みが脳天を突き抜ける。息が苦しい。気が遠くなってきた。

僕、こんな情けない姿で死ぬのかな。

最悪の事態を考えた時、脳裏に浮かんだのはゴージャスな黄金の巻き毛。

やっぱりリカ様みたいにムキムキの身体で生まれたら良かったな。そうしたら、こんなふうに担《かつ》がれて誘拐されることもなかっただろうに。不幸中の幸いなのは、被害にあったのが姉上じゃなかったことだ。僕で良かった。王太子宮の居候《いそうろう》がいなくなっても誰も困らない。リカ様だって本命の彼女さん――彼氏さんかもしれない――を迎え入れられる。

あぁ、せっかくヴェッツラネッツラのお城から連れ出してもらったのに。僕の今生は平穏からは縁遠いらしい。

そんなわけで、フラッギン王国の使節団を歓待するための晩餐会は中止になった。リオンハネスのお城がどうなっているのかは知らないが、そうでなきゃおかしい。リカ様に褒めてもらった衣装、不要になっちゃったな。

5

馬車の旅、再び、である。

揺れるし狭いし、揺れるし暗いし、揺れるし。揺れるが多くてごめんね。だって揺れるんだもん。

フラッギンの面子《メンツ》は今もって僕を姉上と間違えていた。一応、人違いだと伝えているが、誰も信じてくれない。ヴェッラネッラの第七王子は今にも死にそうな骨と皮で、生存しているかも不明らしい。

僕、ここにいるんです。勝手に殺さないでください。いや、ちょっと待って、前言撤回。馬車酔いが酷すぎて今にも死にそうだ。お願い、その辺の道に捨てて行ってくれ。

馬車の中で目が覚めた時には若干パニックだった。一人きりだったし、夜だったし、揺れるし吐き戻すし最悪だったよ。夜陰に紛《まぎ》れて移動していたんだろうが、獣人族には夜目が効く種族もいるって知っているのか？　色々雑な人たちだ。

とにかくそんな状態で朝を迎えた。ようやく休憩を取ることにしたのか馬車が止まったが、僕は自分の吐瀉物《としゃぶつ》で汚れまくっている。不潔度で言ったら、リオンハネスで閉じ込められていた時よりも酷い。

だから、様子を窺《うかが》うために薄く扉を開かれた時も、逃げ出そうなんて微塵《みじん》も考えなかった。

「僕を……捨てて、行って……」

かろうじてこぼれた言葉は、我ながらホラーだったと思う。大の男が三人、ヒイッと喉を引《ひ》き攣《つ》らせて後退《あとずさ》ったのが見える。

彼らは追手を気にして焦っていたようだが、僕は通りすがりにあった農夫の家で井戸を借り、身綺麗にしてもらった。

フラッギンの偽使節団は僕を姉上と思い込んでいるので、農夫の奥さんに任せる。身支度は自分でできるが、具合が悪すぎて僕は奥さんのなすがままになった。奥さんは泣きながら「かわいそうに」と繰り返し、体調が悪い僕を気遣ってくれた。

何も知らない親切な農夫とその奥さんには、いつかお礼がしたい。最終的にお嫁に行った娘さんが子どもの時に着ていたワンピースを着せられ、農夫が掃除を済ませた馬車に戻されたわけだが。

その後は嘔吐《おうと》用《よう》の桶とおまる《チャンバーポット》を支給されて、ひたすら移動する。

外から鍵をかけられているし、明かり取りの窓も小さい。水と食料は差し入れられるが食べられるはずもなく、ひたすら胃液を吐き続けた。おかげでチャンバーポットは使わずに済んだけどね。

何日かかったかなんてわからない。ほとんど気絶していたから、そんなものだろう。ヴェッラネッラ領からリオンハネスの王都までの旅は、ヤッカさんが一緒に馬車に乗って世話をしてくれた。旅程も変更してゆっくり馬車を走らせてくれたんだよね。

そうしてようやくフラッギンの街に着き、今度は宿屋で身支度をされた。多分お金を払って宿屋の女将《おかみ》か女中にやらせたんだろうけど、用意されていた貴族の令嬢が着るようなドレスの紐をぎゅうぎゅう締められて、僕は更に血の気が引いた。

「無理……助けて……」

「そんなこと言われたって、お貴族様に逆らったらあたしらが危ないんだよ！」

身支度させるように命令されていた女性が、ブルリと震える。

「僕が死んだら……おねーさんも、殺されるよ」

こんなに具合が悪い僕を捨てずに、しかも徹底して男を同席させないようにして、偽使節団は淑女の尊厳を守っていた。リオンハネスのジェインネラ新王妃を、何がなんでも目的地に連れていくのだという執念を感じる。……目的地は、フラッギンでいいんだよね？

「それもそうね……」

僕の発言に手を止めた女性は、震えながら背中の紐を弛《ゆる》めた。大体僕はガリヒョロなんだ。こんなに締めなくったって、ウエストは充分に細い。

「どこのお嬢様だか知らないけど、死にそうな顔色でもこんなに綺麗なんてかわいそう。美人すぎて貢ぎ物にでもされるの？」

「……姉と間違えられて、攫《さら》われまして」

喋《しゃべ》るのも辛《つら》いがとりあえずそう答えておく。僕は何度もあの人たちに人違いだと申告したが、信じてくれない。絶え絶えの言葉が、彼らの耳に届いていないのかもしれなかった。

宿屋で冷めたスープをちょっとだけいただいて元気を出そうとする。温かいのも出してくれたけど、吐き気が酷くて無理だった。

リオンハネスでゆっくり療養させてもらったから、こんなに具合が悪いのは久しぶりだ。かつては体調不良が日常だったから気にならなかったのに、一度健康を垣間見《かいまみ》ると辛《つら》い。

宿屋の一階にある食堂で腹拵《はらごしら》えをしていた偽使節団の三人と合流すると、彼らはあからさまに動揺した。

「なんと美しい」

「病《や》みやつれた様《さま》が、なんとも言えぬ色香を……」

「産女の色気ですかな」

誰が産女だ。出産を経た女性を指す言葉に脱力する。そもそもの性別が違うから！

……あれ？　リカ様が相手だと産めるんだっけ？　授《さず》かるようなこと、してないけど。

そういえば、ふんわりおっきするようになっていたモノは、この強行軍ですっかりその気配を見せなくなった。前世ではどんなだったのかも思い出せない。彼女がいた記憶もないし、そっち方面にアクティブではなかったんだろう。

ともかく、身支度を済ませてから突っ込まれた馬車は、きんきらで品のない大きなものだった。プチプライスのアイテムを高見せするのはよく聞くが、金箔で飾られたゴージャスな馬車が安見えするのは残念すぎる。シンデレラのカボチャの馬車のほうが可愛げがあっていいね。

そんな現実逃避も束の間、長距離用の馬車よりは揺れが小さいだけの移動は、治りかけた吐き気を復活させた。

幸いなことに、目的地はすぐだった。

逆らう体力も気力もなく、偽使節団の代表にエスコートされて謁見の間へ進む。逃げるのは諦めていないが、いかんせん体調が悪すぎる。

リオンハネスのお城に連れていかれた時は、寝巻きでヤッカさんに抱えられていた。あれもどうかと思ったが、謁見の間にはゆったりした寝椅子が用意されていたし、最大限に僕を気遣ってくれていた。子どもの虐待に厳しいリオンハネスでは大切に扱われていたと、改めて実感する。

もう子どもには見えないのでエスコートなんだろうが、歩くのが速いし手の位置が高い。下手くそだ。僕が倒《こ》けつ転《まろ》びつしているのに全く無頓着《むとんちゃく》で、引《ひ》き摺《ず》られる。

無理、身体が重い、吐く。お城の中で僕を担《かつ》ぎ上《あ》げるわけにもいかないんだろうが、この世界に車椅子が発明されていないのなら、戸板にでも乗せて運んでくれ。

息も絶え絶えに広間まで辿り着くと、ずらりと並んだ紳士淑女。デジャヴだ。

ただし広間を埋め尽くすのは人族で、玉座には茶色い髪の小太りの男が座っていた。頭にはこれみよがしに王冠が載っているが、特別な式典でもないのに見せびらかしているのは阿呆だと思う。

僕は立っているのがやっとで、意識が朦朧《もうろう》としてきた。失神しそう。この身体になってから失神癖がついている。

この場で僕はジェインネラ新王妃ではないと、声高に宣言するのはまずいだろうか？

せっかく縁があってリオンハネス王国に根を下ろそうとしていたんだ。なんとかして生きて帰りたい。

必死に意識を保つ。僕の手を取る偽使節団の男から手を抜き去り懸命に足を踏ん張ると、玉座の小太りの男が身を乗り出した。

「儂《わし》はフラッギン王ホッダウィングである」

やっぱりここはフラッギン王国の城なのか。馬鹿正直に自国の旗を靡《なび》かせて他国の王妃を攫《さら》うなんて阿呆極まりないから、フラッギン王国を騙《かた》って第三国がしでかしたって線も考えていたんだけど……正真正銘の阿呆だった。

「ジェインネラ王妃よ、ホーツヴァイ王が自慢するだけのことはあるな。儚《はかな》い様《さま》が今にも空に飛び去ろうとしている天女のようだ」

うーわー、粘着っぽいおっさんだ！

そう思っているところに、知っている声が割り込んだ。

「そうだろう、そうだろう。ジェインネラは我が王女たちの中でも飛び抜けて美しい」

父上、こんなところにいたのッ!? うっわぁ、その後ろで所在なさげにキョドキョドしてるの、一番上の兄上じゃない!? 父上そっくりで間違えようがない。王妃の遺伝子、どこにいった？

僕がヴェッラネッラの城の使用人塔から救い出された時にはすでに逃走していた父上とは、しばらく会っていない。むしろその前から疎遠だったので、下手すると二、三年は会っていないのかも。兄上とはもっとだ。遡《さかのぼ》っても会話をした記憶がない。たまに遠目で見ることはあったけれど。

リカ様がヴェッラネッラに向かったのは、父上の潜伏先の手掛かりを掴んだからだと聞いた。偽情報を掴まされたのか？ そんな賢《さか》しい頭は持っていなそうなんだけど。

「うむ？ ジェインネラよ、子を産んだと聞いたが随分と痩せたな？」

父上、あなたの目の前にいるのは以前より痩せた娘ではなく、背が伸びて肉付きの良くなった息子ですよ。姉上に看病されて養生し、リオンハネスで美味しいものをたくさん食べて柔らかな布団で眠ったら、遅れていた成長期がどんときたんです。

王太子宮での一年が、半分死んでいた僕を生き返らせた。ヴェッラネッラにいた頃しか知らない父上は、僕が誰だかわからないのかもしれない。実の父親が情けない。すでに親子の情はドブに捨てたつもりだったけど、流石《さすが》に胸が痛くなった。

「父上はクラフトクリフを覚えておられますか？」

仕方なく、ヒントを出す。

「おお？　……何番目かの王子がその名であったような？」

母上が存命だったら、僕の存在は忘れられなかったのだろうか。絶望も憎悪も湧かないが、虚無感が押し寄せる。

良かったね、クラフトクリフ第七王子。君の中に僕がいなかったらとっくのとうに死んでいた。

「父上。ジェインネラの弟がそんな名であったような？」

「そうだ、そなたが飼っていた、骸骨のような薄気味悪い子どもの名だ！」

兄上に教えられて思い出したようだが、薄気味悪くて悪かったな。アンタが自分の正妃に任せてほったらかした結果だ。

為政者としても夫としても父親としても最低の男は、初老に差しかかっているのに艶々《つやつや》している。一番下の異母妹の年齢を考えると、あっちが未だにお盛んなのは疑いようもない。

「あれはもう死んだのではないか？」

「僕がクラフトクリフだと言ったらどうなされますか？」

「そんなはずがあるわけなかろう！　そなたはこれからホッダウィング王に嫁《とつ》ぐのだ！　ええい、産んだ獣の子どもはどこだ⁉　獣の子どもをリオンハネスの王として立てれば、そなたはその国母ぞ！　労せずして豊かな領土が手に入る！」

そういうことか。本当に人違いをしてくれて良かった。リオンハネス王国が僕を切れば万事解決する。一年間、時間とお金をかけて僕を生かしてくれたが、国民を増やす前に無駄になって申し訳ない……なんて、嘘。

王太子宮では、損得なんて関係なく小姓君も従者さんたちも僕を大事にしてくれたのはわかっている。ヤッカさんは実の兄たちよりも本当の兄さんのようだったし、リカ様は……酷い人だ。一年間もほったらかしたのに、急にちょっかいを出してきて。大きな手で、ぐしゃぐしゃと髪の毛を掻き回されたのを思い出す。掻き回された自分の心も一緒に。

今はリオンハネス王国に心を飛ばしている場合じゃない。すぅっと冷えた腹の底で、父であった人への軽蔑が膨れ上がる。吐きけで頭が割れるように痛い。それでもこれだけは言っておかねば。

「ばーか、テメェの言う通りになんかするか、クソジジイ」

僕の心の底に眠る男子大学生の精一杯。おそらく喧嘩とは無縁であった青年の罵詈雑言《ばりぞうごん》は、所詮この程度である。

しかし、化粧効果で可憐《かれん》なジェインネラ姉上にそっくりに違いない今、強烈な破壊力を持つだろう。

あぁ、残念だ。父上の……いや、ジジイの驚いた顔を見たかったのに。視界が黒く塗り潰されていく。

倒れる時は前のめりでないと、後頭部を打ったら大変だ。そんな現実的なことを考える。意識を失う前って、どうしてこんな馬鹿な思考に陥《おちい》るんだろう。

結局僕は、シリアスにはなれない楽観的な人間なんだ。今度こそ意識を手放そう。もう一秒も立っていられない。


——こんな結末になるのなら、いつか下賜《かし》されるのなんか気にしないでいれば良かった。リカ様に本命の女性がいたとして、王族は子孫を残すために複数の妃を持てる。王太子宮の隅っこでひっそりしているなんて、造作もなかったのに。

知らない天井を見ながら目覚めるのは何度目か。僕はゆっくりと目を開ける。旧ヴェッラネッラ王国からリオンハネス王国への旅路の最中に、何度もあったことなので慣れたものだ。

「あんたがおやりなさいよ」

「えぇ？　あたしだって嫌よ」

「獣の手がついた、不浄の者よ？」

部屋の隅からボソボソとした女性の声が聞こえた。動かずに視線を向けると、女中が二人、頭を寄せ合って僕の悪口を言っている。世話を押しつけ合っているのか。

ベッドの上には寝かされているが着ているものは変わっていないし、上掛けだってない。なんなら口の中もベタベタしていて、顎《あご》は胃液で爛《ただ》れたのかヒリヒリする。覚えはないが、また嘔吐《おうと》したのだろう。

この世界の移動手段は少ない。ここから逃げ出したとして、徒歩、馬、馬車の三択だ。現実的に考えて、リオンハネス王国に向かうには馬車しか選べない。また馬車酔いして嘔吐《おうと》しなきゃならないのか……。その前に路銀の工面だ。今から憂鬱《ゆううつ》である。

「ゲロなんか片付けて、変な病気を持ってたらどうすんのよ!?」

「それよりも、また獣の子を孕《はら》んでるのかもしれないわ」

「えっ!?　悪阻《つわり》なの!?」

「かもしれないってことよ！」

悪口はエスカレートする一方だ。彼女たちはできのいい使用人ではないらしい。年齢的には小娃君と僕の間くらいかな。僕につけられたのか、もともとこの部屋づきだったのか知らないが、世話する相手をほったらかしているようでは怠慢だ。もっとも、その怠慢に助けられているのは事実。女性に下着まで着替えをさせられた日には、泣いちゃうからね。これでもオトコノコだ。

それにしてもピーチクパーチクうるさいから、そろそろ静かになってもらおう。姉上に対する謂《い》われのない陰口はもう聞きたくない。

僕はことさらゆったりと起き上がった。リオンハネス王国の王妃であるジェインネラ姉上が侮《あなど》られてはならない。僕は彼女の唯一の同母弟だ。

「君たちの世話は不要です。必要なものだけ運び込んでくだされば結構。母国では全て自分でしておりましたから」

リオンハネスでの一年がイレギュラーだったのだ。母上が生きていた幼少時は別としても、暖かい部屋と柔らかな布団があるだけで天国。あ、ついでに靴も欲しい。

事実を言っただけで嫌味のつもりはまるでなかったが、女中たちの癇《かん》に障《さわ》ったようだ。彼女たちはわかりやすく激昂した。

「お姫様が自分で⁉　あなた、本当にお姫様なの？　やっぱり獣に身を任せるような下賤《げせん》の生まれは違うわね！　側妃の子なんでしょ？」

「あぁヤダヤダ。獣臭いのが移るわ！」

側妃の子でもなんでも、あなた方よりも身分は上だ。他国の王妃だからね、人違いだけど。その上、性別までも間違っているけど。しかし、重ね重ねの姉上への侮辱は許し難い。女性相手になんだが、顔は覚えた。僕が脱走するまでの物資搬入は、この二人に任せよう。

「あなた方は僕の世話を命じられたのではないのですか？　職務怠慢で首になっても知りませんよ」

「……首？」

「そうですよ？　あなた方がどれだけ僕を毛嫌いしようと、ホッダウィング王が国益のために妃にしようとしています。現にこの部屋は虜囚を閉じ込めるには立派すぎる」

「あ……」

「あなた方、部屋づき侍女にしてはお仕着せが地味ですね。女中でしょ？　僕の世話を上から順繰りに押しつけていって、もう、これ以上譲る先がないってところかな」

女中たちがひっと喉の奥で音を鳴らした。自分たちの立場がわかったようだ。

差別意識による嫌悪感で僕の世話を怠《おこた》ったのがバレたら、容赦なく首が切られる。二人は真っ青になってガタガタ震え始めた。

脅かしすぎたかな？　ちょっとかわいそうになる。彼女たちはとても若いし、仕事を始めて日が浅そうだ。だからこそ、僕の世話を押しつけられたんだろうな。獣人差別は人族全体の問題だし、追い詰めすぎて逃げられても困る。

「あなた方は獣人族が怖い。そして獣人族の国にいた僕を得体が知れないと思っている」

「だ、だって……」

「それが職務放棄の理由にはなりません」

給金をもらっているのなら、相応の働きをしなくちゃダメだろう。

「そこで、提案です。僕は僕の面倒を自分で見ます。あなた方は食事や着替えなどを、ちょろまかさずに毎日持ってきてください」

「ちょ、ちょろまかす⁉　そんな卑しい真似、するわけないでしょ！」

え、そうなの？　ヴェッラネッラ王国の使用人は僕の部屋の家具から金箔を剥《は》いでいったし、高価な鏡はあっという間になくなったぞ？

「それはちょろまかすを通り越して、泥棒なんじゃ……」

脳内で呟《つぶや》いていたつもりが、全部口から出ていたらしい。僕を見る女中の目が変わった。気の毒げに上から下まで眺める。

「側妃の子っていっても、お姫様なんでしょ？」

さっきと言っていることが違うぞ？

「ジェインネラ第五王女とクラフトクリフ第七王子を産んだ側妃は、謎の死を遂《と》げました。謎ですよ、謎」

僕は曖昧《あいまい》に微笑《ほほえ》んで、彼女らの想像が膨らむのを手伝う。だって本当に謎なんだ。

「その後亡くなった側妃への嫉妬心を拗《こじ》らせた王妃は、クラフトクリフ第七王子をいびり倒しました。食事は二日に一度、具のないスープを柄杓《ひしゃく》に一杯とカビたパン。十年近く靴も与えられず、リオンハネスの兵士が救い出した時には骨と皮の骸骨みたいな子どもだったらしいですよ」

そのうち使用人は誰も食事を持ってこなくなったので、姉上がコソコソ用意してくれるようになった。小間使いに小遣いをやって使用人の賄《まかな》い飯《めし》をもらってくると、そっちのほうが豪勢だったのは笑うしかない。見た目に関しては鏡がなかったので、どれだけ酷い容姿だったのかは知らない。

「その王子様、ヴェッラネッラの王様が言ってた、あなたの弟？」

誰も彼も僕を姉上と思い込むのはどうにかならないか。面倒なので、とくに訂正もせずに頷《うなず》く。

「側妃の子って大変なのね。わかったわ。とりあえず食事と着替えを入り口に置いておけばいいのね？」

「一日一回、浴槽にお湯を溜めておけばいいのかしら？」

「充分です。ありがとう」

二人の女中に礼を言う。

本当にそれで充分だ。すごいなぁ。獣人族への差別も、ヴェッラネッラ王妃の虐待の前にはどこかへ吹っ飛ぶ。良かった、人族では子どもへの虐待が普通だったらどうしようと思っていた。感覚が麻痺しているようだ。

まずは水分を取ってよく眠ろう。揺れない場所に来たから、吐き気はじきに治るはず。それから食事をして体力をつけるんだ。

一年前の僕だったら自力で元気になるのは難しかった。けれども今の僕は一味違うぞ。ある程度の健康を取り戻しているので、日常生活を送れるくらいまで回復するのはすぐだ。

彼女たちが出ていくと、マシになった眩暈《めまい》を振り払う。一応用意されていた寝巻きに着替えて口を濯《すす》いだ。顔も洗って化粧を落とす。寝巻きがひらひらしたネグリジェなのには、気づかないふりをした……って、気づくわ！

落ち着かないが、背中が編み上げになったドレスよりマシだ。宿屋の女性に紐をユルユルにしてもらっていて良かった。そうでなかったら、自分で脱げないところだったよ。

まだ夕方っぽいがベッドに潜り込む。そこそこいい待遇のようで、マットレスは柔らかい。だが、シーツの肌触りと掛布の軽さはリオンハネスの王太子宮のほうが上だ。僕は本当に大事にされていたんだな。

切ない気持ちを押し込めて、久しぶりに自分の意思で眠りに落ちる。

リカ様、また会えるかな。ううん、会いたいな。

「お腹空いた……」

夢も見ずに眠った翌朝、目覚めて最初の一言だ。寝室の外から漂《ただよ》ってくるいい匂いに誘われる。掛布の下でお尻まで捲《めく》れ上《あ》がっていたネグリジェを直し、僕はベッドから這い出した。室内履きが見当たらず、ハイヒールに足を突っ込む。宿屋で履かされた靴だ。踵《かかと》が高くて一瞬よろける。あれだけ具合を悪くしていた僕に用意されていた靴がコレって、あり得ない。ドレスもアレだったから、根本的に気遣いができないんだろう。

ぶつぶつ文句を言いながら匂いを辿ると、居間の入り口にワゴンがあった。ぽってりしたカップに熱々のシチューが盛られ、温野菜にはオレンジ色のドレッシングらしきものがかかっている。添えられたパンは一つずつは小さいが、籠に一盛り。

お灸が効きすぎたのか、同情が勝ったのか。女中たちはきちんとお願いを聞いてくれたらしい。

普段の僕が食べる朝食よりもボリュームがあるが、一般的な人族の大人が食べるのにはちょうどいい量が用意されている。小さなパンの数を調整すれば、大抵の人は食べ切れるだろう。リカ様が食べる量には到底及ばないけれど。

味は普通だ。ちゃんと美味しい。

あれだけ馬車に酔いまくっていたので胃が受けつけないかもと心配したが、ゆっくり食べれば大丈夫そうだった。この一年でだいぶ健康になったようだ。リオンハネスに無事に帰れたら、身体を鍛えよう。やっぱり、もしもの時のための備えは大事だよね。鍛えちゃいけない身体なりに、何か方法があるはずだ。

シチューの肉はトロトロに煮込まれていて、フラッギン城のコックの腕が良いのがわかる。国王が食べるものを調理するんだから当然か。

もっとも、空腹ではあったがすぐに満腹になる。長いことまともな食事を取っていなかったので、胃が小さいのだ。それに昨日まで馬車酔いで吐きまくっていたため、胃酸で灼《や》けた喉が痛い。

これだけ良い食事が出せるなんて、国がそれなりに豊かな証拠だ。ヴェッラネッラみたいに王族が搾取《さくしゅ》しているんなら別だけど。

クソジジイ——父上は姉上が産んだ天使ちゃんを王にして、リオンハネス王国を乗っ取ろうとしているようだ。曙《あけぼの》将軍があっさりやられたのを忘れたのか？　姉上を国母にして外戚として君臨しようだなんて、馬鹿みたいな話だ。父上はわかっているのだろうか。何故《なぜ》フラッギン王国が父上を匿《かくま》っているのかを。

同じ国王という身分なのにホッダウィング王は壇上の玉座、父上は臣下と同じ壇下で立ちんぼ。完全に格下扱いだった。滅んだ国の王なんてそんなものだろう。父上は自分が生きている限り、国が滅んだとは思っていないのかもしれないが。

そもそも父上は姉上をただ攫《さら》ってくれれば良かったのだ。不本意だが、父上は姉上の父親でもある。天使ちゃんは外戚の孫だもの。ヴェッラネッラを王国として復帰させせリオンハネスを手に入れるのなら、ホッダウィング王に姉上を娶《めと》らせる意味はない。なんでそんなことになっているんだ？

見た感じ、ホッダウィング王はリオンハネスのアレンジロ陛下と同年代に思える。アレンジロ陛下は実年齢より若々しく逞《たくま》しいので、ホッダウィング王のほうが年上に見えたけれど。小太りで藪《やぶ》睨《にら》みの三白眼。見た目で判断しちゃダメとはいえ、舐《ねぶ》るような視線が気持ち悪い。僕を姉上だと思い込んでいるにしたって、初対面の女性にあれはなかった。曙《あけぼの》将軍といい、父上が選ぶ姉上の夫ってなんでこんなにクズっぽいの？　自分に似た属性のクズを、娘に相応《ふさわ》しい良い男だとでも思っているのだろうか？　僕にはクズの思考回路がわからないよ！

いや、気持ち悪いおっさんらのことなんて、食事中に考えるものじゃないな。

ご馳走様でしたと手を合わせて食器をワゴンに戻すと、下段に着替えが入っているのに気づいた。動きやすそうな部屋着と、柔らかな室内履きだ。ただし女性もの。

ネグリジェよりマシなワンピースに着替え、ハイヒールよりもずっと履き心地のいい室内履きに替える。ドレスよりマシ、ネグリジェよりマシときたので、次はワンピースよりマシとバージョンアップしてほしいものだ。……姉上と間違われている時点で、ズボンの支給は期待できないな。知り合いに見られたら、恥ずかしくてお空に逝けそうだ。父上と兄上には見られているが、それはノーカンということで。クラフトクリフだと気づいていないんだからそれでいい。

さて、これからどうするか。部屋の外には出してもらえないだろうし、無駄な抵抗は本当に無駄なのでしない。とりあえず部屋を散策しよう。本棚はないかな。

地図帳があったら嬉しいと思ったが、見つけた本棚には恋愛小説しか詰まっていなかった。姉上、というか女性にはこれさえ読ませておけばいいだろうという傲慢さが見えて、胸糞悪い。ヴェッラネッラでは女性には高等学問を与えないのが当たり前だったので、こんなものか。

時間潰しに何冊か読もう。本は知識を蓄えるのに最適な宝箱だ……って、これ、恋愛小説じゃないだろッ？　新婚さん向けのエロ指南書じゃないか！　なんてものを客間に置いているんだよ！

バタンと閉じて、またそーっと開く。やっぱり恋愛小説に見せかけた初夜の手引き書だ。怖いもの見たさでページを捲《めく》る。前世で見たグラビア、青年漫画雑誌の巻頭カラーを思い出……せない！

練兵場で盗み見た、リカ様の逞《たくま》しい胸筋を思い出す
あれ……？　お腹の奥が熱いような？　もしかして、僕のアソコがふんわりおっきしてる？

わーわーわーッ！　今、朝だよ！　あ、朝だから？　嘘でしょ⁉　朝食取ったばかりだよ⁉　アレは寝起きの現象のはずだ！

ふわりと柑橘系《かんきつけい》のハーブの香りが広がった。胸に下げたお守りのサシェからだ。何度着替えても必ず服の下に隠してきたそれが甘い匂いを漂《ただよ》わせている。時間が経つと香りは薄れるのだと思っていたのに、まだこんなに薫《かお》っていた。

今度こそ本を閉じて棚に突っ込む。何が『ある愛の詩』だ。『恋のステップＡＢＣ』とかにしとけよ！　クソダサいえっちなタイトルにしてくれていたら、不意打ちを喰らわないで済んだのに！

変だ、どうしよう。自分はリカ様みたいになりたいんだと思っていたのに、そうじゃないみたい。逞《たくま》しく鍛え上げられた身体に、自分もなりたかっただけのはず……憧れの種類がよくわからなくなってきた。

せっかく着替えたが、寝室に駆け込んでベッドに潜り込む。ふんわりおっきしたソレはすでに

しょんぼりしたけれど、恥ずかしすぎて明るい場所にいたくなかった。掛布で作った薄闇の中で丸くなると、サシェの香りがより強くなる。心地よい香りに包まれ、安心した。

昨夜は夕方には眠りに落ちて、今朝も朝までぐっすりだった。充分に眠ったつもりだったが、数日馬車に揺られた身体はまだ睡眠が足りないみたいだ。とろとろと瞼《まぶた》がくっつく。

無防備に眠っていていいのかな。変な奴が入ってきやしないかな。不安は尽きない。

けれどひとまず生命の危険はなさそうだ。手足がポカポカしてくるのは、香りの作用だろうか。リカ様の髪の毛からも同じハーブの匂いがした。髪を掻き回されて、抱き上げられて、額《ひたい》にそっとキスを落とされたのを思い出す。

残念ながらリカ様の夢は見られなかったが、代わりに姉上と天使ちゃんの夢を見た。夢の中でも姉上は麗《うるわ》しく、天使ちゃんは愛らしい。二人が攫《さら》われなくて良かった。

とはいえ、とろとろと微睡《まどろ》んで目覚めた時は、無性に悲しかった。どうして僕はこんなところにいるんだろう。

自分のことしか考えず、どう考えたって破滅に向かっている愚かな父上。あの男のせいでこんな目にあっている。リカ様はホーツヴァイ王の捕縛へ向かうと教えてくれた際、最悪の報告の可能性があると言った。捨てられた息子としては、一発殴ってやりたい。でもその前に、ホッダウィング王に用済み認定されたら父上は終わりだろう。

ベッドに潜り込んでいては時間がわからない。掛布の中が暑くて這い出すと、昼の光が差し込んでいた。

フラッギン王国はリオンハネス王国から見て、北東に位置していたはずだ。使節団が来ると聞いた時、場所を地図で確認したから間違いない。やや東に寄っているということは日没が早いだろうが、差し込む光で時間を読むほどの知識はない。せいぜい腹時計に従うまでだ。

人間の身体は眠っていてもエネルギーを消費するらしい。再び食べ物の匂いが漂《ただよ》っているのに気づくと、小さな胃しか持たない僕のお腹からくぅと情けない音がした。着々と体力を取り戻していることを実感する。少なくとも馬車酔いの残りはない。

用意されていたのは、オープンサンドに温野菜、透き通ったスープには大きなソーセージ。女中たちは心を入れ替えて、真っ当に仕事をしてくれている。給金をもらっているのだから当然だが、フラッギン王国は獣人差別が強そうな気配がする。獣人国の王妃の世話をするくらいなら無職を選ぶ、なんて言われていたらアウトだった。

脅かしすぎたのを反省しつつ食事をしていると、浴室からザーザーと水音が聞こえる。パタパタと忙《せわ》しない足音もしているので、浴槽にお湯を溜めているんだろう。

僕が知る限り、この世界で給湯設備は充実していない。ヴェッラネッラの僕の部屋は使用人塔の一角で、小さな窓から洗濯場が見えていた。そこではお湯をいつでも使えるように大釜で沸かしていて、入浴はそれを桶で運んで浴槽に溜めていた。

食事を終え、様子を見計らって浴室に向かう。女中は僕とは顔を合わせたくないだろうからね。

浴室には新しい着替えと身体を洗う手拭《てぬぐ》い、湯上がり用の沐浴布が用意されていた。

胸当てとドロワーズ、僕にどうしろっていうのさ……勘弁してください。

入浴剤代わりのハーブが詰められた巾着袋も置いてあったが、臭いがきついので使わないことにした。サシェから漂《ただよ》うリカ様と同じ匂いとは相性が悪そうだ。

僕は糠袋《ぬかぶくろ》で丁寧に身体を拭《ぬぐ》った。ちゃんとお風呂に入るのは久しぶりだ。身体は清拭していたが、頭がやばい。ヴェッラネッラでは十年近くまともに入浴していなくても平気だったのに、すっかり贅沢に慣らされてしまった。日本人だった頃の、毎日入浴するのが当たり前だった感覚を思い出したせいもある。

ゆっくり時間をかけて浴槽で温まるが、だんだんお湯が冷めてくる。パンツ、どうしよう。さっきまで穿《は》いていたのは入浴ついでに洗ったが、絞っただけじゃ到底乾かない。ワンピースでノーパン……いくら僕のボクがささやかでも絶対に嫌だ。

誰も見ない、見せることはない。繰り返し、自分に言い聞かせる。

そうやって、用意されていたものを穿《は》いた。

ごっそりと尊厳が削り取られた気がする。ドロワーズは腰と膝下を紐で結んで固定するタイプ。これはハーフパンツだ、丈の長いトランクスだ、と自己暗示をかけるようにブツブツと繰り返す。

自分が阿呆すぎて笑う気力もない。しょぼしょぼと項垂《うなだ》れて新しいワンピースを頭から被る。前ボタンなのはありがたいが、縦にずらっと並んでいる小さな白蝶貝《しろちょうがい》をループで留めるのが大変だった。

そんなふうに服を着て髪の毛の水滴を拭《ぬぐ》う。伸ばし途中の黒髪は、移動の間に艶《つや》が褪《あ》せた気がする。小姓君がオイルを染み込ませたコームで、丁寧に梳《くしけず》ってくれていたのに。彼の努力を無駄にした気がして胸が痛い。

王太子宮の生活は温かく、幸せだった。姉上と天使ちゃんは特別枠。身の回りのお世話をしてくれる小姓君、見えないところで全て整えてくれていた侍従さんたち、様子を見にきてくれるヤッカさん。そして、一年間ほったらかした末に突然僕を甘やかすリカ様。

みんなに会いたい。絶対に帰る。どうにかして帰る。手段は今のところ何も思いつかないが、諦めたらそこで負けだ。

そうとなったら部屋の中をもう一度探検しよう。

窓から外を見ると、湖畔の城のようだ。湖が堀の役目を果たしているのかも。ここは二階か三階だと思われる。お城の天井は高いし隠し階があったりするので、どうにも高さが掴みづらい。バルコニーが湖上に広がっている部分もあって、そこに小さなボートが停まっているのが見える。公園でカップルが乗るような、定員二名様と書いてありそうなサイズ感だ。

窓の外に出て足場がないか見たいな。湖上のバルコニーまで辿り着ければ、ボートに乗れるかもしれない。

窓枠は当然ながら飾り格子が嵌《はま》っている。蔦葡萄《つたぶどう》をあしらった青銅の格子だ。磨かれてはいるが微《かす》かに緑青《ろくしょう》が見て取れる。銅なら柔らかい、何か手段はあるだろうか。

こんな時こそ男子大学生の頭脳の出番だ。箱入りの王子様が知らない庶民の知識が役に立つ。梃《て》子《こ》の原理とかね。

布はシーツでもワンピースでもいい。何か棒がないかな。格子に布を渡して引っかけた棒を回していけば僕の腕力でもなんとかなりそうなんだけど。太鼓の撥《ばち》みたいなものが欲しい。取らぬ狸《たぬき》の皮算用だが、前向きな検討は必要だよね。

ふむふむと頷《うなず》きながら、あちらこちらを点検して歩く。一通り見て回ったが、工夫すれば窓の格子は折れるかもしれない、としかわからなかった。

することがなくなると、恐怖と寂しさがどっと押し寄せる。僕は居間のソファに座って時間を潰した。読書をするという選択肢が選べないと、何もすることがない。閉じ込められても時間潰しなんて余裕だと高を括《くく》っていたが、これはちょっと辛《つら》いかも。ヴェッラネッラでは物置き代わりに古い本が投げ込まれていた部屋に住んでいたので、読み物には不自由しなかったもんな。情報は古かったし、かなり偏《かたよ》った内容で読み飽きたけれど。

やっぱりエロ本、読む？

ワンピースの下に細いチェーンで下げたサシェを両手で押さえると、ふわりと香りが広がった。

ん？　もしかして、僕がテンパると香ってくる？

少し考えると合点がいった。アワアワ焦っていると体温が上がるため、胸に直接当たっている匂い袋も温まるんだよ。それで中のハーブが匂っているんだ。

喉までピッタリ閉じた白蝶貝《しろちょうがい》のボタンを外す。鎖を引っ張って取り出したサシェは、レースで飾られた小さな巾着袋だ。手のひらの真ん中にちょこんと乗るだけの大きさなのに、長く香るのはとても不思議だ。一体、どんなハーブなんだろう。鼻を寄せてすんと嗅ぐ。柑橘《かんきつけい》系の甘いけれどちょっと苦味のある香りは、すっかりお馴染みだ。

安心とちょっとのドキドキを誘う、不思議な匂いはリカ様の身体からも漂《ただよ》う。次に会ったら、また抱き上げてくれるだろうか。そうしたら、サシェよりも濃密な香りに包まれそうな気がする。無事にリオンハネスに帰れたら、マジでこの入浴剤を分けてもらおう。なんちゃらの毛布じゃないけれど、色んな体験のせいでこの匂いがないと心の安定が保てない気がしてきた。

暇だと嘆いていたはずが、気づけば部屋の中が薄暗かった。思ったより時間の経過が速くて驚く。午後のほとんどをリカ様と彼のハーブの匂いを考えることに費《つい》やしちゃったみたいだ。我ながらビビる。ほったらかされていることに安堵《あんど》していたはずなのに、今は会いたくてたまらない。

ヴェッラネッラの僕の部屋の扉を開けたのは、リカ様の指示を受けたヤッカさんだった。この部屋の扉を開けるのはリカ様本人がいいな、なんて馬鹿げたことを思う。彼は偽の情報を追って、旧ヴェッラネッラ王国にいる。僕が誘拐されたことを知るのはまだ先だろう。

ぼんやりしていると、入り口の扉が開かれた。顔を見せたのは女中二人組だ。顔を合わせないようにしていたのに、どうしたんだろう。

「何か困ったことでも？」

「陛下から、晩餐の招待が……」

「わ、私たち、盛装の着付けなんて、できなくて……！」

うわぁ、そりゃ困った。

「まだ体調が良くないとお伝えしてくれるかな？」

僕は出席したくない、彼女たちはプレッシャーから解放される。どちらにも魅力的な提案だ。

「ヴェッラネッラの王様が多少の体調不良は構わないから連れてこいと言ってるって、女中頭が……」

ならせめて、女中頭が自分で来なよ！

女中たちは僕に同情し始めているが、こっちも二人が気の毒になってきた。

女中頭もその上から言われたんだろうし、ここの指示系統ガバガバだな！　責任者はどこだ？

誰に文句を言ったらいいのだろう。

それよりも、だ。声を大にして叫びたい。

「あンのクソ親父がッ！」

何か手にしていたら、感情のままに叩きつけていたかもしれない。やったことないけど。今こそ、癇癪《かんしゃく》デビューするべきだと思わない!?

怒りのあまり立ち上がると、クラッと血の気が引いた。僕の血圧は重力に弱いらしい。突然の動きに順応しきれなくて、再びソファに沈み込む。

感情のままに荒ぶるのもダメなのか。まぁ、失神しなかっただけ良しとしよう。

「お、お姫様？」

女中が面食らっている。そりゃそうだ。リオンハネス王国の王妃が、口汚く父親を罵《ののし》るなんて想像もしていなかっただろうし。

「僕、ジェインネラ姉上じゃないよ。人違いって言っても、誰も信じてくれないんだよね」

「え、でも、ヴェッラネッラの王様が」

「だから、誰もって言ったでしょ？　父上は僕は死んだと思っているみたいだね。せめて姉上じゃないってわかってくれればいいのに、それもない。つまり姉上のこともよく覚えていないっていうわけ」

女中は謁見の間に入れない。だから、あの場での父上の発言など知りはしないだろう。

「ということはあなた、ご飯を食べさせてもらえなかった王子様？」

いや、ある程度は知っているようだ。

「そう。父上は骨と皮で目だけぎょろついた息子が生きているはずがないと思っているんだ」

「……え？　なら、あなた男の子？」

「ヤダ！　私ったら、ドロワーズを着替えに用意したわよ！　あなた、アレ穿《は》いてるの!?」

「気にするところ、そこじゃないよね!?　なんでまず下着なの！」

学習しない僕は叫んで立ち上がり、再び眩暈《めまい》を起こしてヘニョヘニョとソファに逆戻りした。

アレはトランクス！　もしくは、ちょっとフリルとレースが多いだけのハーフパンツだ！

そんなことより、ヴェッラネッラ国王夫妻による虐待の事実は別としても、僕がジェインネラ姉上じゃないってことだけは信じてくれたらいいんだけど！

「……あら、ごめんなさい」

「いいえ、こちらこそ、大きな声を出してすみません」

もともと僕を敬《うやま》っていない女中たちは、なんだか懐かしいニオイがする。前世での最後の晩餐……バーベキューの時にいた、笑いさざめく女子大生たち。それよりもっと最近、似たようなことがあったよな。リオンハネスの城下街で会った、バニーさんとネズミさんだ。彼女たちもこの子たちも、普通の若い娘さんなんだなぁ。

「それじゃ、王子様。着替えはどうするの？」

「あなたたちはまず、言葉遣いからなんとかしようよ。お城勤めなんでしょ？」

僕に対する距離感がおかしくなってきたのは置いておく。

「そりゃそうだけど。今日のところはまず目先のことを優先するわ。晩餐会に間に合うように支度しなくちゃ」

「時間がないから、今更男ものの用意なんかできないわよ」

僕のシリアスを返してくれ！　ふざけた男子大学生にそんなものが続くわけもないが、一応は薄幸の王子様なんだぞ？

「あのね、晩餐会には出たくないって話なんだけど」

「私たちの言うことなんて、誰も聞き入れちゃくれないわよ。お互いに叱《しか》られるのは勘弁してほしいわよね。なんとか体裁を整えましょう」

「さぁ、王子様。化粧をしますよ！」

なんだかおかしくなってきた。ぐずぐず泣き言を言っているのが、馬鹿みたいだ。

「君たち、獣人族が怖いのかもしれないけれどさ、とても気が合いそうな二人組を知っているよ」

年齢も近そうだし、僕に対する態度がぞんざいなのに爽やかなのがそっくりだ。バニーさんとネズミさん、名前を聞いておけば良かったな。

「それも後回し！　あなたの話を聞いていると獣人族が怖くなくなってくるのは、どういうことかしら？」

女中さんがクスクス笑いながら、僕の髪の毛にブラシを入れ始めた。本当に貴婦人の世話なんかしたことない子なんだな。化粧室に誘導もせず、ソファの後ろに回り込んでいきなりブラッシングなんて、上級侍女なら絶対にしない。でもこのくらい大雑把《おおざっぱ》なほうが、獣人族と仲良くなれる気がする。

ヤッカさんが言っていた。獣人族と人族が自然に恋愛して結ばれる世の中にしたいって。女中さんたちも、まずは獣人族の若者と友達になってくれないかな。

「化粧道具を借りてきたけど、使い方がわからないものばかりね」

「こんなに白粉《おしろい》の種類があるの？　まさかこれ、お貴族様は全部塗るの？」

「全部塗ったら、お化けだよ」

「それもそうね……」

僕らはまるで友達のように、あーだこーだと言いながらお化粧をした。パンツの話一つでこんなに仲良くなれるなんて、身を削った捨て身のギャグが受け入れられたような気持ちになる。

用意された着替えは一応体調を考慮されていた。ゆったりしたハイウェストのドレスで、貧相な身体が目立たないようデコルテは薄いレースで覆われている。晩餐会じゃなくて、ただの晩餐。ホッダウィング王の私的な夕食に招かれているってだけだ。露出を多くする必要はない。

「ドロワーズ、着替えます？」

「私たちに、すっぽんぽんが見えちゃうけど」

「それとも立派なの、見せてくれるの？」

「見せるわけ、ないでしょ！」

ふんわりおっきも稀《まれ》で、そっとしょんぼりするんだぞ？　立派なわけあるか!?　男の尊厳はそこだけじゃないけど、それでもやっぱり気になるのがオトコノコだよね！

ぎゃーぎゃー騒いで軽く息切れした頃、どうにかして着替え終わる。女中は髪結がうまくできないらしく、自分で簡単にハーフアップにした。僕が女装の仕上げをしている意味がわからない。

「本当に男の子なの？」

「ほら、ここ。喉仏！」

上から下までまじまじと見ながら言われたので、ぐっと喉を反らす。

「ごめん、見えないわ」

返された言葉は端的な否定。リオンハネス王国の王太子宮では親切にしてもらったが、やはりリカ様に仕える使用人としての距離があった。その点、女中たちは本来なら出会うこともなかった通りすがりだ。互いに尊重し合うこともなく思ったことを口に出す。

あれ？　リカ様やヤッカさんとは結べなかった友情、こんなところで結べてたりする？　ぞんざいさが心地よい。

今夜は晩餐があるから帰りが遅くなる。彼女たちに会えるのは明日の朝になるだろう。そうしたら、友達になってくれないか聞いてみようかな。

あぁダメだ。僕が逃げ出した時、必要以上に親しくなっていると彼女たちが危険だ。明日からはまた、入り口にそっとワゴンを置いてもらおう。

そんなことを考えていると、入り口のドアがノックされた。女中たちよりも丈の長いお仕着せの女性が現れて、彼女たちを追い払う。僕を一瞥《いちべつ》するとつんと顎《あご》を上げて、ついてこいとばかりに踵《きびす》を返した。初めて部屋にやってきた時の女中たちと同じ態度に、思わず笑ってしまう。

女中が持ってきた靴は踵《かかと》が低くて歩きやすい。前を行く侍女はカツカツと高らかに音を響かせているので、実際の身長は見た目より低いのかもしれない。

父上がホッダウィング王に侮《あなど》られているため、基本的には僕の扱いもそれに準じている。一国の王女であり、王妃でもある姉上を迎えに来るのが侍女一人。エスコート役すら寄越しやしない。せめてボンクラの兄上くらい連れてこい。父上と一緒に逃げた長兄とは話したこともないが。

僕の歩調に全く合わせることもなく、侍女は大きな扉の前に立った。途中の廊下の目印を頭に刻み込んだつもりだが、お城の構造がいまいちわからない。多分湖に通じているんだなぁって窓が一箇所あった。一人で辿り着ける自信はないけれど。

従僕が扉を開ける。漫画か映画で見るような縦に長いテーブルには、花瓶と燭台が中央一列に並べられていた。お皿の上にナフキンが立体的に置かれ、カトラリーがたくさんだ。やだなぁ、本格的なやつ。フラッギンの使節団を迎えての晩餐会のために練習はしたが、所詮は付け焼き刃である。

カトラリーは四セット。ホッダウィング王、父上、兄上、僕だな。

僕が一番乗りか。本物のジェインネラ王妃だったら、大惨事だぞ。正式な使者を立てて国から抗議するほどの案件だ。国王二人はともかく、兄上は王子でしかない。

程《ほど》なくして父上と兄上が入室し、最後にホッダウィング王が一番の上座に着席した。ホッダウィング王の左手に父上と兄上、僕は右手の席だ。最悪だ、父上の真正面である。

「美しいな、我が花嫁よ。すぐにそなたが産んだ子も連れてくるぞ。リオンハネスはさぞかし豊かな国なのだろうな」

「それはもう、ケダモノの手の中にあるのは惜しい土地でな」

ホクホクしながら欲望を語る小太りのおっさんと、相槌《あいづち》を打つ太りすぎの爺さん。それを見てオロオロしている中肉中背のややおっさん。食事の席に持ち出す話題じゃない。スマートさとか、品性とか呼ばれるものが一つもない。こういうのはひとまず食事を終わらせて、お茶かワインでも飲みながらこっそりするものだろう。

僕はとりあえず黙って食事に専念する。

「ジェインネラよ、そなたアレンジロ王の寵愛《ちょうあい》を受けているのだろう？　彼の国は美しい宝石の産地でもある。何か強請《ねだ》ったのか？」

姉上はそんなことしないよ。陛下がご自分で選んでくるのはあるかもしれないけど。

「ジェインネラ、なんとか言え」

父上は真正面にいるので、脂でベタベタの唇が光っているのが目に入る。気持ちのいい光景ではない。口にものを入れたまま喋《しゃべ》るから、砕けた料理が見えるし唾《つば》と一緒に欠片《かけら》が飛ぶ。テーブルが広くて、こっちまで飛んでこないのが幸いだ。その代わり花瓶の花が被害にあっていた。

そういえばリカ様に薔薇《ばら》の花束をいただいたな。先にかすみ草だけ先触れに託《ことづ》けて。王子様っぽい贈り物が様《さま》になっていてとても格好良かった。あんまりにも漫画みたいで笑っちゃったけど。

誰が父上に返事なんてするか。僕は黙って肉の脂身を切り分けた。消化できる気がしない。

「ち、父上……あの者、ジェインネラではないのでは？」

おや、兄上は気づいたか？　王太子は父上と王妃様の最初の子で、三十歳くらいのはずだ。

僕はナフキンの端でそっと口を拭《ぬぐ》い、兄上を見た。父上は太りすぎているけれど、一つずつのパーツは彼にそっくり。額《ひたい》がちょっと後退している？　M字が同じ角度なのは親子らしくていい。部屋に戻ったら僕も生え際をチェックしなきゃならないな。半分は父上の血だ……ちょっと泣ける。

「ジェインネラは、乳房が豊かでしたよ。こんな壁のようではなかったはず。子を産んだ後なら、もっとこう……」

兄上、その手のジェスチャーは止《や》めろ。

胸の前で膨らみを強調する仕草を見て怖気《おぞけ》が走る。実の妹をどんな目で見ていたんだ？　僕がリカ様みたいなムキムキマッチョじゃなくて命拾いしたな。もしそうだったら今頃テーブルをひっくり返して、兄上を壁に吹っ飛ばしていただろう。

「最初から言っておりますよ。このように姫の形《なり》をさせられて恥ずかしゅうございます。ジェインネラ姉上の弟、クラフトクリフでございます」

怒りを押し込めて、ことさらゆっくり言葉を紡《つむ》ぐ。

「ええぃ、ホッダウィング殿に嫁《とつ》ぐのが嫌だからと、見え透いた嘘をつくでない！」

「姉上はもっと美しゅうございます」

「賢《さか》しいわッ!!」

唾《つば》と食べ物の欠片《かけら》が遂《つい》にこっちまで飛んできた。皿に落ちたので、もう食べられない。

「兄上からもおっしゃってください。僕はクラフトクリフだと」

「お、お前はジェインネラではないかもしれない。だがクラフトクリフだとしたら、亡霊か!? 化けて出たのか？ 私は知らない、母上だ！ 化けて出るなら母上のもとへ行け！」

僕ちゃんか!? 王太子に冊立《さくりつ》されている三十路《みそじ》にもなる男が、ママのせいにするのか。いや、虐待の九十五パーセントくらいはあなたの母親だけど。

見て見ぬふりを続けた王太子の保身しか考えない言葉は薄っぺらく耳を通り抜けた。こうなると目に見える形で堂々と嫌がらせをしていた第四王女がマシに思えてくる。

「生きているのですから、化けてなんて出ませんよ。それよりもお静かにどうぞ。食事中ですよ」

真っ赤になって怒る国王と、真っ青になって震える王太子。旧ヴェッラネッラ王国の親子は対照的だが、揃って行儀が悪い。

一方、面白そうに僕たちを観察しているフラッギン王国のホッダウィング王は、何を考えているのか全くわからなかった。父上と兄上を未だに厚遇しているように見えるけど、僕……いや、姉上を手に入れたら用なしじゃないのかな。それとも、世継ぎの姫を攫《さら》ってくるまで生かしておくつもりとか？ リカ様がいるから、天使ちゃんは女王様にはならないと思うけど……

「とにかく！ 調印式までおとなしくしておれ！ まったく、美しく従順だったそなたはどこへ行ったのだ。ケダモノの妻になって、人族の誇りを忘れたか‼」

ほほう、調印式。何を調印するのかは置いておこう。父上のサインが必要ってことか。それまでは生かしておいてもらえるんだね。

チラリとホッダウィング王を見ると、三白眼を酷薄に細めて口角を上げるのが見えた。

僕は冷たい人間なんだろうか。死神が実の父親の首筋に大鎌で狙いを定めているというのに、凪いだ気持ちで眺めている。僕が気づいたのを察したホッダウィング王が、流し目をしてきた。ペロリと舌を出して唇を舐める。ソースでもついていたのか？　ナフキンを使えよ。

その後、デザートの皿が空になるまで父上は喋《しゃべ》り続《つづ》け、兄上は彼が失言する度に顔色を悪くした。ちょっとは状況を理解しているらしい。二人とも、さっさとリカ様に捕縛されていれば良かったのにね。

物心ついてから、父上とこんなに長く同じ空間にいたことがない。兄上に至ってはほぼ初対面だ。それなのに食事の時間が終わろうとしても、さっさと部屋に帰りたいとしか思わない。

「それでは、馳走になりました」

晩餐の後は女性はサロンでお茶を飲み、男性はカード室で煙草か酒だ。僕は姉上と間違われているので、さっさと退散する。僕をここまで連れてきた侍女も、すでに待機していることだし。

彼女の後ろについて食堂を出た。ホッダウィング王の声が「では、また」と背中を追いかけてくるが、聞こえなかったふりをする。その間にも侍女はどんどん先に行き、それを必死で追いかけた。満腹で苦しい上に貧血っぽい息切れが酷《ひど》いので必死だ。

ふと違和感を覚える。侍女の後ろ姿を追っていて周りを見ていなかったのだが、見知らぬ廊下じゃないか？　一度歩いただけの廊下だから確信は持てないものの、見たことがない気がする……

「侍女殿！」

名前を知らないのでそう呼ぶしかないが、明らかに自分が呼ばれているとわかっているはずなのに無視される。僕もさっきホッダウィング王に同じことをしたので怒れないな。

「道が違います！」

廊下なのに道と言うのも変だが、廊下が違いますってのも変だ。それでもどんどん行くので、ドレスの裾をたくし上げて追いかけた。追いついた、と思ったところで侍女が急に立ち止まって身体ごと振り向く。ぶつかりそうになって緊急停止だ。

「あっぶな……え？」

真横にあった扉が突然開き、中から伸びてきた複数の手によって室内に引っ張り込まれる。僕を引っ張り込んだのは同じお仕着せに身を包んだ侍女たちだった。室内は僕に与えられていた部屋よりも派手だ。馬車を見た時も思ったが、きんきらしすぎて品がない。フラッギンの伝統なのか、ホッダウィング王の趣味なのか。

「え、何？　部屋替え？　引っ越し？」

別にあの部屋に思い入れはない。女中たちとちょっとだけ友達みたいな遣り取《やと》りをしただけだ。最初はお互いにトゲトゲしていたけど。

侍女たちは僕の問いかけには答えず、美しくお辞儀をして去った。放置である。何も知らされず、部屋だけ移動させられたんだけど、これは一体どういうことだ？

部屋の探検はやり直しだし、前の部屋には洗った下着を干したまま。乾いたらドロワー……いや、ハーフパンツみたいなトランクスから着替えようと思っていたのに。

落ち着かないので部屋の中をウロウロしてしまう。見つけた寝室には、何故《なぜ》か自分が開いたものとは別にもう一つ扉があった。ベッドがやけに大きい。得体の知れない恐怖が湧き上がってくる。

部屋の中でおとなしくしていなければならない理由はない。少なくとも僕のほうには。フラッギンの思惑《おもわく》なんて知るものか。

なんとしても逃げようと決意した時、あちらのドアが開いた。入ってきたのは、予想通りフラッギン国王ホッダウィングだ。

うわぁ、ダッサい。風呂上がりなのか白いワンピースみたいな寝巻きの上に、紅色のガウンを着ている。きんきらした部屋のインテリアと相まって、成金の様相だ。これがフラッギンの文化で伝統だとしたらディスって申し訳ないが、僕の趣味ではない。

「美しぃな」

「ひっ」

中年の小太りのおっさんが舌舐めずりするのって、壮絶に気持ち悪いな！　中年、小太り、おっさん、舌舐めずり、それぞれに存在する意味はあると思うんだが、全部合わさって自分に向かい突進してくると恐怖以外の何物でもないだろう。引《ひ》き攣《つ》った悲鳴が漏れても仕方ない。

これはもしかしなくても、夜這いされている？

そこで手首を掴まれた。僕より身長はあるが、大型種の獣人族を知っているので威圧感はない。ぷよぷよとした顎《あご》がちょうど目の前で揺れている。入浴後にオイルでも塗ったのか、艶々《つやつや》テカテカ光っていた。強烈にフローラルな臭いがしてうっとなる。

なんだっけ、どこかで嗅いだことのある……そうだ、ホームセンターのカー用品売り場だ！　色んな芳香剤がごちゃ混ぜになって、強烈なスメルハラスメント空間なんだよね！

せっかく頑張って食べたのに。吐き癖がついたっぽい僕の胃が、すぐにひっくり返りそうになる。グッと堪《こら》えてホッダウィング王の手を振り払うと、自分の胸をペタペタと触って凹凸《おうとつ》のなさを強調した。

「何度も言ってますよね？　僕はジェインネラ姉上ではありません！　旧ヴェッラネッラ王国の第七王子、クラフトクリフです！」

ドレスなんか着ているのは、ちゃんと身支度しないと女中たちが上の人に叱《しか》られそうだったからだもん。僕は一貫して、自分はジェインネラ王妃ではないと主張している！

「儂《わし》はそなたが美しいと言ったのだ。豊満な女人の身体もいいが、育ち切っていない少年の身体に分け入るのもいいものだ」

お巡りさん！　ここに変質者がいますよ！　実の父親が僕の性別に気づかないのに、ほとんど初対面のホッダウィング王はわかっているってどういうこと？　まさかのお稚児《ちご》センサーでも発動したの⁉

ぞぞぞっと背中に蛇《へび》が這いずるような恐怖が駆け上がる。さっきの得体の知れないやつは、虫の知らせ的なものだったのかもしれない。

「そ、育ち切ってない、少年……」

改めて口に出すと、マジもののヤバさだ。

「僕は成人してますよ!?　少年趣味なら食指が動かないのでは!?」

「何を言う。これ以上育たぬ理想的な容姿ではないか」

吐いていい？　これもう、吐いていいよね？　臭いがどうとかいう問題じゃなくて、言動がアウトだ。生理的に無理っていう言葉を身をもって経験している！

ベッドはどこのラブホテルだよっていうピンクのシーツがかけられているし、スツールにはこれ見よがしにヤバそうな瓶が置いてある。絶対にこれ以上ベッドに近づいてはダメだ。

「僕に何かしても、リオンハネス王国は手に入りませんよ。まぁ僕を誘拐したことでアレンジロ陛下が警戒を強めたでしょうし、好機は二度と巡ってこないでしょうね。ザマァ見ろ」

姉上と天使ちゃんのことは心配ない。アレンジロ陛下が絶対に守ってくれる。

叶うなら、姉上に無事な姿を見せたいし、もう一度天使ちゃんを抱っこしたい。あと、リカ様の匂いを嗅ぎたい。最後ちょっと変態っぽかったか？　でも、安心する匂いに包まれてお布団にくるまりたいんだよ。帰ったら絶対に、なんのハーブか教えてもらうんだ。

「なるほど、せっかくの容姿だが、なかなか苛烈《かれつ》な性格をしているようだ。少し仕置きが必要か？可愛く啼《な》けば、少々の生意気は許してやらんこともない」

「王族だから色々諦めているけどね。愛がなくても行為はできるといっても、お互いの利益がうまく噛み合わなきゃ政略結婚にもならないじゃないか」

僕が吐き気を我慢してまで、こいつに抱かれてやる義理はない。

「楯突くとどうなると思う？　父親と兄の生命は儂《わし》が握っておるのだぞ」

「どうぞどうぞ」

今日は何度、父上との縁について考えたのだろう。もうとっくに結論は出ている。父上の生命と僕の生命、どちらを選ぶかと問われたら――

「僕は僕を優先すると決めたので」

父上は僕はとっくに死んだものとして、それを悲しみもしていない。兄上だって化けて出るなんて、僕が恨《うら》み辛《つら》みに凝り固まるような人間だと思っている。そんな連中に遠慮することないよね？

「それから、あなたのことも優先しません。同意のない性交は犯罪です」

ヴェッラネッラ王国はフラッギン王国に敗戦していない。僕はホッダウィング王の戦利品ではないのだから、好き勝手にする権利はない。誘拐の主犯格が被害者を強姦しようとしているだけのこと。そりゃ反抗するだろう。

「そなた、儂《わし》を愚弄《ぐろう》しておるのか!?」

「はい、そうです」

「うぬぅ、可愛い顔をして憎らしいことを……もともとホーツヴァイ王をそそのかして、豊かなリオンハネスを手に入れようと画策したのはこの儂《わし》ぞ！　英邁《えいまい》なる偉大なるフラッギン国王、ホッダウィングを馬鹿にするなど許しはせぬ」

英邁《えいまい》なると偉大なるを一緒に使うあたり、馬鹿っぽいと思う。相当語呂が悪いよ。

ホッダウィング王は頭に血が上ったのか、大きく腕を振り上げて襲いかかってきた。お前は威嚇《いかく》する熊か？

王の手が胸元のレースにかかる。指先が引っかかってあっさりと縦に裂けた。薄い胸が晒《さら》される。女の子ではないので恥ずかしいわけじゃないが、血走った眼のおっさんにガン見されるのは勘弁してくれ。

だが、王が身を乗り出して掴みかかってくるのを待っていた。逃げるのも倒すのも僕には無理だが、一回だけならチャンスはある。

鎖骨にガブリと噛みつかれ、ベッドに押し倒された。ガリヒョロの僕は押さえ込まれたらおしまいだ。ホッダウィング王もそう思っているだろう。にちゃりと粘ついた笑みを浮かべるのは、勝利を確信しているせいか。

噛みつかれた鎖骨が痛いが我慢だ。僕はこれから、噛まれるよりもっと酷いことをするつもりだ。箱入り王子は絶対に思いつくはずがない方法で。失敗したら、いやらしいことをされる前に舌を噛んで死んでやる。

……嘘、死にたくない。何がなんでも成功させるんだ。自己暗示、言霊《ことだま》、大事！

王が柔らかな寝巻きを着ていて助かった。彼が裾をたくし上げていよいよ僕の足を押し広げようとした、その時――

「ガフゥッ」

ぐちゃり……としか言いようのない音が下半身から聞こえてくる。膝に感じた微妙な感触は、ただひたすらに気持ち悪い。男が男である限り、硬い筋肉で鎧《よろ》うこともできない急所。筋力も俊敏さも持ち合わせない僕が、確実に狙える距離を測ったらこうなった。

ホッダウィング王は僕の足の間に陣取ろうとして身を起こしたところだった。タイミングはバッチリで、そのまま仰向《あおむ》けに倒れる。

賭けに勝った！　僕の上に倒れ込んできたら、絶対に這い出せなかったはずだ。王は白目を剥《む》いて口から泡を噴いている。

ちょっと力が強かった？　いや、強姦魔は全世界の敵だ。自分もヒュンッとしたが、僕は嫌がる相手に無理強《むりじ》いはしないからこんな目にあうことはない。どうせふんわりおっきしかしないし、してもすぐにそっとしょんぼりするし……って、いやいや、阿呆なことを考えていないで、さっさと逃げるぞ！

ダメ押しでもう一回アソコを踏みつける。フラッギンに跡取りがいるのかは知らないが、晩餐には現れなかったな。まぁ、王族がホッダウィング王一人きりってことはないだろう。こいつのアソコが二度と使いものにならなかったら、傍系でもなんでも連れてくればいい。王様なんて善政さえ敷いてくれるなら、血筋なんてどうでもいいさ。

侍女たちが出ていった扉のノブに手をかける。カチャリと軽い音がして回った。

鍵、開いていたのか……どうして最初に確認しなかったんだよ、僕！　自己嫌悪による怒りが腹の底でグツグツ煮える。

もしかして、前の部屋も鍵はかかっていなかった？　よく考えてみたら、鍵なんて大切なものを女中が持たされるわけもない。部屋に入ったら無意識でも鍵をかけるのは、前世の習慣だった。

窓から差し込む月光を避け、点々と灯る燭台から身を隠す。幸い夜目は効くほうだ。夜に明かりを灯すような贅沢な生活は許されなかったからね。

スカートの裾が邪魔だ。小石に躓《つまず》くという特技を持つ身には、危なくて仕方がない。たっぷりした裾を持ち上げて適当に縛ると歩きやすくなったが、脹脛《ふくらはぎ》が丸見えになる。筋肉も脂肪もない細い足が、暗がりに生っ白く浮かび上がった。ちょっとホラーかも。

しばらく暗がりを進んでいくと、女性の声がする。暗い廊下にヒソヒソ声が響く。

「王様だかなんだか知らないけど、女中を娼婦と勘違いしてるんじゃないの？」

「うちの陛下のお稚児《ちご》趣味とどっちがマシかしら？」

「そりゃ、うちの陛下よ。だって私たちには害がないじゃない」

「それもそうね。あの白豚、しつこい割にヘッタクソでさ、嫌になっちゃうわ」

二人組のようだ。僕の世話をしてくれた女中じゃなさそう。もう少し年上っぽいし、はすっぱな喋《しゃべ》り方《かた》だ。

えっと、その、父上の話をしているんだよね？　他国の城で何をやっているんだ。穴があったら入りたい。逃走中の敗戦国の国王がすることじゃないだろう？　もう、病気だよ。

そっと覗いてみると、女中たちはお仕着せを着ているものの髪の毛は背中に流れ、エプロンもしていない。気怠《けだる》げな様子はまさに事後で、彼女たちの足元に土下座して謝りたくなった。

いやいやいや、僕にそんな義務はない。アレはもう他人だ。そう思うものの、やっぱり申し訳なくて無言で手を合わせる。心の男子大学生は日本人だ。

女中たちのお喋《しゃべ》りと足音が遠くなり、力が抜ける。座り込みたいが、そんな時間はない。ホッダウィング王が復活したら追っ手を差し向けるだろうし、城の中は迷路のようだ。そろりそろりと彼女たちの後を追う。多分使用人の部屋は屋根裏部か一階、もしくは地下だ。階段を探すのなら使用人を追うのがいい。下階を目指すんだ。上に行っても追い詰められるだけだ。

声が聞こえるギリギリの距離を保つ。たまに立ち止まって大きな花瓶の陰に隠れた。

それにしても彼女たちは堂々と廊下を歩いている。使用人には貴族に姿を見られないように、専用の隠し通路や階段があるはずなんだけど。特別なお勤め——父上のお相手をしていたから、表を歩いているんだろうか。想像したら吐きそうだ。

ゲンナリしていて警戒を怠《おこた》っていた。完全に気を抜いた僕が悪い。背後に忍び寄った影に気づかなかったんだ。

「ヒッ」

かろうじて悲鳴は呑み込む。ぼよぼよした巨体にバックハグされている!

「これ、まだ私は満足しておらぬぞ。厠《かわや》に行っている間にいなくなるとは何事ぞ」

クソオヤジーーッ!

まさか女中たちを追いかけてきたんじゃないだろうな!? 還暦もすぎているのに元気だな! 還暦の概念、ないけどね!

小太りのホッダウィング王の何倍も太っている父上は、ブチュブチュと僕のうなじに唇を押しつける。女中さん、もっと髪の毛が長かったろう⁉　別人だって気づけよ‼　あ、僕と姉上の区別がつかない人だったね！

「ほれほれ、口を吸うてくれんかの」

言いながら僕の身体を反転した。そして、ようやく女中と顔が違うと気づいたようだ。

「ジェ、ジェインネラ⁉　そなた今頃ホッダウィング殿と……」

「お前が実の娘を売ったんだよな！」

真正面から足を払う。重いがその分身体を支えきれないようで、ゴロンと後ろに転がった。完全に不意をついたので、二度目はないだろう。

「そなた……男か？　まさか本当にジェインネラではないのか⁉」

父上の視線がホッダウィング王にレースを破られた胸元に吸い寄せられている。先端は見えていないが、浮き上がった鎖骨から下が真っ平らなのが確認できたようだ。兄上といい、嫌な確認の仕方だな！　まぁ、僕も王に男だと証明しようとしてそこを見せたけどさぁ。

「今更？　僕はずっとクラフトクリフだと自己申告していましたよ。それを信じなかったのは、あなたでしょう？」

「この死に損ないめ！　ジェインネラでなくば、意味がないのだ！　獣の国の国母たるあの娘を手に入れれば、豊かな国は私のものだ！」

馬鹿だな。本当にそう思っているのか。

「ならば何故《なぜ》、姉上をホッダウィング王に差し出すような真似をするのです？　彼《か》の王は姉上と姫を手に入れたら、直接リオンハネス王国の支配に乗り出しますよ？　旧ヴェッラネッラの領地と共にね」

ヴェッラネッラはすでにリオンハネス王国の一部だ。わざわざ返してくれるわけがない。

「な、な、な……ホッダウィング殿は私がリオンハネス王国を支配した暁《あかつき》には同盟を組んで色々な取引をしようと言ったのだぞ」

「だから、それが嘘なんですって。ちょっと考えればわかるでしょう？　百年単位で小競《こぜ》り合《あ》いを続けていた隣国が突然、香辛料の輸出をしてくるなんて裏があるに決まってますよ」

使用人棟の一角にある、狭くて暗い部屋に閉じ込められていた僕でさえわかるのに。この男は美食と女色に耽《ふけ》り、思考を放棄している。

「それに万が一、姉上と姫の誘拐に成功していても、リオンハネス王国にはちゃんと王太子殿下がおられます。曙《あけぼの》将軍を討ち取った大将軍は、王太子殿下その人ですよ」

言いたいことは言った。

姉上も姫も手に入らず僕まで逃走してしまったら、ホッダウィング王にはなんて言い訳するんだろう。気持ち悪いことに、僕はあの男の好みのど真ん中らしいし。

「さようなら、父上。もう会うことはないし、会いたくない。父上なんて呼ぶのもこれが最後ですよ。万が一にでも遭遇したら、クソジジイって呼びますから」

もう何度か呼んでいるが、改めて宣言しておく。二度目の今生の別れだ。一度目は妃や子どもたちを全員見捨てて逃げた時。

クソジジイのおかげで随分と時間を無駄にした。お稚児《ちご》趣味のホッダウィング王が追っ手を差し向けてくる前に、さっさと逃げなきゃならないのに。

後のことを考えると体力を失うのは得策ではないが、この場から一刻も早く離れたかった。僕は転がった巨体をそのままにして走り出す。かつて父であった男と同じ空気なんて吸いたくない。

いくらも走らないうちに息が切れる。体力のなさはどうにかならないものか。無事にリオンハネスに帰り着いたらやりたいことのリストが、どんどん長くなる。絶対にリカ様とヤッカさんを説得して、運動を始めようと思う。

気道がヒリヒリと焼けるようだ。首から下げているサシェが僕の体温で温まったのか、ふんわりと甘い香りを漂《ただよ》わせる。暗い廊下に香るリカ様からもらったハーブの香りは、僕の心を浮き立たせた。だけど……調子に乗るもんじゃない。

背後からどったどった足音が追ってくる。チラリと視線をやるとやっぱり父上――クソジジイだ。窓から差し込む月光に照らされる顔は憤怒に彩《いろど》られ、抜き身の剣を持っていた。どこからそんなもの出したの⁉

疑問はすぐに解《と》ける。廊下の壁に飾ってあるのをひっぺがしたんだ。手が届く場所にはあるけれど、僕の腕力では無理だ。リカ様と行った街での楽しかった出来事、的当ての斧も持てなかった。

それにしてもクソジジイ、僕に刃物を向けるのに躊躇《ためら》いがないんだなぁ。第七王子は生きる価値なしなのか。何度殺せば気が済むんだろう。

僕は体力がないが、クソジジイは太りすぎだ。追いかけっこをしながら見つけた階段を転げるように下り、僕はバルコニーへの扉を見つけた。贅沢にガラスを張った観音開きの扉は、湖上に迫《せ》り出《だ》した板の間と繋がっている。

部屋の窓から見た湖上バルコニーだ！　ボートもそのままある！

躊躇《ためら》う暇なんかない。ぐるぐる巻きになっているロープを解《ほど》き、渾身《こんしん》の力を込めて湖に押し出す。

ボートは浮力に助けられてバルコニーから離れた。

「やったぁ」

などとガッツポーズをしている場合ではない。ボートだけが流れていってしまう前に慌てて飛び乗る。

スカートをたくし上げていて良かった。それでも無理にジャンプをしたせいで、背中の変なところが攣《つ》りそうだ。たくさん走って息も苦しい。ゼィゼィと胸から変な音がするし、酸素が足りないのか目がチカチカする。

「おのれ、この親不孝者が！　逃げおおせると思っておるのか!?」

バルコニーで地団駄踏むクソジジイを眺めて、今度こそ二度と顔を見るまいと誓う。二度あることは三度あるというが、四度も五度もありそうで怖い。

「誰か！　誰かおらぬか！」

人に命じることに慣れたジジイは、大声で警備兵を呼び寄せる。城のあちこちに点在しているのか、ジジイの情けない懇願に幾人かが集まった。僕を指さして何か指示を出している様子が見てとれる。その後ろに、ガウン姿のホッダウィング王まで見えた。

復活しちゃったか。兵士は彼が連れてきたんだろうな。

何人か湖に飛び込む。

とりあえず城からは逃げた。オールはないから風と波に任せるしかない。

月が湖に映ってとても綺麗だ。夜の湖面に一艘のボート。端《はた》から見たらとても幻想的だろう。死にたいわけじゃないけど、この先のことがさっぱり予想できなくて不安しかない。

疲れたな。チャプチャプ揺れるボートは水遊び用の小さなものだ。湖の真ん中でちょっと強い風に煽《あお》られたら転覆しそうだ。その前に、こっちに向かって泳いでくるフラッギンの兵士にひっくり返される可能性もある。

興奮状態を脱して押し寄せてくるのは恐怖だ。オールもなく月明かりしかない中での逃走劇は、ここで終わってしまうのかな。

いや、捕まるまでもうちょっと足掻《あが》いてみよう。

前世は川で溺れて死んだ。今世は湖。とはいえ、今回は水が綺麗だし月明かりも美しい。この身体で泳いだことはない。でも、胸に下げたサシェをギュッと握り締め、ボートの縁に足をかける。

飛び込みなんて何億年ぶりだろう。高校の水泳の授業以来だ。

ざぶんと飛び込む。フラッギンの湖は冷たかった。一年間、温かく陽気な南方のリオンハネスで甘やかされた身体は、北の寒さを忘れていたようだ。脂肪のない身体はちっとも浮き上がろうとしないし、水圧に勝てる筋肉もない。

水中から見上げる月が綺麗だ。ゆらゆら揺れる黄金の鬣《たてがみ》が僕を迎えに来る。うわぁ、最期に見る幻影がリカ様なんだ。嬉しいな、幻でもいいから会いたかった。

リカ様が手を伸ばして僕の手を取る。

力強い腕に巻き込まれたと思ったら、身体が上昇していった。

え？　リカ様、本物？

混乱して固まっているうちに、湖面に頭が出た。プハッと水と変な呼気を吐き出すと、続《つづ》け様《ざま》に咳込む。ちゃぷんちゃぷんと水が撥《は》ねて顔にかかったものの、全身ずぶ濡れなので今更だ。

それよりも、リカ様だ。

「本物……？」

水中で揺らめいていた黄金の鬣《たてがみ》は今、掻き上げられて、額《ひたい》が見えている。いつもよりはっきり見える猫科特有の瞳が、獰猛《どうもう》に光っていた。

呆然と呟《つぶや》いてリカ様の頬を触る。いつもは温かいのに、濡れそぼって冷えていた。

本当にリカ様だ。ヴェッラネッラで偽の情報を掴まされていたんじゃないの？　後ろにある大きな船は何？　疑問ばかりが溢《あふ》れ出《だ》すが、言葉にならない。

「お前のほうから手を伸ばしてくるなんて初めてか？　嬉しいが、今はそれどころじゃないな」

リカ様の口角が上がる。視線は僕を通り過ぎて、泳いでくるフラッギン兵に向けられていた。

「ヤッカ！」

合図と同時に縄梯子《なわばしご》が飛んでくる。リカ様は僕を片手で軽々抱いて木板に足をかけた。スルスルと引っ張り上げられた先にいたのは、当然ながらヤッカさんで。彼が甲板《かんぱん》の上から矢を射かけるように命令を出し、僕を追ってきた兵士は退却を余儀なくされる。

何故《なぜ》という疑問符が脳裏で暴れ回っていたが、混乱と寒さで逆に冷静になった。

「おとなしく俺を待っていようとは思わなかったのか⁉」

篝火《かがりび》に照らされたリカ様のゴージャスな金髪が燃えているようだ。金色のはずの瞳も夜のせいか瞳孔が大きく開いて黒味が強い。力強い腕が僕の貧相な身体をきつく抱き締めている。圧迫されて肺から押し出された息が、かふっと口から漏れた。彼はおそらく力の加減をしてくれている。

「まさか来てくださるとは」

「俺の妃が攫《さら》われて、何もなかったようにできるわけがないだろう！」

まぁ、面子《メンツ》の問題もあるよな。真昼間《まっぴるま》の王太子宮で側妃が誘拐されるなんて前代未聞だ。激しくプライドを傷つけられたことだろう。

「馬鹿なことを考えるなよ」

「馬鹿なこと？」

「居候《いそうろう》だの、下賜《かし》だの、俺に本命がいるだとかだ！」

あ、それもあったな。でもそれを考えるなってどういうこと？

「お前は王太子宮の居候《いそうろう》じゃなくて、今のところは唯一の側妃だ。下賜《かし》？　次にそんな胸糞悪いことを言ってみやがれ。鎖で繋いで寝室から一生出してやらねぇからな。俺の本命は確かにいるが、お前の他なんざ知らねぇよ」

リカ様は何を言っているのだろう。彼の言葉がつるりと滑って頭の中に入ってこない。まるで熱烈な恋の告白をされているようだ。胸の奥が熱い。

「大体なんだ、この傷は⁉　最後までされてないのはわかっているが、どこまでされたか言ってみろ‼」

「あ……ッ」

言うなりリカ様が僕の鎖骨に噛みついた。やんわりとした甘噛みなのに、ビリビリと尾骶骨《びていこつ》に響く。忘れていた。ホッダウィング王に噛みつかれたんだ。

「消毒だ、我慢しろ」

「んッ」

大きな舌がホッダウィング王につけられた噛み痕を舐《ねぶ》った。ざらりざらりと熱く湿った舌が往復する度に、甘ったるい声が鼻を抜ける。耳どころか全身がブワッと熱くなって、胸のサシェが薫《かお》った。水に濡れて匂いがより濃密に感じられるような……いや、リカ様から同じ匂いがしているんだ。すごいなぁ、行軍中でもハーブのお風呂に入るのか。あぁダメだ、考えがまとまらない。

「消、毒、まだ、終わらない、のぉ？」

「簡単に終わるか。服は破かれてるわ、うなじからは豚野郎の臭いがしてるわ、仕置き案件もいっぱいだなぁ」

「不可抗力……ッ、あ、ぅん」

お稚児《ちご》趣味のホッダウィング王にも女好きクソジジイにも、好きでアレコレされたんじゃない。

「僕は逃げた！　頑張ったのに、お仕置きとか言うな！　何をしてでも、リオンハネスに帰ろうとしたのに！　リカ様のハーブのことばっかり、思い出してたのに！」

悔しくて苦しくて、涙が溢《あふ》れる。褒めてくれとは言わないが、せめて頑張ったのは認めてよ。僕はずっと、嫌になるくらいリカ様のことばかり考えていたのに。

「リカ様の馬鹿ぁ」

力が入らない腕でぐいぐいとリカ様の大きな身体を押しやる。僕が憧れたムキムキマッチョはびくともしない。押しやるのを諦めてポカポカ叩くと、拘束していた腕が弛《ゆる》んだ。

「怖かったのに。死にたくなかったけど、死んだほうがマシだと思ったのに……」

後は言葉にならなかった。言いたいことはたくさんあったものの、口を開いても嗚咽《おえつ》しか出てこない。奥歯を噛み締めて俯《うつむ》く。

「今のは完全にリカが悪い。こんなに泣かせて可哀想に」

ヤッカさんがリカ様を呼び捨てにした。初めて聞く幼馴染みとしての言葉だ。僕の一番酷い時を知っている優しい黒豹《くろひょう》は、主筋《しゅうすじ》の獅子から僕を抱き取る。

「おい、ヤッカ！」

「クラフトクリフ王子は小さな風邪一つでも命が危ない。いつまで濡れたままにしておく気だ」

リカ様とはお互い様だったので気にならなかったが、船の上で待っていたヤッカさんがびしょ濡れになってしまった。たっぷりと布に含まれていた湖の水が、軍服に染み込んでその色を濃くする。

「そうだった」

すぐにリカ様の腕に取り戻されて、抱き上げられたまま僕は甲板《かんぱん》を進む。船室に下りると小さなベッドに下ろされた。

ちょっと待って。濡れたままじゃシーツが濡れる。どこか冷静な頭が突っ込むが、リカ様にあっという間に冷たいドレスを剥《は》ぎ取《と》られた。

「あ、パンツ」

涙が引っ込む。ちょっとフリルとレースが多いだけのトランクスが、白日に晒《さら》された。夜だけど。全くシリアスが続かない、つくづく残念な生き物であるのが露呈した。恥ずかしさで目が回る。

「姉上と間違われてたから、用意されていた着替えが全部女性用だったんだよ！」

「いや……それはどうでもいい」

どうでもいいんだ？

「サシェを……」

リカ様は僕の薄い胸に鎖で下げられているお守りを掬《すく》い上《あ》げた。彼にもらったサシェと呼ばれる匂い袋だ。リカ様愛用のハーブか香料が仕込まれているらしく、彼と同じ匂いがするんだよ。

「リカ様がずっと持っていろと言ったじゃないですか」

言われた通りにしただけだ。とても好きな匂いだし、辛《つら》い思いをしている時に存在を感じて心が落ち着く。リオンハネスに無事に帰れたら、絶対に中身を教えてもらおうと思っている。

「それは、獣人族が番《つがい》と定めた相手に贈るものだ」

「へぇ」

これをもらったのは、城下の街に出かけた日だ。側妃を大事にしているアピールだと思っていたんだけど……そこまでしていたんだ。服の下に隠していたら見えないのに。

「って、え？」

番《つがい》と定めた相手が、僕？　ないでしょ？

アレンジロ陛下は姉上と会った瞬間、番《つがい》と確信したらしい。姉上のお供をしていると陛下とよく会うので、いっぱい惚気《のろけ》を聞かされていた。番《つがい》とは相性が良すぎると一気に燃え上がって、それが死ぬまで続くらしい。そんな激しい情熱で結ばれた番《つがい》を、一年間もほったらかす獣人族なんていないと聞かされたんだけど。

「はっくちッ」

くしゃみが出た……本当に僕という人間はシリアスが続かない。でも、濡れたまま半裸でいたら当然そうなるだろう。リカ様が慌てて僕を拭こうとして止まる。

「自分でできるな？」

「もちろんです」

手拭《てぬぐ》いと着替えを僕に渡し、彼は足早に船室を出ていく。置いていかれる形になったが、パンツまで脱がされて着替えの世話をされたら目も当てられない。無駄な攻防をせずに済んで助かった。

「へくちゅっ」

また出た。くしゃみって全身の筋肉を使うから、疲れた身体にはきつい。濡れたパンツを脱いでやっと男の尊厳を取り戻す。全裸でしょんぼりしたものを晒《さら》して、尊厳も何もないが。

着替えを済ませたが、パンツとズボンのお尻に穴が空いている。獣人族仕様の着替えしかないとこうなるわけだ。サイズも大きすぎて袖と裾を何度もロールアップする。用意されていたベルトは穴の位置が合わなくて使えなかった。多分小型種サイズなんだけど、人族の中でも貧相な僕には大きすぎる。

「着替えたか？」

扉越しにリカ様から声をかけられる。ずっとそこにいたのだろうか？

ズボンがずり落ちないように両手で支えながら完了の返事をすると、間を置かずに彼が姿を現した。着替えてはいるが、髪の毛は濡れたままで一つに括《くく》られている。獅子の鬣《たてがみ》は毛量がすごくてゴージャスな巻き毛だから、ドライヤーもなしに乾かすのは大変だ。

簡単な部屋着みたいな格好は厚い胸板を隠しきれていない。肩も盛り上がっていて、僕がなりたい肉体がそこにある。

「髪をきちんと拭け」

リカ様だって濡れたままなのに、彼は僕を膝に乗せて椅子に腰かけると、乾いた手拭《てぬぐ》いを手繰《たぐ》り寄せて僕の頭を拭《ぬぐ》い始《はじ》めた。

四阿《あずまや》のお茶会で膝に乗せられたのが、ずっと昔のことのように思う。実際にはほんの半月前だ。

「毛先が少し、傷んだか？」

伸ばしかけの黒髪は小姓君が丹精して育ててくれた。

盆栽みたいに言うなって？　そうとしか言いようがないほど、気を遣って手入れをしてくれていたんだ。

それにしてもリカ様、よく気づいたな。男の人、とりわけリカ様みたいなタイプはそういう細かいことに無頓着《むとんちゃく》だと思っていた。見た目より中身が大事的な？

リカ様の胸を背もたれにして、大きな手のひらで髪の毛を拭《ぬぐ》ってもらっていると、さっきまで冷えていた反動か全身がポカポカと温まってきた。ふわりと香る大好きなハーブの匂いに包まれ、急激に眠気に襲われる。

リオンハネスに帰ったら、このハーブの匂いに包まれて眠ると決めていた。それよりも早く願いが叶っちゃったな。

眠気に抗うつもりはなく、僕はストンと意識を手放した。

6

爆睡した。そりゃあもう、ぐっすりと。ふかふかの分厚い筋肉を枕にして。

目が覚めると目の前に肌色がドーンとあって、若干パニックになる。馬乗りになった体勢で、腰にリカ様の腕がガッツリ回っていた。匂いでリカ様だとわかるが、それがなかったら恐怖で叫んでいただろう。フラッギンのホッダウィング王を思い出していたかもしれない。

しっかり眠ったが、ヌクヌクのお布団からは抜け出したくない。真夏でもフラッギン王国は朝晩冷える。それは隣り合うヴェッラネッラ王国も同じだ。

ポカポカに混じってムズムズ……ん？　ふんわりおっきしちゃったか。どうせすぐにそっとしょんぼりするからいいけど。リカ様まだ寝てるし……寝てるよね!?　お尻の下になんかすごい気配がないか!?

ブワッと柑橘《かんきつ》の苦味が混じった甘いハーブの匂いが湧き上がる。

驚いて息を呑み込むと、匂いが肺の奥深くに充満するような錯覚に陥《おちい》った。恍惚《こうこつ》とした歓喜が湧き上がり、訳もわからず今度こそパニックになる。

「うーん」

リカ様が唸《うな》る。寝返りを打ちたいのかもそもそと動き出し、僕の腰に回った腕が弛《ゆる》む。その隙を逃さずに狭いベッドから転げるように飛び出した。

船室に固定された簡易ベッドは仰向《あおむ》けに眠るリカ様の横幅ギリギリだ。物理的に並んでは眠れないので、僕を乗せていたんだろう。逆にしたらぺちゃんこに潰れている。

「僕のふんわりおっきと違う！　なんなの？　あのバッキバキのえげつない棍棒！」

感情が昂《たかぶ》って、勝手に涙が出てくる。

別にリカ様は悪くない。ただの朝の生理現象だ。一般的な男なら日常の一部だろう。だけれども！　あのサイズはないだろ⁉　今まで適度に遊んでいたようなことを言っていたが、アレを収納できる人なんて存在するの？　僕、ほったらかされていて正解だったんじゃない⁉

船室の隅で膝を抱えて体育座りをしていると、不意に扉が開いた。顔を見せたのはヤッカさんで、僕は立ち上がって彼に飛びつく。大きすぎたズボンが半分脱げかかったが、シャツが長いのでイヤンなことにはならずに済んだ。しかし、半ばつんのめる。ヤッカさんは驚きはしたものの、すぐに軽々と僕を抱き上げて「どうしました？」と柔らかく尋ねてきた。

僕はしどろもどろに説明する。そして最後に付け加えた。

「悪くない！　誰も悪くない！」

これだけは強調しておかねば、僕が悪いことをされたみたいになってしまう。

流石《さすが》に眠っていられなくなったのか、リカ様がのっそりと起き上がった。

「おう、起きたか」

「リカ様がお寝坊さんなんです！」

「つうか、ヤッカ。返せ、俺のだ」

「クラフトクリフ王子は物ではないぞ。そこのところを弁《わきま》えろ」

「お前の臭いがつくのが嫌なんだ」

「これだけ威嚇臭《いかくしゅう》をなすりつけておいて、よく言うな」

みんなよそ行きの言葉遣いをすっ飛ばし、わーわーと騒ぐ。ヤッカさんは幼馴染みモードなのかもしれない。

「クリフ、涙の跡がある。また泣いたのか？」

リカ様がベッドから下りた。甘い匂いが近づき、一瞬だけくらりとする。それに気づいたのか、ヤッカさんが一歩後退した。

「王妃様に奏上して、王太子側妃の下賜《かし》ではなく王妃様の実弟として私に降嫁してもらおうか？」

「降嫁だと？」

「王太子宮に住まわせているが、手は出されていない。ヴェッラネッラの他の幼年王族のように、大事に育てて嫁に出すだけのことだ」

ヤッカさんが僕を子どものように揺すって、背中をぽんぽんと叩く。リカ様より細いが鞭《むち》のようなしなやかな筋肉は、安定して僕の身体を支えていた。

「ねぇ、クラフトクリフ王子。私のところへお嫁にいらっしゃいませんか？」

耳に優しい声が吹き込まれる。いつぞやも提案されたが、あの時はこんなに直接的な誘いじゃなかった。肉親の安らぎを感じる穏やかな声音に本気は感じられない。それに僕は……

「ヤッカさんは兄上でいてほしい」

止まらない涙をヤッカさんに拭《ぬぐ》われながら、我《わ》が儘《まま》を言う。

「それは残念です」

「それに僕、姉上に頼んで陛下の後宮に入れてもらおうと思います。今決めました」

「はぁ!?」

リカ様が叫んだが、ヤッカさんは気にせず僕に先を促す。

「侍従か小姓になって姉上の手伝いをしながら、天使ちゃんのお世話をしたい」

「それはもう少し考えましょうか。今は他に聞きたいことがたくさんあるのでは？」

ヤッカさんに聞かれるが、確かにそうだ。

それはもう、山のように質問がある。まずはリカ様とヤッカさんがここにいることが、一番の疑問だ。

ヤッカさんの提案で先に朝食をとり、ゆっくり落ち着いて話をすることになった。

その前にずり落ちるズボンをどうにかしてほしい。そう訴えると、リカ様がベルトに新しい穴を開けてくれた。ずり落ちるズボンを押さえる必要がなくなったので助かる。

船の上だというのに温かい料理が給仕された。サーブしているのは見覚えのあるマッチョだ。練兵場で吹っ飛んできた彼は、意外にも細やかに食器を並べている。僕に出されたポリッジをゆっくり食べる間に、リカ様とヤッカさんはテーブルの上に並べられた大皿料理をどんどん平らげた。

やっぱり、誰かと一緒に食べるごはんは美味しい。昨夜の晩餐はなかったことにする。

話をする場所は甲板《かんぱん》になった。風の音で船員や兵士には会話が聞こえないだろうとの判断だ。獣人族は耳がいいはずなんだけど、リカ様が大丈夫だと言うからには大丈夫なんだろう。

「狭い船室では、リカの威嚇臭《いかくしゅう》で鼻がおかしくなりそうだ」

ヤッカさんが頭を振って呟《つぶや》いた言葉が耳を滑っていく。

威嚇臭《いかくしゅう》というのがなんなのかわからないが、感じ取れるのは獣人族同士だけなのだろう。

二つの樽を椅子代わりに向かい合う。僕はリカ様の膝の上だ。兵士たちの目がある中で王太子の側妃がヤッカさんに抱っこされているのは問題だからだそうだ。そうじゃなくて、椅子をもう一脚用意してよ。向こうに樽がいっぱいあるぞ？

船は海賊映画で見たような造りで、湖に乗り込めるようなものじゃない。と、まずはそこから説明が始まった。

「この湖は汽水湖《きすいこ》です」

「海に繋がっている、あの汽水湖《きすいこ》？」

飛び込んだけど、しょっぱくはなかったような？　今思えばなんとなくもったりした水だったような気も？　いや、よくわからない。

「湖が広いんで、奥側は海水の濃度が低いんだよ。真水が飲用水分しかないから、風呂に入らせてやれなくて悪いな。海のほうまで出ちまったから、この辺りの水はほとんど海水だ。お前が身体を洗ったら潮に負ける」

お気遣いありがとうございます？

「ヴェッラネッラからフラッギンは、船を使えばすぐです」

「そうなんだ」

僕が誘拐されてすぐ、僕の臭いをよく知る犬獣人の侍従さんが追尾を始めたそうだ。人族よりも優れた身体能力を持つとはいえ一般人なので、兵士が同行したと聞いて安心した。豆柴っぽい外見の人だから、一人で街道を歩いていたら彼も誘拐されそうだ。

追っ手とは別にヴェッラネッラにも早馬が出された。さらに別便で追尾班も逐一《ちくいち》情報を送り出したので、僕が連れ去られた先がフラッギン王国なのは、疑う余地もなかった。

「でも、なんで？　船団を組めるような時間なんてあった？　リオンハネス王国からここまで、結構な距離があるよね。行軍だけでも相当な日数がかかるんじゃ」

海に面した領地もいっぱいあるから、外敵に備えて船は必要だとは思う。でもいくら海路だからってこんな大所帯、乗組員の確保だけで数日はかかるのでは？

「これ、ヴェッラネッラの船だぞ？」

「は？」

「置いてきた代官が役に立たねぇ海軍を鍛え直してたし、統治のために駐屯させていたうちの兵士もそろそろ暴れたがってたからな」

口ばかりで行動しない貴族と、搾取《さくしゅ》され従順でいることに慣れすぎている国民相手に暴れるわけにはいかない。

「それってつまり、新たに編成したんじゃなくて、もともとそこにあった部隊を使っただけってこと？」

リオンハネスから大軍を寄越すのは面倒だが、隣り合うヴェッラネッラからならすぐそこだ。それで、軍隊率いて来ちゃったのか。

「うちのクソジジイ、本当に阿呆だったんだな。こんなに機動力のある国、なんで支配できると思ったんだろう？」

口からほろりとこぼれ落ちたのは、縁を切った父親だった者への侮蔑だ。

「クソジジイ……全くもってその通りだが、お前の口からそんな乱雑な言葉が聞けるようになるとは」

「あ」

と思ったが、もうどうでもいいや。四阿《あずまや》のお茶会の時に被っていた猫はほとんど逃げちゃったし、かろうじてしがみついていた最後の一匹も行ってしまった。

「いいぞ、その調子だ。もっと俺に慣れろ」

低い声が耳に吹き込まれる。膝に乗せられた状態では、逃げようがない。朝の棍棒事件を思い出して耳がカッと熱くなった。

今は昼だ、真昼間《まっぴるま》だ。あんなのは寝起きにしかならない。そうだ、そうに決まっている。

「急にどうした。首が赤いぞ」

「知りません！」

「甘い匂いが強くなったな」

「それはリカ様のハーブです！」

立派な胸筋を枕代わりにしていたせいで、入浴剤の匂いが移っちゃった……ん？　水がないからお風呂無理って言っていたよな？　リカ様のお肌は頑丈だから、問題ないとか？　そもそも入浴剤の匂いじゃなかったのか。まぁいい。今は大事なことを話している。

「クラフトクリフ王子に大事な知らせがあるのですよ」

正面にいるヤッカさんが目を細めた。彼の瞳もリカ様に似た黄金色だが、若干緑がかっているように見える。

「はい」

いつも淡々としているヤッカさんが、少しだけ言《い》い淀《よど》んだ。

「……旧ヴェッラネッラ国王ホーツヴァイを捕《とら》えましたが、フラッギン王ホッダウィングの命を受けた兵士に斬りつけられて深傷《ふかで》を負っています。王太子は逃げ回っているところを横から掻《か》っ攫《さら》いました。今は二人とも別の船の船倉にいます」

「ヴェッラネッラが終わった……」

ぐんにゃりと力が抜ける。僕の背中をすっぽりと覆っていたリカ様の腕に力が入ったのがわかった。大丈夫、辛《つら》いわけじゃない。

「やっと終わった。もう暗くて寒いあの部屋のことは、思い出さなくてもいいんだ」

僕はきっとこれまでの不幸を、楽観視しながらも心の奥底でドロドロと恨んでいたのだと思う。神様のお与えになった試練です、なんて聖人君子の伝記でしか見ないような感情は嘘っぱちだ。恨むし、嘆くし、怒る。ただし面倒くさいから表に出さない。感情を露わにするのは存外体力がいるもの。

ふと思う。昨夜の晩餐は思い出したくもない最悪な時間ではあったが、父上と共にした最初で最後の食事だった。父上の怪我は重いと聞く。生命が助かるかはわからないとも。

何度でも認識する。

「僕って薄情な息子ですね。血の繋がりなんて、水より薄いと思っているんですよ」

「先に薄情な父親だったのは、ホーツヴァイだろう」

「それでもですよ。僕、なんだか疲れました」

ぐったりとリカ様にもたれかかる。甲板《かんぱん》にいる兵士がこちらを見て、尻尾をびしびしに膨らませ
ているのが見えた。

イチャイチャしているようにでも見えたかな。僕とリカ様はそんなんじゃないのに……ない
のに？

何か重大なことを見逃してやいないか？　僕がだらけていた背中を真っ直ぐに伸ばすと、リカ様
の手が支えてくれる。ふわりとハーブの匂いが広がって、ささくれた気持ちが和らいだ。

けれど目の前のヤッカさんは顔の前で空気を払う仕草をしている。甲板《かんぱん》にいる水夫っぽい人が座
り込むのも見えた。

「そういえば、威嚇臭《いかくしゅう》って？」

ヤッカさんが言っていたよね？

今するのは、僕には甘くてちょっとだけ苦い、落ち着いた大人の男性にぴったりな匂いだと思うんだけど。

「リカ様ご愛用のハーブって、好き嫌いがある匂いだったの？　僕、気に入りすぎて、リオンハネスに帰ったらサシェの中に入っているハーブを分けてもらおうと思ってるのに」

いや待て。冷静に思い返してみよう。サシェは獣人族が番《つがい》に贈るものだと言っていたな。昨夜の話だ。それで僕はもらったのが街に出かけた時だったこともあって、側妃と仲良くしているアピールが徹底していると思ったんだ。

でも服の下に忍ばせておくんだから、サシェでなくても良かったんじゃないか？　例えば栞《しおり》にハーブオイルを染み込ませておくとか。それなのに、ちゃんとサシェの形をしているものをプレゼントしてくれた。

「これ、もしかして、本当の番《つがい》に贈るもの？　それで、番《つがい》以外には怖い臭いなんですか？」

ダブダブのシャツの襟元《えりもと》から細い鎖を引っ張り出す。小さなレースの巾着は繊細な可愛らしさで、なかなか薄まらない香りは甘さとちょっぴりの苦さを含んだ柑橘系《かんきつけい》だ。

ヤッカさんはやれやれとばかりに肩をすくめた。

「番《つがい》には心地よく安心できる匂いでしょう。ですが、それ以外には完全なる威嚇臭《いかくしゅう》ですよ。『この匂いをつけている者は俺のものだから手を出すな』です」

「俺のものだから、手を出すな？」

マーキングって、こと？　今朝、そういえばヤッカさんに「返せ、俺のだ」とか言ってなかったか？

「え？　え？　え？」

ぶわぶわーっと、リカ様のあれやこれやを思い出す。薔薇《ばら》の花束なんてベタに求愛の贈り物だし、手繋ぎは迷子対策じゃなかった？

「リカ様、聞いていい？」

「うん？」

「街に出かけた時、手を繋いだでしょ？　あれって繋ぎ方に意味はある？」

恥ずかしくてリカ様の顔が見られない。振り向くなんて無理だ。リカ様に問いながら、目の前のヤッカさんを凝視する。彼はとても迷惑そうだったが、多分僕のせいじゃない。ヤッカさんの視線は僕の視線より上、つまり背後のリカ様に向けられている。

「リカ様？」

「あぁ、悪い。意味か？」

リカ様の手が僕の手の甲を覆う。右手は右手、左手は左手、上から指の隙間に指を入れられて、ぎゅっと握られた。

「あの、これ違います」

街を歩いた時は、手のひらをぴったりくっつけていた。これはこれで恥ずかしい手の繋ぎ方だけども。

「わかってるさ。あの繋ぎ方は膝から下ろさないとできないからな」

そうじゃなくて、恥ずかしすぎるので口で答えを言ってくれないだろうか。焦《じ》れて指を振《ふ》り解《ほど》こうとすると、耳元で「すまん」と笑いを含んだ謝罪をされた。悪いと思ってないやつだよ、それ。

「とくに決まっているわけではないが、恋人同士以外がしているのを見たことがないな」

「迷子防止じゃなかったーーッ！」

それじゃあ酒場のお姉さんたちが微妙な表情をしていたのって、番《つがい》のお守りを持って恋人繋ぎまでしているのに頓珍漢《とんちんかん》なことを言い出す変な人族だったからじゃないか！

リカ様に本命がいるんじゃないかとか、正妃の間はいつでもどうぞとか、日常的に考えていたことは全部馬鹿げた想像だったようだ。

「ぼくのふんわりなげんしょうについては、なんのもくてきでおたずねになられたのでしょうか？」

舌がうまく回らなくて、油を差し忘れたブリキのおもちゃみたいになる。医者がどうとか言っていたけど？

「早く大人になれ」

やっぱりぃいいいいぃッ！

僕もリカ様が好きっぽいけど、待って！　百万年くらい待って！

「そそそ、それはともかく、フラッギン王国とリオンハネス王国の関係はどうなっていくのでありましょうかッ」

うわぁ、聞き方が阿呆っぽい！　聞いていることは重大なんだけども！

深呼吸をして気持ちを落ち着かせる。手はリカ様に拘束されたままだ。

いい加減離してくれませんかね。羞恥心《しゅうちしん》が天元突破して逆に気持ちが凪いでくる。抗議の意味を込めて意を決して振り向くと、甘ったるい笑みを浮かべたリカ様の顔があった。

ごめんなさい、落ち着くのは早かった。また耳が熱くなったから、顔が赤くなっているのだろう。

「結果的に人違いではあったけど、リオンハネスの王妃と王女を誘拐しようとしたわけで……」

逃げ出そうとする冷静さを引《ひ》き摺《ず》り戻《もど》し、ヤッカさんに問いかける。背後のリカ様を意識すると心臓がおかしな音を立てるため、一旦無視だ、無視。

「そちらは未遂ですが、王太子の側妃誘拐が成立しておりますので、我が国としては徹底的に叩く構えです。陛下が出張りますよ」

「陛下が？」

「はい。最愛の王妃と王女を狙い、あまつさえ妻にと望んだ男を獣人族の男が許すわけがありません。同じことが、あなたの背後にいる王太子にも言えますが、すでにホーツヴァイ王とその息子を捕縛したので『残りは寄越せ』と言い出すのが目に見えます」

流石《さすが》、幼い頃からリカ様の傍《そば》に侍《はべ》っているだけあるな。リカ様は母上を早くに亡くし、その分、陛下と密に過ごしていたと思われる。学友のヤッカさんも、それなりに陛下と共にいたのだろう。

「フラッギンの城にちょっとだけ仲良くなった女中たちがいるんですけど、兵士じゃない使用人はなんとかなりませんか？」

「女中？」

背後から、危ない気配がする。

「人間の女と親しくなったのか？」

「……ちょっとお世話してもらっただけ。うちの小姓君よりちょっと上くらいの年齢で、普通の娘さんたち。お喋《しゃべ》りしたことがある人が危険な目にあうのは嫌だなって、個人的な気持ち。ホッダウィング王って、戦えない使用人を盾にして逃げそうだなって思って」

彼は自分のことしか考えていなそうだったし、と三白眼の薮睨《やぶにら》みを思い出して脳裏から振り払った。気持ち悪いんで、ホッダウィングとは二度と会いたくない。

「すでにあの王が兵士を連れて城から逃げ出したのを確認しておりますので、武力による制圧は必要ないかと」

「なんで人族の王、揃いも揃って逃げるかな！」

思わず大声を出す。なんとなく予想はしていたが、本当に逃げたと聞いて情けなくなった。人族を代表して土下座したくなる。なんなのこの感情！

午前中だけど、ぐったりだ。叫びすぎによる酸欠と思われる。本当にこの身体は脆弱《ぜいじゃく》で嫌だ。

「クリフ、匂いが変わったぞ……身体も少し熱いようだ」

リカ様の声に戸惑いが滲《にじ》む。

「そういえば熱っぽいかも」

興奮して叫んでいたせいかもしれないが、心当たりがありすぎる。あれれ、急に眩暈《めまい》が……さっきまで平気だったのに、気づいた途端に体調不良になるってあるよね。自分で身体を支えているのが辛《つら》い。

でも怖くはなかった。一人きりで熱に苦しんだ幼い夜、目を閉じたら二度と起きられないんじゃないかと思っていた日々とは違う。

「船室へ行く。ここは風が良くないかもしれない」

「私は遠慮するので、ベルトは寛《くつろ》げて身体を楽にするのを忘れずに」

不安定さなど全くなく、リカ様が空中で僕を抱き抱え直した。ヤッカさんの助言にピリッとした空気が走る。

「リカは自分が病気になったことがないから、世話に必要なものがわからないだろう」

へぇ、病気をしたことがないなんて羨ましい。

ヤッカさんの言葉でリカ様の雰囲気は少し落ち着いた。

「ほら、目ぇ閉じてろ」

「はい……」

リカ様の言葉に素直に従って、目を閉じる。

あぁまた眠りに誘われる。爽やかで甘くて苦い柑橘《かんきつ》の香りが心地いい。これを威嚇《いかく》だと感じる人がいるなんて……って、僕に求愛している人の傍《そば》でこんなに寛《くつろ》いでいていいのか。もしかして、僕にとって一番危険な人に身体を預けているんじゃ？

不安よりも好奇心が大きい。ちょびっとだけ眠ろうか。とろとろと瞼《まぶた》が落ちてくる。

そうして次に目覚めた時の僕は、高熱にうなされていたのである。

心身共に疲弊し切った僕は見事に風邪をひき、回復するまで七日もかかった。気がつくと、二度と帰ってこられないと思っていたヴェッラネッラに船で運び込まれ、見覚えのある城の客間に寝かされていたのだ。お腹を壊して寝込んでいた、あの部屋だよ。

僕の看病はリカ様とヤッカさんがした。ヤッカさんが采配し、小間使いが準備し、それをリカ様が僕に施すという連携だ。

ちなみに小間使いは姉上に頼まれて僕の食事を用意していたあの子だった。一年半ぶりくらいかな。僕の容姿が変わりすぎていて彼女は驚いたが、僕だって驚いた。童女が綺麗な娘さんになっていたんだもん。聞けば熊の代官さんに良くしてもらっているらしい。駐屯しているリオンハネスの兵士と恋仲になっている人族もちらほらいるようだ。

「リカ様、感染《うつ》るので他の部屋に行って」

ベッドで僕の隣に寝そべっているリカ様に、何度同じことを言ったのだろうか。ちっとも聞き入れられない。

「弱った番《つがい》を労《いた》わるのは、俺たちの習性だ。諦めろ」

番《つがい》といえばなんでも許されると思うな。そりゃ甘い匂いに包まれて眠るのは心地いいが、それ以上にドキドキが止まらないんだよ。

僕が寝込んでいる間に、リオンハネスに帰るための馬車の支度がされる。そうだよ、馬車なんだよ。あの恐怖の馬車酔いが襲ってくると思うと憂鬱《ゆううつ》で仕方がない。

宰相様にそっくりな熊の代官さんに見送られ、馬車に乗る。

かなり身構えていたが、用意されていた馬車は向かい合った座席に板と簡易マットレスを渡して横になれるよう工夫されていた。最初の旅で迷惑をかけまくったヤッカさんは、僕の弱いところをよく知っている。

「また『そこの叢《くさむら》に捨てていって』と言われたら、リカが暴れて大変なことになりますよ」

ヤッカさんが懐かしげに言う。

それからの道中は大変だった。

馬車には早々に酔ったが、前回ほどじゃない。座席に座っているのは辛《つら》いものの、簡易マットレスにだらしなく寝そべっていたからだ。けれど、その間ずっとリカ様が僕の髪の毛を梳《す》いたり、身を屈めてこめかみにキスをしたりしてくる。僕はそれにドキドキして、口から魂《たましい》が出そうな心地だった。

親愛の表現だと思っていた額《ひたい》へのキスの理由が、唇にしたら箍《たが》が外れて何をするかわからなかったからだと告白された時は、なんと答えるのが正解だったんだ？

マットレスに寝そべったりリカ様の膝に乗せられたりしながら、馬車の旅はゆっくり進む。

姉上と早く話がしたい。天使ちゃんも抱っこしたいが、とにかく獅子の男に愛されることへの心構えが聞きたい。

恋愛未経験、完全に初心者なので、いきなり全力アピールのリカ様に戸惑っていた。

久しぶりに会った姉上はやつれていても、相変わらず美しかった。

僕が王太子宮の自室に入ってすぐに先触れが来て、返事を出す前に本人が現れる。本当はこんな不調法をする人じゃない。それだけ心配をかけたってことだ。

王妃と王太子の側妃という、本来ならお互いに身仕舞いを整えて対面するのが正しい立場でもあったが、誰もそれを咎《とが》めなかった。

「クリフ……わたくしのたった一人の弟。亡くなったお母様に、わたくしが守ると誓ったのにっ」

成長した僕よりほんの数センチ背が低い姉上がぎゅうぎゅうと抱きついてくる。柔らかな身体はミルクの匂いがした。

すっかりお母さんの顔をした姉上が、僕の頭を引き寄せて額《ひたい》に唇を押しつける。家族の愛情を感じられる優しいキスは、母上亡き後、姉上からしかもらえない。

「心配かけて、ごめんなさい」

「謝らないで！　わたくしと間違われたと聞きました！　本当に生きていてくれて良かった……もう会えないかと思ったのよ。何度塔から身を投げようと思ったことか……」

はらはらと美しい涙を流しながら、姉上が苦しげに言う。彼女の言葉にぎょっとして、当然のように姉上についてきた国王陛下に視線を向ける。陛下は苦しげに頷《うなず》いた。これは陛下の逆鱗《げきりん》に触れていても仕方がない。フラッギンは獅子王を激怒させた。

「帰ってきたよ、姉上。これからはいつでも会える」

保留になっているが、今でも陛下の後宮の侍従は選択肢の中にある。

リカ様が僕を番《つがい》だと思ってくれているのは嬉しい。けれど性急すぎてどうしたらいいのかわからないのだ。

一向に泣《な》き止《や》まない姉上を誘ってソファに並んで腰かけ、陛下にも向かいに座ってもらった。姉上が僕にぴったりくっついているのは気に入らないだろうに、陛下は大事な番《つがい》が心を癒《いや》すのを待っている。小姓さんが持ってきてくれたハンカチで涙を拭《ぬぐ》うと、姉上はやっと笑顔を見せてくれた。

「これではわたくしが妹みたいよ」

「年子だもん、たいして変わらないよ」

「それでも、わたくしはあなたを守りたかったの」

そっと二人で寄り添う。ヴェッラネッラの僕の部屋で、姉上が勉強を教えてくれていた時のようだ。

しばらくお互いの温《ぬく》もりを感じていたが、時間というものは有限だ。そろそろ天使ちゃんが午睡から目覚める時間になる。

「今度は僕が後宮に会いに行くよ。可愛いお姫様を抱っこさせてね」

「ええ、もちろんよ。すっかり重たくなったのよ」

姉上はもう一度僕の額《ひたい》にキスを落とすと、陛下にエスコートされて帰っていった。

二人を見送るとどっと疲れが出る。実はまだ旅装も解《と》いていないし、小姓君にも挨拶していない。

リカ様は王太子宮に辿り着く前に、ヤッカさんに引《ひ》き摺《ず》られて軍のお仕事に行ってしまった。僕は三度目の旅にして初めて自力で馬車から降りたんだ。絶えず傍《そば》で様子を見てくれていたリカ様と、全ての采配をしてくれたヤッカさんのおかげだが、僕のことも褒めてほしい。

「お着替えを……」

小姓君はそれだけ言って泣き崩れた。チラリと部屋の隅を見ると、静かに控えている三人の侍従さんも泣いている。

死ななくて良かった。父上と兄上は僕が生きているのに驚くようなろくでなしだった。それなのに、王太子宮の人々は僕の無事を喜んで泣いてくれる。小姓君たちが親身になって心配してくれていたことが嬉しい。

さて、それから数日。僕は安定の虚弱さで寝込んだ。

以前より体力がついてきたのか三日ほどで起き上がれるようになったが、リカ様と小姓君に床上げを許してもらえない。そんな僕の慰《なぐさ》めになったのは、なんとあの子猫である。

真っ黒い毛並みとアクアマリンの瞳の子猫は、すっかり大きくなっていた。まだまだ甘えん坊で、僕のベッドに潜り込んでくる。ちなみに女の子でした。名前は僕が帰ってくるまではつけないでいてくれたので、マグロと呼ぶことにする。ずっと『真っ黒ちゃん』と仮名で呼ばれていたらしく、他の名前では反応しなかったんだよね。

リカ様は朝な夕なに僕の部屋を訪れて、食事をして愛の言葉を囁《ささや》いて帰っていく。こめかみやらほっぺたにキスをするのは毎日だし、その時間は僕の両手を握っている。緊張してガチガチの僕に甘ったるい声で「早く慣れろ」なんて言うのは止《や》めてほしい。

そして、例のサシェは濡れ汚れて外袋が散々なことになったので、リカ様が新しいのをくれた。僕の目の前で中身を詰めてくれたんだけど……

「か、髪の毛！」

黄金の巻毛の先を縛って、ハサミでチョッキン！　そりゃあ、リカ様と同じ匂いがするわけだよ！　これなら、獣人族の人々に所有の証《あかし》って認識されるよね！

「古いほうは処分していいな」

「捨てないで。僕が死なない決意をした幸運のお守りだから、大事にしておきたいんだけど」

リカ様にとっては消耗品かもしれないが、僕にとっては戦友に等しいラッキーアイテムになった。とはいえ、中身が判明した今となっては、本人に向かって保管しておきたいと言うのは恥ずかしすぎる。ハーブじゃなくて、黄金の鬣《たてがみ》だなんて誰が想像するだろう。いや、獣人族には当たり前の風習かもしれないけれども。

「そうか、取っておきたいか」

「……うん」

耳が熱い。背中にクッションをモリモリにした状態で俯《うつむ》く。せっかくベッドの上にいるんだから、今こそ上掛けの中に隠れるべきじゃないのか。もじもじしていると、新しいサシェが首に下げられた。胸元からほわんと僕の好きな匂いが広がる。

「不思議……どうしてリカ様の匂いだけわかるんだろう」

「そりゃ番《つがい》だからだろう」

そうじゃなくて……

「僕は人族で獣人族の特徴は持たないんだ。なのにわかるんだから、もしかして人族って獣人族の一派なんじゃないかと……」

「どういうことだ？」

前世の雑多な無駄知識がぐるぐるする。どう説明したらいいのだろう。

「猫族の小姓君がマグロのことを先祖の末裔と呼んだんだよね」

すっかり定着してしまったタメ口だが、今更敬語に戻すとリカ様が悲しそうにするからそのままだ。

「耳が顔の横にある獣人って知ってる？」

「猿族だな」

街でも何人か見たよ。尻尾も手足もするんと長くて、ぱっちりした目が特徴的だ。

「お前の耳も顔の横にあるな。だが尻尾がないぞ？」

「尻尾が短い種族もいるって、本で読んだことがある」

例えばニホンザルやオランウータン。この世界にいるのかはわからないが、テナガザルっぽい猿とその進化形態みたいな獣人さんがいるのはわかっている。

「でね、ここ重要なんだけど。人族って尻尾がないって言い張ってるけどあるんだよね。名残《なごり》の骨が。尾骶骨《びていこつ》って言うんだけどさ」

そこでリカ様の目がカッと見開かれた。

「獣人族同士でもほとんどの婚姻が人族みたいに出会って逢引きして、お互いを知っていくわけでしょ？　人族同士だって、突然激しい恋に落ちて交際零日婚《こうさいぜろにちこん》なんてのもあるんだよ」

『番《つがい》』って言葉は使わないけど『運命』や『ビビビッときた』とは言う。それって同じことなんじゃ？

僕の脳裏には人類の進化の過程を描いた『あの絵』が浮かんでいる。とにかく、人間が元は猿だったことは間違いない。

人間同士だって体臭の好みはある。獣人族の敏感な鼻はそれを強く感じるだけで、好みの差は人それぞれだろう。

「うまく言えないけど、僕はリカ様の匂いが好き。ハーブだったら分けてほしかったもん」

「お前は、自分が言っていることを理解しろ！」

ぐるぐるとリカ様の喉が鳴る。これは嬉しいのか怒っているのかわからない。ヤッカさんの通訳が欲しい。

「いえ、だから、なんでリカ様の匂いが好きかって考えてたんだ……」

「匂いが好きな相手は、好きってことだろう？　お前、いい加減にしろよ。フラッギンでもちょいちょい俺のことが好きだと言葉にも態度にも出しているのに、肝心のお頭《つむ》が理解してねぇ！」

え？　あれ？　そうだっけ？　好きは好きだけど、ゆっくりしたいって話なんだけど？　急すぎて怖いから、一旦姉上のところに逃げたいって気持ちもあってですね。

「尻尾の名残《なごり》？　今ここで、夜着《よぎ》を剥《は》がして骨を確認してもいいんだぞ？」

それこそ急ぎすぎなんだけど！　でも、だけど、身体が大人にならないとダメって言ったのはリカ様じゃないか。

肉体労働を含めて戦利品として好きにされる覚悟でリオンハネスに来たし、いつか下賜《かし》されるならそういうことも視野に入れていた。好きじゃない人とならかえって、えいやっとできるかもしれない。

でもさ、リカ様が僕を本気で番《つがい》だと思ってくれているのなら、行為に対する戸惑いを汲《く》んでくれてもいいと思うんだけど。

「リカ様だったら、僕がリカ様にあれこれしたいって言ったら、二つ返事で許してくれる？　僕だって男だよ。愛し合うことだけが目的なら、リカ様のお化けみたいなのを僕に入れるより危険はないはずなんだけど」

育った環境的に普通に奥さんをもらうなんて考えたことがないが、だからといって女の子になりたいわけじゃない。持って生まれた性別を疑問に思ったこともないし。それから一つ、ものっっっっすごい、心配事がある。

「あ、いや……すまん」

「半分くらい、決意は固まっているんだ。本当の側妃になるのなら子どもだって産めたら産みたいし、だけども、この貧相な身体が出産に耐えられるかが……いや、そもそも赤ちゃんが来る場所なんてないぞ？」

そういえばヤッカさんが言っていたな。

「人族の男性が子どもを授《さず》かれるようになる方法は、リカ様に聞けって言われているんだけど考える材料にしたいから、今聞いてもいいかなぁ。

「ねぇ、リカ様……」

思案に耽《ふけ》るのを一度止《や》めてリカ様を見上げると、彼は大きな片手で目元を覆い頭を振った。親指と中指でこめかみを揉むようにしている。指が軽々届くなんて意外と小顔なんだな。髪の毛がゴージャスすぎるから気にしていなかったが、どんな頭身をしているんだろう。

「リカ様？」

そっと声をかける。こめかみを押さえていた手が額《ひたい》を滑って、長い髪の毛を掻き上げた。目尻が少し赤い。え？　野生的な偉丈夫が照れている？

「あのぅ」

「そうか、ちゃんと考えているんだな」

リカ様がマットレスの端に腰を下ろした。ゴージャスな黄金の巻き毛が僕の黒髪に落ちてくる。

「ゆっくり、だったな」

両手を取られ手のひらが合わさった。大きさが違いすぎる互いの手を、二人で祈りの形に組み合わせる。吐息が近い。

顔を背《そむ》けてもいいのに、僕は観念して目を閉じた。身体を交える恐怖とは別に、共にありたいと願う心を自覚する。

柔らかい唇が重なった。左右にある獅子の牙が彼の唇を軽く押し上げている。この感触を知る相手が幾人かいるのは事実だろう。それでも、今このキスは僕のものだ。

ただ目を閉じて唇を合わせているだけなのに、リカ様の甘い匂いが強くなった。

これ以上は、ダメ。ゆっくりって言ったでしょ。思考が弛《ゆる》んで、何も考えられなくなる前にキスを解《ほど》かなきゃ。

「なーん」

甘えたマグロの鳴き声が聞こえ、我に返る。リカ様が繋いだ手を離して、僕の唇を親指の腹で拭《ぬぐ》った。僕たちの間に流れるなんとも言えない甘ったるい空気など気にせず、マグロが軽やかにベッドに上り、もう一度「なーん」と鳴く。掛布の上でごろごろする姿が可愛い。

「どうしたの、マグロ？」

甘えん坊のお姫様のおかげで、流されずに済んだ。

「頼もしい守護者だな」

「女の子だよ」

「それでも、立派な爪と牙を持っている」

リカ様は寛《くつろ》ぐマグロを驚かさないように声を潜《ひそ》める。厳《いか》つい美形だけど、とても優しい。ヴェッラネッラの謁見の間で初めて会った時も、「ちゃんと食って、寝ろ」って言ってくれたよなぁ。

「名残《なご》り惜《お》しいが、時間だ。今夜は夕食までに帰れない」

「うん、いってらっしゃい」

もう仕事のフリして本命のところに行っているなんて思わない。ベッドに押し留められてお見送りをさせてもらえないため、僕はリカ様の後ろ姿に手を振った。扉が閉まるのを見届け、ほっと肩の力を抜く。

「うっわ……」

背中を丸めて三角座りをする。

キスしちゃった。それもあんなに長く……マグロが来なかったら危なかった？　だって僕のささやかな場所がふんわりおっきしている。リカ様にバレなくて良かった。


大事をとって五日ほどベッドで過ごした後、僕は姉上に遣いを出した。ちょっと聞きたいことがあって。

実の姉上に恋愛相談をするのは恥ずかしいが、友達がいないのでしょうがない。他に思いつくのは酒場のバニーさんとネズミさんだけ。会いに行くとなったらリカ様がついてくるのがわかるから、彼女たちは選択肢から消えている。

けれど、姉上は国王の後宮の主人、王妃として妃たちをまとめる立場にある。もちろん姉上以外の妃はいない。ていうかアレンジロ陛下の後宮には、リカ様の母上以外の女性がいたことはないらしい。

姉上に会うためには色々手順が必要だ。まずは訪問していいのかお伺いをする。許可が出れば日程の調整をして、訪問の直前に先触れを出すまでが流れ。すぐ隣の建物に住んでいるのに、なかなか大変だ。

久しぶりに天使ちゃんにも会う。もうちょっと天使ちゃんが大きくなったら、マグロにも会わせてやりたい。

「――クリフ、この前はごめんなさい。疲れているところに押しかけてしまって……寝込んだと聞いたわ」

「姉上のせいじゃないよ。ただの馬車酔い」

「それでもすぐに寝かせてあげなくちゃならなかったのに」

姉上はまだ、僕が危険な目にあったのを気に病《や》んでいるようだ。五日も寝ていたのは、リカ様と小姓君が心配性なだけだ。もうすっかり元気なのに。

天使ちゃんはお昼寝中だったので、先に相談を済ませよう。気が乗らないことは、さっさと終わらせるに限る。

僕たち二人が並んで腰かけると、すぐにお茶とお菓子が並べられた。王妃と隣り合って座るなんてあり得ないけど、僕は弟なので侍女さんも大目に見てくれる。

さて、どう切り出したものか。

「あのさ。姉上は陛下に番《つがい》って言われた時、どう思った？」

「あらあらあら」

姉上のことを聞いたのに、それが僕にも起こったんだとすぐにわかったみたい。彼女は上品に口を覆って美しい青い瞳を丸くする。そしてすぐに笑顔になった。

悲しい表情が消えたのは嬉しいけど、好奇心が覗く微笑《ほほえ》みは恥ずかしい。

「リカルデロ殿下に正式な求婚でもされたの？」

「えっと、そうなるのかな。いや、やっぱり違うかな」

もう側妃だし、求婚も何もない。それがもやっとしているわけじゃないけど。

「番《つがい》って言われたけど、よくわからなくて。あと、どうしても怖くて……」

「男の子だものね」

「それもだけど、そうじゃないんだ」

姉上が相手だと、子どもっぽい態度をとってしまう。獅子族の夫を持つ僕の知り合いって、姉上しかいなくてだな……姉上に、いや、女性にこんなことを聞くのはダメな気がするんだけど、本当にどうしたらいいのかわからなくて――

「なぁに？」

「獣人族の男は妻を囲い込んで外に出したがらないし、それが番《つがい》と決めた相手なら尚更だって聞いたよ。陛下は心配性だけど姉上の行動制限は、最低限だよね？」

姉上が妊娠中の陛下は、ちょっと笑っちゃうくらい過保護だった。三歩の距離も抱いて移動しようとするので、医師に叱《しか》られたらしい。筋力が萎《な》えるし心肺機能が衰えると、出産に耐えきれずに儚《はかな》くなっちゃうよ、と。

「わたくしが望まないことは決してなさらないわ」

閉じ込めたいけどそれをしちゃうと姉上に嫌われる。なので、陛下は行動制限をほとんどかけない。

「それにね、わたくしもできる範囲で陛下の望みは叶えて差し上げたいの」

はにかむ絶世の美女。愛して愛されて幸せの象徴のような姉上は、眩《まぶ》しくて直視できない。

「ふうん。ねえ、陛下に匂いがするって言われなかった？」

人族同士は相手の体臭についてあまり口にしないと思う。僕のこの世界での見聞は、書物と揺れる馬車の車窓から見た僅《わず》かな景色だ。ごく狭い知識の中ではあるが、人族は匂いを交際のきっかけにはしないだろう。嗅覚がそこまで優れていない。

その逆に獣人族は、遺伝子レベルでの相性の良さを嗅ぎ分けるのだと予想している。それを踏まえて姉上に聞いてみたのだけど、女性に匂いの話は失礼だったかなぁ。

「うふふ、あなたも殿下に言われたの？」

「初めて会った時『旨そう』とか、『旨そうだけど匂いが薄い』って」

謁見の間に並ばされていた王族の一番端っこにいた僕への言葉は、広間全体に聞こえたわけではないだろう。いや、獣人族の兵士なら声を拾っていた可能性はある。

「あらあら。すごいわね、殿下」

何がすごいの？　僕はあの時、笑えない黒い冗談《ブラックジョーク》だと思ったんだよね。獣人族特有の食べる食べない的なふざけ合いを想像してね。全く勘違いだったんだけれども。

「獣人族は匂いの好ましい相手と結婚するっていうのは、聞いたかしら？」

「集団見合いの話の時にヤッカさんがそんなことを言っていた気がする」

「ヴェッラネッラの王族のうち、明らかな幼年者と成熟した男女はすぐに部屋を分けられたわ。思春期の男女がどちらに振り分けられるのかは、匂いでの判定だったのよ」

へぇ。僕がお腹を壊して出発が遅れたせいで、そんなことが行われていたなんて知らなかった。

「わたくしには感じられないのだけれど、獣人族も人族も濃淡はあれど大人になると匂いが変わるそうよ。発情香や成熟香と呼ばれるのですって。子どもの頃は成熟香を嗅ぎ分けられないけれど、大人になるにつれて嗅覚も発達するようね」

匂いを発することと、嗅ぎ分けられるようになること、両方揃って初めて大人と認められるのか。姉上も詳しいことは出産を終えてから聞いたようだ。獣人の赤ちゃんを育てていかなきゃならないもんね。

「ヴェッラネッラで救い出されたあなたの身体は、成熟香を発するなんて到底できなかったでしょう」

「次代の繁栄より、目先の生命維持だよね」

「あら、難しい言葉ね。神様の経典、久しぶりに聞いたわ」

「生命の危険がなくなったから、色々考えなくても良くなったんだよ」

旧ヴェッラネッラ王妃の執拗《しつよう》な嫌がらせから生き残るために、なけなしの知恵を絞っていただけだ。おそらく普通の大学生だった僕は、広く浅い知識しか持たない。姉上と亡くなった母上は神様の経典と呼んでくれたが、簡単なものばかりだ。土木知識や医療知識があればチートとして国の役に立てたかもしれないのに。

「ともかく、あの時のあなたは成熟香は発していなかったはずよ。お医者様もまだ大人の身体ではないとおっしゃっていたし」

……ん？　お医者様？

「あ、姉上？　僕が大人じゃないとか、どこ情報？」

「お医者様よ。あなた、リオンハネスに来て最初の数ヶ月は後宮医師に診察していただいていたの。わたくしの診察の時に、あなたの様子を教えてくださってるわ。萌《きざ》しが見られたと聞いて安心したのよ」

医者ーーッ！　守秘義務どこいったぁ！　僕のささやかな場所のふんわりおっき事情なんて、実の姉に知られていいものじゃないだろーーッ！

地味にお腹に響くパンチを喰らった気分だが、仕方ないとも思う。だって僕は王太子の側妃で姉上は王妃だ。王太子の妃が懐妊できるかどうかは、王国の最重要案件だ。

「それで、あなたのご相談はなぁに？」

姉上の宝石のような瞳がキラキラと輝いている。彼女も僕と同じように、同じ年頃の友人がいない。ヴェッラネッラで姉上に話しかけていたのは、癇癪《かんしゃく》持ちの第四王女くらいだ。

まだ十九歳のうら若き乙女が恋バナに興味津々なのは理解できる。……その対象が実の弟の僕でさえなければ。

その上、前世の記憶が邪魔をしていまいち王族になりきれない僕と違って、姉上は虐《しいた》げられていたものの王女教育を受けている。つまり閨《ねや》に関することは割とオープンなのである。婚姻相手以外の男との接触は神経質なくらい避けるが、同性の侍女に入浴の世話をさせるのは普通だ。

相談する相手、間違っちゃったかな。

いや、獅子族を夫に持つ姉上でないとどうにもならない。ここは意を決して訊《たず》ねよう。

「図鑑などで獅子の生態を調べたことはある？」

「獅子族ではなくて、南の平原に生息する野生の獅子のことかしら。子どものために取り寄せた絵本の知識くらいしかないわ」

この世界で書物は希少だし高価だ。図鑑は大きな都市の図書館にしかなく、一般の貸し出しが禁止されているものが多い。カラーページは版画を職人が一枚ずつ刷っているため、学習用ではなく美術品だ。贅沢すぎて、僕だって本物の図鑑なんてお目にかかったことがない。だがここは、見たことにして話を進めていく。

「書物で見たのですが、野生の獅子の腰のモノがですね、なんというか、その、薔薇《ばら》の茎のような、ですね」

なんて言ったらいいんだ。アレンジロ陛下のアレには棘がついていましたか？　なんて聞けるわけがない！

前世の男子大学生よ、なんでまた、猫科の動物の陰茎棘の知識なんか仕入れたんだ。日常生活において全く必要ない情報だぞ。知らなかったらもう少し気楽だったはずなのに。

「まぁ、クリフ。お閨《ねや》が怖いのね？」

慈愛の笑みを浮かべた姉上の胸に抱き込まれる。ぽんぽんと背中を優しく叩かれて、大丈夫よ、と励まされた。

「獣人族は伴侶をとても大切にしてくれるわ。ましてや番《つがい》の絆を感じている相手なら、万に一つの苦痛も与えないよう努めるのですって。リカルデロ殿下もあなたを素敵に酔わせてくださるわよ」

あああぁ、その場に崩れ落ちなかった僕を褒めたい。

天使ちゃんが生まれたんだし、姉上はとっくに人妻だ。床入りに怯《おび》える弟を諭《さと》し導こうとしている。ごめんよ、あなたの弟はそんな初々《ういうい》しい怯《おび》え方《かた》をしているんじゃなくて、もっと下世話な方向に……ですね！

「ねぇクラフトクリフ、わたくしの可愛い弟。あなた、リカルデロ殿下のことはお嫌い？」

「そんなわけ……！」

「では、お好き？」

「そんな、真正面から聞かないでよ」

姉上は謎かけなんかしない。僕の心を優しく開くだけだ。

「男子の身でと、心の準備が整わないのでしょう？　そんなもの、女に生まれても難しいわ。床入りとはそんなものですもの。案外殿下もご不安なのかもしれないわよ。小柄なクリフを傷つけたらどうしよう、怖がらせたらどうしようってね」

「考えすぎて、よくわからないんだ。いっそリカ様がどーんと来てくれたらいいのに、なんて思ってるよ」

全部リカ様のせいだって言えたら楽だと、ずるいことを考える。

「あらあら、クリフったら。それはリカルデロ殿下に奪ってほしいということ？」

「そんな……ことは……」

僕の口から出たのは、弱々しい声だ。耳が熱い。

「真っ赤よ。熟れたりんごみたいね。うふふ、小間使いにもらってきてもらうのに、ちょうどいい果物だったわね」

りんごは調理の必要もなく、寒い部屋に数日隠しておける優秀な食料だ。僕は今でも好きだ。

「殿下は成熟香も発することができないうちから、あなたの匂いを嗅ぎ分けてくださったということでしょ。後はあなた次第よ」

額《ひたい》にチュッと可愛らしいリップ音がする。同じ場所にされてもリカ様とは違う。たった一人の家族のキス。僕も姉上の額《ひたい》にキスを返した。

僕のモヤモヤは解決していない。気持ちは楽になったが、結局獅子族の大事なところがどうなっているのかはわからずじまいだ。

かなり赤裸々《せきらら》に語り合ったつもりでも、そのものずばりの単語を言うのは憚《はばか》られる。そのうちにタイムアップを迎えた。天使ちゃんが午睡から目覚めたお知らせが来たのだ。

狐尻尾の侍女さんが天使ちゃんを抱いてくる。

お父上そっくりのゴージャスな金髪は、赤ちゃんだというのにすでに編み込みできるほどの長さがある。一ケ月ちょっとぶりの天使ちゃんを侍女さんが僕の腕に抱かせてくれた。もちろんソファに腰かけたままだ。

覚えているより格段に重くなった天使ちゃんは、自分の口に突っ込んでいたねちゃねちゃの手をご披露しながらあぶあぶとご機嫌に歌っている。

「ネーラ、叔父様に抱っこしてもらって嬉しいのね」

アランネラと名付けられ、ネーラと呼ばれる天使ちゃんは、僕を忘れていなかったようだ。

顔立ちは姉上にそっくりで、将来は絶対に美人になる。アレンジロ陛下はリカ様をもっと大人にしたようなイケオジだが、お顔が厳《いか》つい。姉上に似ていて良かったね。口に出しては言えないけど。

「ふくふくして健康そうだ」

元気なのが一番だ。そう思って言うと、姉上も幸せそうに頷《うなず》いた。

「ネーラとわたくしは、毎朝お医者様の診察を受けるのよ。この子のついでにわたくしまで診てくださるの」

絶対についでじゃない。姉上が遠慮するから、そう説明されているだけだ。

いや、ちょっと待て。僕の恥ずかしい相談は医者にすれば良かったのでは？　今更思いついても後の祭りだ。姉上にとんだ恥を晒《さら》してしまった。

「もうすぐ陛下がフラッギン王国へ向かわれるの。その間、あなたが訪ねてくれると嬉しいわ」

リオンハネス王国側からフラッギン王国に送った厳重抗議の親書は無視された。使者はそれを確信すると、懐中《かいちゅう》から宣戦布告の書状を空っぽの玉座に置いてきたらしい。陛下はその処理に向かうようだ。というのは建前で、フラッギンのホッダウィング王を炙《あぶ》り出《だ》すつもりだろう。

可愛いネーラには癒《いや》されたが、その情報で心の中の何かが激しく消耗してしまった。お暇《いとま》する時はネーラを抱いた姉上にお見送りしてもらう。それでも、小姓君に先導されて王太子宮に辿り着いた時にはぐったりと疲れていた。

「側妃様、少し横になられますか？」

「うん、そうする」

リカ様に対しての口調が砕けてしまったので、側妃の間の中でも取り繕《つくろ》わないことにした。そのせいか、小姓君も侍従さんも笑顔が増えた気がする。今までの僕は部屋で寛《くつろ》いでいるように見えなかったらしい。確かに四六時中見られて世話をされる生活は、緊張しっぱなしで辛《つら》かった。人見知りもしていたし。

以前は寝椅子を用意されても、意地を張ってソファに座っていた。それが今は、マグロと一緒にゴロゴロうとうとする。

「マグロ、お前の旦那になる雄はどんな雄なんだろうなぁ。アソコがトゲトゲだなんて、怖くて泣いちゃうよな。お前は絶対にお嫁にやらない」

胸の上のマグロの喉をくすぐってやると、目を細めて「なーん」と鳴く。

「リカ様のアソコ、猫みたいに陰茎棘があったらどうしようか？　トゲトゲだったりしたら、僕って死んじゃうんじゃない？　そうでなくてもあんなに大きいんだからさ」

マグロに聞いてもしょうがない。

「事前に情報が欲しい……傾向と対策を練らなきゃ。それさえあれば、九割くらい覚悟はできてるのに。ねぇ、マグロ……って、マグロ？」

自由な黒猫は軽やかに寝椅子から飛び下りた。その姿を目で追うと、大きな靴が視界に入る。結構ゴツめで使い込まれているが、手入れも同じくらい丁寧に施されている軍装用の……

マグロが甘えて身体を擦りつけている足の持ち主は、両手で顔を隠して天を仰《あお》いだ。

リカ様、もしかして聞いてた⁉　これは恥ずかしすぎて死ねる案件では⁉

僕は転がるように寝椅子から飛び出して、全速力で……はい、逃げられませんでした。

運動神経をヴェッラネッラに置いてきた僕が、軍の大将であるリカ様から逃げおおせるわけがない。わかっていても逃げたくなる時がある。それが今だ。

「リカ様ごめん！　後で話すから今は勘弁して！　絶対に顔が赤いぃッ！」

耳が燃えるように熱い。みっともない顔になっているはずなので、とにかく逃げたい。けれどリカ様にがっつりとバックハグされて動けなかった。阿呆丸出しのままあっさり捕まる。

「クリフ」

「はいぃぃぃッ！」

「答えを先に言ってやろう。俺の楔《くさび》に棘はない」

やっぱり全部聞こえてた！　独り言を聞かれるのって、なんでこんなに恥ずかしいの⁉　リカ様も平然と答えないで！　って、重要な情報がへろっともたらされたぞ。

「棘はない？」

「そうだ。期待していたのなら悪いが、至って普通の楔《くさび》だ」

「大きさが普通じゃなかったでしょ⁉」

膝に抱かれた時に衣服越しに認識したモノは、控えめに言って棍棒だ。アレが獣人族の標準なのか？

「あんなのがどうにかなるように準備するなんて、怖すぎて無理！」

「準備……そこまで考えていたのか」

耳の後ろに唇の感触がして、甘ったるい声が吹き込まれる。口から飛び出しそうなほど心臓が激しく鳴った。耳が熱いとかそんな次元じゃない。

どうして意識を保っているんだ！　こんな時こそ特技の失神だろう⁉

背後からぎゅっとされているから僕の顔は見られていないが、リカ様の顔も見えない。どんな表情をしているのかめちゃくちゃ気になる。

リカ様は僕をバックハグしたまま寝椅子に座った。軽々と持ち上げられて膝の上だ。鍛えられた太ももは文字通りぶっとくて、僕の体重などものともしない。

「俺のせいで、いらぬ心の準備が必要になったな」

「それは違って！」

僕の前世の記憶が中途半端に変な知識を持っているだけ……

慌てて否定するが、リカ様は僕を落ち着かせるように、お腹に回した手で軽く叩いた。

「俺の楔《くさび》の話じゃない。そこからちょっと離れてくれ」

「その言い方、僕がそこしか気にしてないみたいで嫌だ」

「それはすまんな」

くっくっと耳元で笑い声。さっきまでの色っぽい笑い方じゃなくなって、緊張が解《と》ける。ガチガチだった身体から力が抜けて、僕はリカ様の胸に体重を預けた。

「お前がこの宮に来た時は、もちろん本当の側妃としてなど扱えなかったが……」

本当の側妃って、まぁ、夜のお相手を含めてってことだよね。半分死にかけた骨と皮からちょっと脱出したばかりの子どもだった。年齢も成人を迎えていなかったし。

「宮に寄りつきもせず、話し相手にもなってやらなかったのは後悔している」

僕は忘れ去られているのを全力で歓迎していたんだが、それを言ったら傷つくだろうか……うん、内緒にしておこう。

「アランネラが生まれて顔を見に行った後宮で、お前の匂いを感じた。ヤッカに散々叱《しか》られたぞ。『だから自分でクラフトクリフ王子の様子を見に行けと言っただろう』ってな。あんなに怒鳴られたのはガキの頃、走っている馬に飛び乗ろうとして蹴り殺されそうになった時くらいだ」

ごめん。その情報、インパクトが強すぎるから別の機会に聞きたかった。けれど、話は続く。

「宮に生活の拠点を移した時に、閨《ねや》に誘っていれば緊張もなかったかもしれないな。王族の婚姻とはそんなものだから」

それは人族の王族でもよく聞く話だ。王族なら、生まれた時には条約の条件としての婚約が成立していることがある。初夜を終えた後朝《きぬぎぬ》に初めて素顔を見るなんて、珍しい話じゃない。そういう教育を受けている。おそらく姉上も……

でも僕はちゃんとした王族教育を受けていなかった。だから恋愛観は前世の男子大学生に引《ひ》き摺《ず》られている。

「多分その頃本当の側妃になっていたら、僕はリカ様を好きになってないと思うよ」

好きだ好きだと囁《ささや》かれても、「好きなふりするの大変だねぇ」「まぁベッドの中じゃリップサービスはするよね」くらいにしか思わなかっただろう。僕らはこのタイミングがちょうど良いんだよ。

「リカ様、ちょっと手を弛《ゆる》めてくれる？」

そんな僕のお願いはすぐに聞き入れられた。

僕はよっこいしょと身体を回してリカ様の膝の上に馬乗りになる。膝が開いて行儀悪いが、顔を見て話したかった。

「僕は亡国の王子で、政略結婚をある程度理解しているよ。まさか男の身で奥さんになるとは思っていなかったけど。でもね、リカ様も知ってる通り、僕はろくな教育を受けてこなかった。書物やその他の偏《かたよ》った知識しかなく王族の範疇《はんちゅう》に入れない」

背中に添えられた手が少し震えたのを感じる。リカ様の表情は凪いでいた。どんな感情で聞いているんだろう。

「ちゃんと話したことがなかったけど、僕はこの宮である程度体調を整えたら、どこかに下賜《かし》されると思ってた。できれば奥さんとしてではなく、使用人枠がいいなぁなんて思いながら」

「度々言っていたな。下賜《かし》なんぞするか。それに王子のお前が使用人だと？」

「前にも言ったでしょ。姉上の侍従になりたいって。アランネラ姫のお世話係り、きっと幸せだよ」

「アランネラはお前にそっくりで、確かに可愛いが」

「僕にそっくりなんて言ったら可哀想だよ。せっかく美人の姉上に似たのに」

訂正すると、リカ様が渋い表情になった。僕と姉上が似ている似ていないの話題では、いつもこうなる。

「使用人の話は置いておこう。つまりね、その時点でリカ様のことは恋とか愛とかいう意味で好きじゃなかったんだ」

ムキムキマッチョな肉体は見惚《みと》れるほど好きだったけど。今でも叶うなら、この肉体を手に入れたい。運動そのものが僕の健康を損なうかもしれないのが実に悔しい。

「そんな気持ちでリカ様の本当の側妃になったところで、『僕は戦利品だからしょうがない』って諦めただけだったよ」

「そんなことは……」

「リカ様の気持ちはリカ様のもので、あの頃の僕はあなたの言葉の表面だけを掬《すく》って聞き流していたな」

我ながら頓珍漢《とんちんかん》なことを考えていた。リカ様には内緒の恋人がいてなんならその人を正妃の間に迎えればいいと思っていたもの。

「でもね、一緒に食事をして、手を繋いで街を歩いて、サシェの香りに心が安らいで、フラッギンの湖の中であなたが迎えに来てくれたことに歓喜した」

遡《さかのぼ》って記憶を探る。無自覚ながら少しずつリカ様に惹かれていったのがわかる。自分の恋心を辿るなんて、猛烈に恥ずかしい。

「その全部の幸せな時間を、すっ飛ばせば良かったなんて言わないで」

偉丈夫というのに相応《ふさわ》しい、厳《いか》つい整った顔にちょっとだけ隙があるように見える口元。牙が軽く押し上げている唇を可愛いと思うなんてどうかしている。その牙で噛みつかれたら、僕の喉笛なんてあっさりと引きちぎられるのに。

無意識だった。

目を閉じもせず、僕はちゅっとその唇に吸いつく。

「クリフ、覚悟はできたのか？」

「わかんない」

でも、覚悟なんかする必要はなかったのかもしれない。

「覚悟だなんだと難しいことを考える前に、リカ様が僕を酔わせてくれたらいいんだ」

「なるほど」

今度はリカ様からキスが降ってきた。

ちゅっちゅっと小鳥の囀《さえず》りを繰り返し、肉厚の舌が訪問のお伺いを立てる。口を開けるとすぐに僕の小さな舌は搦《から》め捕《と》られて、外に引っ張り出された。牙で甘噛みされ、尾骶骨《びていこつ》がビリビリする。尻尾の名残《なごり》の骨を意識した。

リカ様の滾《たぎ》りが存在感を増す。僕のささやかな場所もふんわりおっきして、緩やかに服を押し上げ始めた。

僕たちは飽きもせず、ひたすらキスを繰り返す。

「爽やかな花のような、甘い匂いがするな」

「花なのに、旨そうって言ってたの？」

「花の蜜は旨いだろう？」

リカ様が意外とロマンチストだ。旨そうって言われる度に、肉汁の滴《したた》るステーキを想像していた。僕のほうがよっぽど血腥《ちなまぐさ》い。

「もう充分、成熟した匂いがする」

「ていうか、僕、これ以上は育たない気がする」

栄養失調状態が長すぎて、成長の修正が追いつかないのだろう。定期的に健康をチェックしに来る医者も今後はゆるゆると体力をつけるようにとしか言わない。それなら今も一年先も同じことだ。覚悟も決意も全部リカ様に委《ゆだ》ねると、すっかり気が楽になった。

「嫌じゃないけど、おっきいのは怖いからね」

僕だって男だ。気持ち良くてえっちなことには興味がある。けれども本来の用途とは違う使用法を試すには、リカ様の楔《くさび》は大きすぎた。

また唇を塞《ふさ》がれる。キスってこんなに気持ちいいんだ。

不意に湖面を魚が跳ねるような音がぴちぴち聞こえた。舌を伸ばして牙の先をくすぐる。歯の先端には触覚はないはずだけど、リカ様の身体がぴくりと揺れたのがわかった。僕の拙《つたな》いキスでも感じてくれているなんて嬉しい。これから先は初心者すぎて、リカ様にしてやられるばかりになるだろう。

「休憩しながら、ゆっくりしよう」

「それはそれで恥ずかしい」

僕の返事にリカ様がくっくっと笑った。僕を抱いたまま立ち上がる。予備動作もなく軽々と行われるそれにもはや驚きはない。逞《たくま》しい腕は絶対に僕を落とさない、安心して身を任せる。

「可愛いな」

「リカ様は欲目がすぎるよ」

「何を言う。お前、最初に抱き上げた時はギャーギャーとうるさかったのが、こんなに懐いて……」

「一応猫は被ってたから、そんなにうるさくなかったはずだよ！」

抗議した僕の口をちゅっと塞《ふさ》いで、リカ様がニヤリと笑った。唇が捲《めく》れて、牙が見える。

「俺に気を許して、素直に口ごたえするようになったのが可愛い」

「リカ様はなんて言うか、ナンパ師みたいなことを言うようになりましたね！」

「番《つがい》に愛の言葉を惜しんでどうする」

姉上は陛下から毎日こんなことを言われているのだろうか？　それともリカ様が特別？

「これくらいで慄《おのの》いてどうする。これから思《おも》う様《さま》、愛を囁《ささや》くというのに」

心の男子大学生が悲鳴を上げた。

黄金の鬣《たてがみ》にランプの光が反射して眩《まぶ》しい。心臓の音が耳のすぐ傍《そば》で聞こえる。自分の表情がふにゃふにゃになっているのはわかっていた。こんなのリカ様に見せたくない。それなのに、伏せた顔にちゅっちゅっとキスが繰り返される。

「リカ様、ちょっと待って。手加減して。ゆっくりする約束はどこに行ったの!?」

身体を交えるという未知への恐怖もさることながら、リカ様の甘々な態度に呼吸が止まりそうだ。

「手加減か」

「手加減だよ！　嬉しそうにすんな！」

くつくつと喉の奥で笑っているリカ様の余裕が憎たらしい。

そのうちに寝室に辿り着き、ベッドに下ろされた。リカ様はヘッドボードの引き出しを開けると、迷いを一切見せずにいくつかの硝子瓶と軟膏壺を取り出す。

「何それ？」

「愛し合うためには大事なものだ」

……それはローション的な？

そういえば、ここは側妃の間の寝室だった。いつ何時、王太子宮の主人が現れてもいいように準備されていたのだろう。枕元にこんなものがセットされていたとは、知らなくて良かった。知っていたら羞恥《しゅうち》に悶《もだ》えて不眠症に陥《おちい》っていたよ！

「尻尾の名残《なごり》を見せてくれ」

僕の喉がひゅっと絞られた。リカ様の声があんまりにも真剣味を帯《お》びていて、圧倒される。大きな身体の黄金の獅子が、貧相な人族の男に希《こいねが》うなんて。

「うん」

僕が頷《うなず》くとリカ様は、大きな手で器用にリボンを解《ほど》き、部屋着のボタンを外し始めた。

お風呂に入りたいと頭の片隅で思ったけれど、姉上に会うために朝、入浴したので諦める。

リカ様は、脱がされるのに僕が気を取られすぎないように、こめかみにキスしたり空いた手でうなじをさすったりした。ゾクゾクして変な声が出そうになり、慌てて歯を食いしばる。

「声が聞きたい」

そんな定番ながら最大級に羞恥心《しゅうちしん》を煽《あお》る言葉を聞かされ、気が遠くなった。リカ様の声は熱に支配されているのか、少し掠《かす》れて甘さを含んでいる。なんでも従ってしまいそうになるが、僕にも男の矜持があった。ちょっとくらい頑張りたい。

返事をしないでいるうちにシャツのボタンが全て外された。ズボンの前立ても寛《くつろ》げられ、下着だけの姿になる。脳裏に浮かんだのは、フラッギン王国の湖上での出来事だ。女中が用意した女性もののドロワーズを、必死になって弁明したな。思い出すとおかしくて、緊張感がどこかへ行った。

「脱がしてあげたほうがいい？」

リカ様に聞いてみる。

一方的なのは嫌だ。僕はあくまで対等に愛し合いたい。初心者なので手順は手探りだが。

「それは次の楽しみに取っておこう」

服を脱がすのって楽しみになるんだ？　施療院《せりょういん》での患者さんの着替えを思い出し、不思議な気持ちになる。身体の大きな人の服を脱がすのは大変なんだ。

リカ様は自分で服を脱ぐと、どんどん床に放った。その間、僕は顔を背《そむ》けて目を閉じている。絶対にリカ様の滾《たぎ》りを見ちゃダメだ。怖気《おじけ》づくに決まっている。

マットレスが揺れて、リカ様の気配が背後に回った。目を開けたタイミングで、お腹に手が回り引っ張り上げられる。リカ様が後ろから覆い被さるように手を伸ばして、僕のモノを触った。体格差がありすぎて、リカ様は余裕だ。彼が胡座《あぐら》を組んだ窪《くぼ》みにすっぽりと僕のお尻がはまり込み、足は彼の膝に引っかけられる。股関節がガッツリ広げられた。誰かが入ってきたら丸見えになるだろう。もちろん誰も入ってくるはずがない。少なくとも、明日の朝小姓君が起こしに来るまでは。

「可愛いな。俺の番《つがい》」

耳の上部の固いところを唇で喰《は》まれる。悪戯《いたずら》するように牙が当たって、すごくえっちだ。耳の後ろの骨からビリビリとした何かが、脳髄を掻き回す。

「ん、くぅ……んくっ」

声は出したくないんだってば！　恥ずかしい。

必死に耐えて手のひらで口を覆うけれど、時折漏れる吐息が甘ったるくて驚いた。

「リカ様、やだぁ」

「怖いか？」

「恥ずかしいんだってば！」

耳を甘噛みしていた口が時々場所を変えて首やうなじを這う。その度にピクピクと身体が反応するのが居《い》た堪《たま》れない。

初めてのはずなのに、こんなに感じるってどういうこと？

微《かす》かにしか勃《た》ち上《あ》がらないはずの場所が硬さを増した。大きな手のひらに包まれて、ゆっくり姿を表したそれは赤く充血している。

男の身体って、こんなんだっけ。髪の毛が真っ黒だから体毛も黒いはずなのに、そよそよとした茂みの防御力はゼロだ。全く大人になりきれていない。こんなに貧相な身体にリカ様がソノ気になっているなんて、信じられなかった。

「怖くないなら、いい」

「待って、今されていることは怖くないけど、リカ様のおっきいのは怖い！」

ひゃあ、お尻に当たっているリカ様のメガトン級のアレがもっと大きくなった！　見たら怖いけど見なくても怖い！

「大丈夫だ。絶対に痛くしない」

「痛いのはある程度は我慢できる！　けど、こんなところに怪我なんてしたら、お医者さんに診せるのどうするの!?」

重要な問題だよね！

「俺以外に見せたくないのか」

「リカ様にだって見せたくないよ！　こんな恥ずかしいこと、僕の人生で起こるはずがなかったんだから！」

姉上が頑張って僕を生かしてくれていたが、多分あのままではあまり長生きできなかっただろう。結婚なんて無理な話だし恋人を作る以前に友達すらいなかった。僕の裸を見る機会がある人なんて、誰一人存在しないと思っていたんだよ。

「つまり、俺がこれからする全てのことが、お前の初めてなんだな？」

「当たりま……ひゃあッ」

アレを握られているのに気を取られているうちに、リカ様の片手が胸の尖りを触った。とくに何も感じない。声が出たのは変なところに指が這わされてびっくりしたせいだ。

胸で感じるのには努力と才能が必要らしい。努力する気はないし、どうやら才能はないようだ。

尖った先端だけでなく、薄く色素が主張する場所を全体的に押さえられた。ふくふくと指が遊び、思い出したように肋骨の隙間をなぞる。手入れされた短い爪が素肌の上を絶妙に這い、僕は何がなんだかわからなくなった。

口を押さえていた手を伸ばし、虚空を掻く。何かに縋《すが》りつきたくて必死になった。遮《さえぎ》るものがなくなった口からは堪《こら》え性《しょう》もなくみっともない声が溢《あふ》れて、リカ様の手のひらがあやしている場所を中心に腰が揺れる。

「ああッ」

一生懸命存在を主張しているアソコの先端を、指の腹で軽く撫でられた。脳天を突き抜ける快感は一瞬で僕を天に突き上げる。それでも解放を知らないこの身体が、生命の源を吐き出すことはなかった。

前世では確かに知っていたはずの快感だ。彼女がいた記憶はないけれど、自分でなんとかしていただろう。

肩で大きく息をする。気道が痛い。

「ちょっと休憩しような」

チュッチュッとリップ音を響かせて、ほっぺたにキスが落とされる。体勢をずらしてマットレスに身体を沈めるが、僕の上半身はリカ様の胸の上だ。

リカ様の部屋のベッドはとても大きくて、二人で並んで寝そべっても余る。それなのに僅《わず》かな隙間すら許さないとでもいうように、ぴったりとくっついていた。汗と一緒にリカ様の体臭が燻《くゆ》る。ハーブなんかじゃなかったと強く実感した。

「まだ、リカ様が……」

「お前もな」

僕のはじきに落ち着くだろう。でも、リカ様の大きな楔《くさび》はまだ元気だ。怖いので見ないが、僕を見るリカ様の瞳が獰猛《どうもう》に光っているから間違いない。

「僕はイケなくてもいいから」

幼い頃の環境が酷すぎて、これ以上育つ気がしない。ムキムキマッチョになる夢は諦めていないが、二次性徴はこれで打ち止めだと思う。喉仏も見えないし、髭《ひげ》も生えてこないだろう。下はもうちょっと欲しいけれど。男の尊厳が……

「何を言う。可愛いお前を喜ばせなくてどうする。俺の欲は二の次だ」

「えっと」

それは僕がイくまでするということ？

「それとな、一度達すると後がきついぞ？　とくに受け入れる側はな」

イッた後は気怠《けだる》くて動けなくなる人もいるらしい。け、賢者タイム……！

「なるほど」

明後日《あさって》のほうに視線を向けると、リカ様の指がこっちを向けと言わんばかりにほっぺたをくすぐった。

「お前は初心《うぶ》かと思いきや、意外とモノを知っているな」

「えっと、書物で」

「人族の王族は閨指南《ねやしなん》があるのだったか？」

「僕の部屋は物置きだったので、古い本が雑多に突っ込まれていたんだ。おかげで広くて浅い知識しか……」

嘘ではない。前世ではこういった情報はいくらでも目にすることができた。手のひらに収まる薄い電脳の板が知りたいことをなんでも教えてくれた。

ただ、残念ながら男同士はどこにどうするのかは知っていても、安全に完遂するための知識は検索したことがない。そこらへんは慣れているであろうリカ様に任せるしかないだろう。

僕が初めてじゃないなんて……とか、乙女みたいなことは言わない。むしろ手慣れてくれていてありがとう。僕の貧相な身体はこれ以上育たないので、リカ様の経験に頼るしかないのだ。

でも、この後は一生僕一人にしてほしい。なんてのは、やっぱり乙女みたいなんだろうか。

伸び上がって目の前にある喉仏をぱくりとする。あむあむと唇で喰《は》み軽く舐めると、ごくりと上下する感触があった。リカ様が唾《つば》を飲み込んだのだ。格好いいな、大きく尖った喉仏も僕の憧れなんだよね。

「そろそろ呼吸は整ったな？」

「うわっ」

軽くひっくり返される。背中がシーツに押しつけられ、ゴージャスな黄金の滝が流れ落ちてきた。煌《きら》びやかな帳《とばり》の陰でするキスは、最初から激しい。大きな獅子の舌が容赦なく僕の舌を搦《から》め捕《と》る。舌の大きさなんて気にしたこともなかったのに、窒息しそうなほど奥まで舐められて酸欠でぼんやりする。くちりくちりと掻き回される度に水を含んだ音が響き、キスという行為が深く繋がるための儀式だと知った。

せっかく整った呼吸が再び乱れ、伸ばした手がリカ様の首を引き寄せる。もっともっとキスをせがんだ。

「知らなかった。僕ってキスが好きだったんだ」

合間にぼんやり呟《つぶや》くと、リカ様が嬉しげに笑った。

練兵場で自ら兵士に稽古をつける大将は、日焼けのせいで笑うと目尻に皺《しわ》ができる。強面《こわもて》のイケメンはそれだけでぐっと優しい雰囲気になった。

「もちろん、キスも俺だけだな？」

「したことなかったし、これからも他の人とすることはきっとないよ」

アレンジロ陛下の姉上への溺愛を思い出す。番《つがい》と認識した相手を囲い込む習性は、リカ様も発揮するかもしれない。

目を閉じるだけで、キスが降ってくる。今度は小鳥が啄《ついば》むような可愛いものだ。その代わり大きな手のひらが僕の薄い身体を這い回る。ふんわりおっきしたものが頑張ってまた自己主張した。こんなに短時間で、何度も萌《きざ》すなんてびっくりだ。

キスが唇を離れて顎《あご》を辿り、喉を濡らしながら下へ下へと進む。

「ここは少しずつ、な」

ちゅっちゅっと胸の尖りに挨拶して去り、足を大きく広げられた。

キスで頭がおかしくなっていたんだと思う。羞恥心《しゅうちしん》がどこかに飛んでいき、リカ様の熱い口腔があそこを捕《とら》えても嫌だと思わなかった。

いやらしい音が寝室に響く。快感を逃そうと思うのに、力が抜け切っていて、身体はぐねぐねとのたうつばかりだ。まるで先を強請《ねだ》るような僕の身体は、リカ様を求めているのだろう。心より身体のほうが素直だ。

リカ様の金髪を掻き回す。ずっと触りたかった丸い耳がある。くしくしと柔らかな毛を撫で、根元のコリッとした軟骨の感触を楽しんだ。

耳と尻尾は大切な人にしか触らせないという。それが許されている歓びに震えた。

やがてリカ様の手が後ろに伸びる。彼はいきなり指を入れることはせず、尻尾の名残《なごり》を探し当てた。薄い皮膚の下の尖りをコリコリと揺すられて、あ、と出そうになった声を呑み込む。

「本当に、尻尾の名残《なごり》なんだな」

愛《いと》おしげにそこを数度あやしてから指を滑らせ、リカ様は入り口をふくふくと揉み始めた。てっきりそこを拓《ひら》くために指を入れるものだと思っていたが、一向にその気配がない。

「リカ様……？　ナカはいいの？」

「ここが柔らかくなってくると、胎内も素直に喜んでくれる」

原理はわからないけれど、リカ様が言うならそうなんだろう。びっくりするほど長い時間、同じ場所をひたすら甘やかされた。

もういい、助けて、イキたいと泣くと、ようやく指が一本入ってくる。痛みはない。けれどお腹の中がどんと熱くなるのを感じた。

「あぁあ……ッ」

指はすぐに増え、隙間を広げるようにばらばらに蠢《うごめ》く。

何これ？　お腹の奥なんて、本当に性感帯になり得るの？　気持ちいいってこんなんかな。入り口がリカ様の指を締めつけるのがわかる。

羞恥心《しゅうちしん》が帰ってきて、余計な仕事を始めたようだ。

「リカ様、待って！　僕、変だからぁ」

入り口近く、ささやかなものの付け根の裏側らしき場所をトントンと優しく揺らされる。

ダメだ、今度こそ呼吸が止まる！　前と後ろをいっぺんに甘やかされて、一際強く指を締め上げたのがわかった。そして脱力……

「もうちょっと頑張ろうな」

その言葉に、僕は薄い胸を上下させて喘《あえ》ぐ。

リカ様が獰猛《どうもう》な獅子の瞳で僕を見下ろしていた。その手つきは壊れモノを扱うように繊細だ。

ふぅふぅと肩で息をしているのが艶《つや》っぽい。全霊をかけて、僕を傷つけないように耐えているのがわかる。

弛《ゆる》み切《き》った全身は正直言って限界だ。けれど心がリカ様が欲しいと言っている。

「うん、頑張るから、来て」

怒張が宛てがわれてゆっくりと侵略される。たっぷりと時間をかけて弛《ゆる》められた入り口は、痛みをまるで感じなかった。代わりに押し寄せるのは強い圧迫感だ。押して引いて、時間をかけて突き進んでくる。

僕のささやかなモノはいつもより頑張り、気持ち良さが継続していた。それどころかリカ様の赤らんだ顔が色っぽすぎて、勝手にお腹の奥がぎゅっとなる。

「こら、悪戯《いたずら》するな」

「してない」

「ほら、行き止まりまで届いたぞ」

うん、コツっとした感触がある。お腹の中はもっと奥まであるはず。でもそこから先は、存在を知らなくていい場所だ。

「苦しくないか？」

「大丈夫」

気遣ってくれて嬉しい。いいよ、動いて。

目を閉じてキスを強請《ねだ》りながら腰を揺らめかせる。言葉で誘うのが恥ずかしかったのだけれど、もしかして、余計に恥ずかしい行為だったのだろうか。

「お前、もっと自分を大事にしろ」

呆れたような声音と一緒にキス。くちくちと濡れた音が唇と下の粘膜の両方から聞こえる。リカ様の首に両手で必死にしがみついて、内臓を揺すられる倒錯に身を任せた。

解《ほど》けたキスの狭間に好きと呟《つぶや》く。その時、熱い飛沫をお腹の奥に感じた。そして二人のお腹の間にも。

初めての解放はリカ様に導かれた。

なんだかそれが無性に恥ずかしい。

そうしていつもより頑張った僕のささやかな場所は、役目を終えてそっとしょんぼりしたのだった。

7

獣人族が住まう国の一つ、リオンハネス王国は大陸の南方に位置している。豊富な地下資源と豊かな農地に恵まれて、実に住み良い国だ。国主である獅子王アレンジロ陛下による善政が、国民をのびのびさせている。

僕が本当の側妃になってから二年、穏やかに時は過ぎた。姉上は二人目の姫を産み、再び国民を熱狂させたし、旧ヴェッラネッラの元側妃たちも新たな夫との間に子どもをもうけている。男女の比率は平均して半々で、少しずつではあるが子どもが増えていた。僕の従兄弟王子の一人も子どもを安全に産んだ。驚いたが喜びの声のほうが大きい。

城下のあちこちで祝いの花火が上がり、人々は朝から振る舞い酒で陽気に酔っ払っている。街の酒場はパントリーの中を空にするつもりで売り上げを書き入れたし、若者に一番人気の的当てが大盛り上がりしている。

聞いてくれ。斧をぶん投げるあの的当てゲーム、本当に街で大人気なんだ。

昔からある定番の娯楽だったのに、急にブームが到来したのには理由がある。王太子が側妃を連れてお忍びで逢引きした時に興じたという噂が爆発的に広がり、街中そこもかしこも的当て屋だらけになったせいだ。以来、獣人族の若い男が意中の相手を誘うらしい。的のど真ん中に当てたら告白が成功するって、ジンクス……なんだそりゃ。とにかく、デートスポットになるきっかけになった王太子の側妃というのが僕である。

そして今日、僕は側妃の位を返上することになった。側妃の位を返上した後は、めでたく正妃の位を賜《たまわ》る。街中お祭り騒ぎなのはそのせいだ。

僕が正妃。つまり、お腹に赤ちゃんが来てくれたのである。

すごいな、何がどうなったら男の身体で生命が育《はぐく》めるんだ。実際にお腹がふっくらしてきたので疑う余地もないんだが。

それまでは公務に復帰した姉上のお供をするのが、僕の役割だった。施療院《せりょういん》と託児所を訪《おとな》い、掃除や洗濯をし、子どもたちと遊ぶのが主な活動である。姉上と僕、それぞれに大勢の侍女や侍従がついてくるので、いつぞやの青年貴族たちは来なくなった。

小姓君が苦笑いをしながら「原因は僕らじゃなくて、お胸のサシェです」と言う。そういえば、最初に姉上と二人で奉仕活動をしていた時はいなかった。姉上が服の下に隠していた陛下のお守りが効いていたんだろう。

事《こと》の経緯はそんなある日のこと。

僕は馬車にひどく酔ってしまった。お城から教会までの整備された道では、慣れもあって酔うなんてなかったのに。奉仕活動もできず教会の医務室で横にならせてもらっても楽にならず、酔ったまま再び馬車に揺られることになり、その辺に捨てていって、と毎度のセリフを口走りそうになる。

王太子宮に帰って寝室に籠もってもちっとも良くならず、知らせを受けたリカ様が医者を引《ひ》き摺《ず》ってくる。

「馬車酔い程度で大袈裟《おおげさ》な」

翌朝にはけろりとしているだろうなんて気楽に考えていたが、長年王族の診察をしている医者が厳《おごそ》かに告げた。

「ご懐妊です」

「やはりか」

やはりって？　僕は自分の身体に起こっていることに実感が持てず、間抜けにもぱっかり口を開けて医者とリカ様を交互に見た。

リカ様は気づいていたの？　でもあんまり嬉しそうじゃないな……グッと拳を握り締めブルブルと震わせて、眉根を寄せている。彼が俯《うつむ》くとゴージャスな金色の巻き毛が滝のように流れ落ちる。僕の黒髪と全く違う。

「リカ様？」

いつかは授《さず》かりたいと思っていたけれど、いざ医者に告げられるとどうしていいのかわからない。漠然とした恐怖が湧き上がるのは、本来、孕《はら》む性ではないからなのだろうか。

この不安な気持ちを慰《なぐさ》めてほしい相手は、怒りを堪《こら》えるような仕草でグルグルと喉を鳴らしている。いつも過剰なスキンシップを求める獣人族の男が、祝いの言葉も口にしない。

そしてリカ様は無言のまま、おもむろに窓を開けて外に飛び出した。

「は？」

喜んでいないのかと泣きそうな気持ちになっていた僕は、突然すぎるリカ様の行動に呆気にとられる。小姓君に支えられてベッドから這い出し、開けっぱなしの窓からバルコニーに出た。リカ様の姿はそこになく、野生味溢《あふ》れる庭園で咆哮《ほうこう》を上げている。庭師が作業の手を止めて万歳し、侍従がわらわらと庭園に駆けつけて、互いに抱き合った。

「何が起こっているの……」

僕を支えている小姓君に訊《たず》ねると、物知りの彼はにこにこ笑う。

「おめでとうございます。殿下は喜びのあまり側妃様を抱き上げて、振り回して、街中を駆け回りたい衝動に耐えておられるんですよ」

マジかーーッ!?

「そんなことしたら……」

「側妃様もお子様も危険です」

ですよね……。さっきの怒っているような表情が、喜びを押し込めるものだったなんて。

僕がいつもゆったりと散歩をする庭園では今、リカ様がごろごろ転がっている。獅子だ……ライオンだ……野生の王国だ。衣服が汚れるのも構わないとばかりに、偉丈夫が全身で喜びを表している。

「なぁに、あれ。もしかして、アレンジロ陛下も姉上の懐妊の時はあんなふうになったの？」

小姓君に問いかける声が震えるのは許してくれ。笑い出したい衝動を我慢しているんだ。

したり顔で頷《うなず》く小姓君に伝え聞いてはいたが、想像を上回る陛下の歓喜を知った。

「じゃあ子どもができたこと、リカ様も喜んでくれているんだ」

「むしろ喜びから絶望に一転するのを回避すべく、必死でいらっしゃるのかと」

僕に何かあったらおしまいだ。

聞けば、国王陛下が寝室を飛び出して暴れた場所は側妃の間の居間だったらしい。その時は壁紙まで取り替えなきゃならないような酷い有様《ありさま》だったとか。それに比べたらリカ様のは可愛いものだと言われても。その勢いでリカ様に抱きつかれたら、間違いなくお空の星になる。

そんな衝撃の懐妊通告を経て、今に至る。

その後、落ち着いたリカ様は潰れた下草の汁に塗《まみ》れて、緑色になって帰ってきた。彼が今度こそハグしようと手を広げた瞬間青くさい臭いが広がって、僕が一気に気持ち悪くなるというおまけ付き。僕の悪阻《つわり》は臭いに敏感なやつだった。


「――可愛い俺の正妃。何か不安でも？」

「ううん、街がお祭り騒ぎで楽しそうだなって」

いつも陽気な人々が、今日はもっと賑やかだ。

リオンハネスには結婚式という文化がない。だから街の人々は、たった一枚の触書きだけでこんなに喜んでくれている。

もともと側妃は王太子の妻だし、同じ相手と二度三度と式を挙げるのも変な話だ。書類一枚で、僕は側妃から正妃になった。

リカ様はずっと僕を正妃にしたかったらしい。何かしらの功績もなしに寵愛《ちょうあい》だけで格上げするのは、後々のためにならないってことだけど、僕はそれに大賛成だ。むしろ側妃のままで良かった。僕に将来の王妃は務まらない。何しろ育ちが育ちだから。そう思っていたのだが、市井《しせい》の生まれでいきなり王妃になった女性が幾人もいるらしい。番《つがい》を見つけたらどうしようもないので、そこらへん大雑把《おおざっぱ》なのだそうだ。そういえば、貴賤婚って言葉はリオンハネスで定着していない。

それを聞いて、正妃になる話を受け入れた。変わったことといえば、部屋の引っ越しをしたくらいだ。新しい部屋は王太子の間の続き間で、当然だが王妃の間と呼ばれている。

子どもが生まれたら、しばらくは城の外に出してもらえない。今日だって悪阻《つわり》が治ってようやく許された外出だ。装飾を取っ払って地味化粧した馬車に乗って、リカ様と酒場にお出かけする。バニーさんとネズミさんがヤッカさんに安産祈願のアミュレットを託《ことづ》けてくれたので、そのお礼だ。兎族《うさぎぞく》や鼠族《ねずみぞく》は多産と安産の象徴らしく、縁起のいいお守りなんだそうだ。

「幸せな国だなぁ」

車窓から見る人々は笑顔だ。

もちろん、争いがないわけじゃない。血気盛んで度々拳で語り合う奴らが出てくるが、最後には肩を組んで酒を酌み交わしているのがほとんどらしい。

「こいつらの笑顔を守るのが、王族の役割だ。とくに子どもは大事にしないとな」

リカ様の大きな手のひらが僕のお腹を撫でる。

リオンハネス王国が子どもを大切にする国で良かった。死にかけていた僕を全力で助けてくれたのは母国ではない。今度は僕が、お返しをする番だ。情けをもらったらお返しは次に送る。巡り巡って、お腹の子がピンチの時に助け手が現れてくれるだろう。

「そういえば、ヴェッラネッラで姉上の手助けをしていた小間使い……駐屯しているリオンハネス軍の兵士と交際を始めたらしいですね」

「おう、俺のところのデケェ奴だ。あっちに長期で赴任するか、相手をこっちに連れてくるか相談された」

小間使いは童女から少女に成長するうちに、僕たちにはわからない匂いの変化を起こしたらしい。その匂いで番《つがい》認定したものの、未成年なので手が出せなくて大変だと聞いた。つまり交際といっても手を繋いでお出かけする程度だ。

「獣人族が子どもを大切にする人々で、本当に良かった」

何度そう思ったのか数えるのも面倒なくらい、繰り返し思っている。いくら番《つがい》でも幼い相手に手を出すなんて言語道断だからね。

これから獣人族と人族の婚姻は増えるだろう。姉上と僕の後を追って、幸せな家庭を築く人々が増えたら嬉しい。

「ねぇリカ様。溺れているのを助けてくれたのがあなたで良かった」

うっかりして二度目の溺死を体験するところだった。

バーベキュー会場で泥水に溺れた記憶は、だんだん薄れている。ほとんど人と触れ合わない生活の中では、夢に浮かぶ過去の記憶は貴重な娯楽だったが、今は記憶の殻に閉じ籠もらなくても、楽しいことがある。

「どうしよう。まだ産んでいないのに、兄弟が欲しくなっちゃった」

お腹に添えられたリカ様の手に僕のそれを重ねる。大きくて憧ればかりが募る手が、こんなに愛おしくなる日が来るとは。

「まずは、元気に生まれておいで。ね、リカさ……」

振り向いた至近距離に、ギラついたリカ様の黄金の瞳があった。瞳孔が縦に細くなっている。目に入る昼の光量を調節しているのだろう。

「クリフ、産んだら覚えておけ」

「キスは今すぐできるよ」

唇が重なる。自分がキスが好きなんだって教えてくれたのも、リカ様だ。

額《ひたい》への親愛のキスを贈る相手は、これからどんどん増えるだろう。

でも――

愛しい人の牙を感じるこのキスは。

「一生、リカ様だけだよ」

穏やかに揺れる馬車の中、僕は尖ったそれを舌の先でちろりと舐めた。

番外編

側妃様の尻尾の名残

——これはまだ、僕が妊娠する前の話。

リオンハネス王国のリカルデロ王太子殿下——リカ様は僕の旦那様だ。獅子の獣人でゴージャスな黄金の巻き毛の美丈夫、パッツンパッツンの胸筋の持ち主でもある。なんて羨ましい。

僕ことクラフトクリフ・ダリ・ヴェッラネッラは最近ちょっと肉がついたものの、祖国の継母《ままはは》から受けた虐待のせいでヒョロヒョロだ。リカ様のふかふかな胸に憧れる。彼の胸はパンプアップすると柔らかな筋肉がガッチガチに固くなるのだ。僕もあんなふうになりたい。

ペタペタと自分の薄い胸を触りながら唸《うな》っていると、お茶の支度をしていた小姓君が「お行儀が悪いですよ」と言った。自分より年下の子に諭《さと》されるお行儀ってどんなだ。

「リカ様の胸筋が羨ましくて……せめてヤッカさんくらいにはなれないものだろうか？　服の上からしか見たことないけど、絶対にいい胸筋のはずだもの」

黒豹《くろひょう》の獣人ヤッカさんは、軍属のリカ様の片腕だ。細く見えても鍛えている。リカ様のようなゴリマッチョは無理でも、細マッチョは目指したいのだが……

「側妃様は何を目指しておいでですか？」

小姓君が薄く淹《い》れたお茶をテーブルに置いた。胃に負担がかからないよう、僕の口に入るものはなんでも控えめだ。

「まずはお散歩からですよ」

「はい」

そう返事する以外にどうにもできない。

僕の身体は疲れやすい。これでも奉仕活動で子どもたちと鬼ごっこに興じる程度には健康なんだけどね。獣人族の子どもはほんの幼児でもめちゃくちゃ体力があるので、僕はいつもハンデ付きという情けない次第だが。

王太子宮の庭は野生味に溢《あふ》れている。王太子宮と言いながら僕が住むまで空き家に近かったので、てっきり手入れが行き届いていないのかと思っていた。けれどそれは僕の思い込みで、単にリカ様の好みだったようだ。ちまちま植え替える季節の花より、悠々と生い茂る草木がいいそうだ。僕は今のところ彼の唯一の妃なので、好きに模様替えをしてもいいと言われたけれど。

「この庭は散歩しがいがあるね」

ちょっとした小山や池があって斜面を登ったり水に足を浸したりと、楽しめることがいっぱいある。踏み締めた草の青い匂いも結構好きだ。なので、今のところ変えるつもりはない。

四阿《あずまや》で休憩しながら青々とした庭の木々を眺める。大きく育った樹木が作る日陰がなければ、僕はすぐに暑さにバテて倒れるだろう。自分としては随分健康になったつもりだけど、頑健な獣人族の目からは幼な子か重病人に見えるらしい。人族の青年男子としては小柄なせいもある。継母《ままはは》は僕への虐待と王妃としての責任をとって終身刑なんだけど、一言くらい文句を言ってやっても良かったかもしれない。最近になってそう思う。

あのおばさんの顔を思い出して、胃のあたりがモヤモヤした。

あぁ、もう、ダメダメ。つまらない記憶は脳裏から追い出すに限るね。気持ちを切り替えて薄いお茶を口に含みながら、庭園の向こうの王太子宮を見る。四阿《あずまや》からは王太子の私室の窓が見えた。

こちらから見えるっていうことは、その逆も。僕が転ぶのを頻繁に見かけると聞いて恥ずかしく思っている。最近は筋肉がついてきてそうは躓《つまず》かなくなったが、たまにやらかすからね。そんな日の夜はリカ様に揶揄《からか》われたり心配されたりする。

夜……そう、夜。えぇと、めでたくほんとうのそくひになってしまってからは、まいにちいっしょのおふとんでねています――思わず棒読みになる。

僕とリカ様がそういうことをするようになって、一年とちょっとだ。くっそ、改めて言うとめっちゃ恥ずかしいな！

王太子が側妃と同衾《どうきん》する時は、基本的に側妃の間に出向いてくる。王太子の私室の寝室は王太子妃の私室と繋がっているらしく、側妃がそこで夜を過ごすことはない。リカ様には僕以外の妃はいないが、遡《さかのぼ》ると正妃の他に複数の側妃を抱える王太子もいたのだろう。だから宮の主人である王太子でも妃を呼びつけることはせず、自分で赴《おもむ》くわけだ。

仕事を終えたリカ様は、側妃の間で食事をしてお風呂に入り、ベッドに潜り込む。普通の夫婦みたいな生活は僕にはとてもハードルが高い。何故《なぜ》かって？　リカ様が格好良すぎて心臓が止まりそうになるからだ。

「さて、休憩は終わり！」

お茶もお菓子も堪能《たんのう》した。これから散歩の折り返しだ。小姓君が僕の宣言を合図にお茶道具を片付け始める。手伝いたくてうずうずするけど、ここはじっと我慢だ。王子なのに使用人を一人もつけられずに育った上、前世の記憶を持っている僕はお世話されるのが苦手である。

だからといって、他人の仕事を奪うことはしない。それに、少し早足で歩いたり小山を登ったり、今日はなかなか元気に過ごしたと思う。もともと日常生活に困らない程度には元気なんだ。ご飯もいっぱい食べられるようになったし。みんなが心配しすぎなんだけどな。


その夜のことだ。

リカ様から急な仕事で遅くなると連絡が入った。

リカ様の職場は軍隊なので、急な仕事というのはきな臭い出来事が起こっているということだ。どこかの夫婦喧嘩の仲裁とは訳が違うので、少し不安になる。

以前の僕はこんな連絡を受けたら本命の恋人さんとデートだろうなどと、とても馬鹿げたことを考えていた。今となっては、なんて頓珍漢《とんちんかん》だったのかと恥ずかしくてたまらない。

夕食とお風呂を小姓君に世話してもらって済ませると、ソファにゆったり腰かけて本を読む。リカ様はよっぽどのことがない限り側妃の間で眠るから、もうちょっと待とう。……決して寂しいとか待ち遠しいとかじゃない。

「お寂しいですね」

「ななな、なんのことかなッ!?」

小姓君、君は読心術でもできるのかいッ!? ちょうど、寂しいとか寂しくないとか思っていたタイミングで温かいミルクを差し出された。驚きすぎてソファから転げ落ちかける。僕の運動神経は前世に置いてきた。小姓君は慣れたもので、落ち着いた様子でミルクが入ったカップをテーブルに置き、無様にクッションを掴む僕を引っ張り上げる。

「そんなに寂しがられていると殿下がお知りになったら、とても喜ばれますよ」

小姓君、君の人生何周目ですか!? 笑顔が菩薩《ぼさつ》のようだ。この世界に仏教ないけど……

「さ、寂しいとかじゃなくて」

「お仕えする僕たちも、とても嬉しいです」

王太子宮に納められた、たった一人の側妃である僕だ。この宮に来た時は死にかけからちょっと戻ったばかりで、小姓君や侍従さんたちにはとても心配をかけた。そして、元気になってもリカ様は王太子宮に寄りつかず、白い結婚が続く。その上うっかり誘拐までされちゃったし。そんな理由で王太子宮の使用人たちは、僕とリカ様が仲良くしているととても喜ぶ。こんなふうに率直にそれを表されると、恥ずかしくて顔から火が出そうになるけれど。

もだもだとミルクを飲んでいると、侍従さんがリカ様の帰宮を伝えに来た。玄関までお迎えに出るまでもなく、仕事着のままのリカ様が居間に入ってくる。先触れの意味はほとんどない。自分の家に帰ってくるのにいちいち面倒くさいと言うが、一応、部屋の主人は僕なんだけど。

「遅くなってすまない。先に眠っていて良かったのに」

傍《そば》には来るがハグがない。格好も軍装のままだ。訓練用のじゃなくてちゃんとしたほうだから、起こっていたのは兵士間の揉め事ではないようだ。

「おかえりなさいませ」

自分からハグを求めるのは恥ずかしい。僕は立ち上がって少し手を広げたが、手のひらで止められた。

「汚れているから、先に風呂にいく。チッ、向こうで入ってくりゃ良かった。顔が見たくて気が急《せ》いた」

「リカ様、その口を閉じて！」

ハグされるより恥ずかしいことを言われて撃沈する。顔が見たくて気が急《せ》いたって、早く会いたかったってことだよね！　朝ぶりじゃないか、ほんの数時間だよ!?

「いい子で待ってな」

素早く屈んで額《ひたい》にキスを落とし、彼が去っていく。行動が王子様だ……！　いや、王子様だけども！

頭が真っ白になっているうちに、リカ様は手早くお風呂を済ませて戻ってきた。

早すぎじゃないか？　それとも僕が呆然と口を開けて阿呆面を晒《さら》していたのが悪いのか。

「クリフ」

甘い声音で名を呼ばれる。軽々と抱き上げられてこめかみ、瞼《まぶた》とあちこちキスを繰り返された。

まるでさっきの額《ひたい》へのキスだけでは足りないとばかりに。

「今日の体調は？」

耳に直接声を吹き込まれて、背中がひゅっと伸びる。

「げ、げんきでございます」

「尻尾の名残《なごり》を見せてくれ」

言いながらリカ様の大きな唇が僕のそれと重なった。僕らの間でしか通じない、ベッドのお誘いだ。尾骶骨《びていこつ》は尻尾の名残《なごり》。そこを見たいってことは、その下の全部が見たいってことで……

牙で甘噛みされて、喉の奥から「ん」と声が出る。反射的なものだったが、リカ様は許可を得たとばかりに舌を差し込んできた。肉厚で大きなものが我が物顔で口の中を占拠する。

や、待って。ここ居間だから！

焦ってリカ様の胸を押す。服越しでも逞《たくま》しい胸筋がわかって羨ましくて悔しい。僕のものにはならない立派な胸筋……ん？　あれ？　これ、別の意味で僕のもの？

「僕の胸筋……っじゃなくて！　ここ、居間！　小姓君がいるところで何するのッ！」

プハッと色気のない息を吐いてキスを解《ほど》く。公開プレイの趣味はないし、小姓君は未成年だ。リオンハネスは子どもの虐待に厳しい。王太子様が率先して虐待に加担してどうする！

「もういないぞ？」

言われて室内をぐるりと見回す。小姓君はいつの間にか姿を消していて、居間にいるのは僕とリカ様の二人きりだった。見られていないのは安心したが、こんな広い場所では落ち着かない。

「ここじゃ嫌だ」

「番《つがい》のお願いは聞かねばならんな」

チュッチュッと小鳥のキスを繰り返しながら、リカ様は歩き出した。

僕だって好きな人とえっちなことをするのは嫌いじゃない。成人した一人の男としてそういう欲は当然ある。……身体がついてこないだけで。あと、自分がめちゃくちゃになる感じが恥ずかしすぎるのもあった。

リカ様は片手で軽々と僕を抱え、空いた手で扉を開ける。以前は侍従さんが開けてくれていたんだけど、いかにもこれからしますと宣言しているようで……恥ずかしすぎて、僕が「今日はしない！」と布団に潜り込んだ。それから彼は王太子様なのに自分で扉を開ける。王太子宮では侍従が開けるものなのだろうが、僕は庶民の感性で生きているしリカ様は軍属だ。基本的になんでもできる。

大股で寝室の扉を潜《くぐ》り抜《ぬ》け、寝支度が整えられたベッドに下ろされた。この瞬間、僕はいつも宝物のように扱われていると感じる。乱暴にしても平気だと言ってみたいが、実際それをされると天国への階段が見えそうだから言えない。

「旨そうな匂いだ」

そう言われる度にくすぐったくなる。初めて会った時から言われ続けていたが、血の滴《したた》るステーキでも想像しているのかと思っていた。獣人族の間では面白い冗談なのかと……それが花の香りだなんて思う？

「リカ様の匂いも好き」

グレープフルーツみたいな、ちょっと苦味のある爽やかな柑橘系《かんきつけい》。ベッドに押し倒された格好で、彼の部屋着を掴んで引き寄せる。逞《たくま》しい胸筋に鼻を近づけて深く吸い込むと、脳天が痺れるような官能を思い出す。この香りは愛し合っている時に最も強くなる。今こんなに薫《かお》っているのは、僕を愛したいと思っているからだろう。

「可愛いことをするな。俺がどれだけ我慢してると思ってる？」

「リカ様だって、僕の匂いを嗅ぐでしょ？」

ハグする度にくんくんしてるの気づいているんだからな？　獣人族は相手の匂いを重要視する。人族の何倍も優れた嗅覚を持っているので、好ましくない臭いとは一緒にいられない。

「憎まれ口も可愛いな」

繰り返されるキスが深くなって、また舌が入ってきた。大きなそれは僕の口いっぱいに蠢《うごめ》いて、上顎《うわあご》をくすぐったり舌同士を擦り合わせたりと器用だ。口の中はどこもかしこも気持ちが良くて、キスをしたままリカ様の唾液を啜《すす》る。くちくちと濡れた音を聞きながら、部屋着のガウンを脱がされた。空気に触れる素肌はすでに火照《ほて》っていて、寒さは感じない。

下腹が熱くなる。いつもしょんぼりしている場所がふんわりおっきし始めた。とはいえ、僕のそれは前世の男子大学生の時よりずっと小ぶりで、リカ様のものと同じ器官なのかも疑わしい。

溢《あふ》れた唾液を辿って顎《あご》にキス。さらに喉仏から鎖骨の窪《くぼ》みまで舐められる。ねろりと這う舌と時々掠《かす》める牙の尖りの感触に、勝手に身体がびくりと跳ねた。

口から出るのは恥ずかしいほど甘えた声だが、止められないのは経験済みだ。唇を噛んで耐えていると、リカ様が自分の指を噛むように促してきたので諦めた。

リカ様の太い指が肋骨を辿る。深爪なのは僕のためだと知ったのはいつだったのか。彼は獣人族の格好良くて鋭い爪をヤスリで削りながら、薄い皮膚を辿る時も狭い内側に潜り込む時も絶対に僕を傷つけないと宣言した。爪の粉をふっと吹きながらの流し目は壮絶に色っぽくて、全速力で逃げたものだ。すぐに捕まったけど。

「余裕だな。考え事か？」

「リカ様の、深爪……ッ思い出し……た、だけッ」

楽しげなリカ様の声に返す僕の言葉は途切れ途切れだ。彼が愛撫を止めてくれない限り、僕はまともに喋《しゃべ》れない。

「絶対に傷つけないと言ったやつか？」

もう、わかってるくせにぃ！　リカ様の頭はすでにお臍《へそ》の下まで到達していて、僕の膝は太ももの裏が見えるように押し上げられている。ふんわりおっきした場所だけでなく、尾骶骨《びていこつ》や後ろの入り口までリカ様の目にはしっかり見えているだろう。

「尻尾の名残《なごり》が可愛いな」

背骨を数えるように指が皮膚を辿る。最後に尾骶骨《びていこつ》の尖りまでやってくると、薄い皮の上からくるくると円を描くように骨を愛撫された。

尾骶骨《びていこつ》が可愛いわけないだろう!?

「ちょ……待って、あ……んぅ」

少し落ち着きたいと思って待ったをかけるものの、ちっとも聞き入れてくれない。

「あ……んあ――ッ」

ふんわりした場所にぬるりと舌が這う。すぐに大きな口ががぶりと全体を収め、湿り気と熱に脳髄が焼かれた。僕のは何度かに一度しか熱を放てないので、快感が強烈すぎる。そこに気を取られている間に後ろの窄《すぼ》まりに指が添えられ、ゆっくりと揺するように外側を愛撫された。

リカ様曰《いわ》く、入り口は薄紅色で中の粘膜は真っ赤らしい。いらない、その情報。恥ずかしすぎて死ねる。

「リカ様……リカ様………ッ」

自分を苛《さいな》む人の名前を呼びながら、お腹の上にかかるゴージャスな金髪を掴む。それでなくとも握力がないのに、まるで力が入らない。必死に引っ張ってみてもリカ様の愛撫は止まらなかった。そのうちにたっぷりと外側を弛《ゆる》められた窄《すぼ》まりに太い指が侵入してくる。さっきまで尾骶骨《びていこつ》で遊んでいた指だ。お胎《なか》の奥でコリッと音がした。

「ひぁ……ッ、そこは！　んぁんぅ……ッ」

ふんわりおっきがちゃんと起きた気がする。後ろに入れた指は出し入れしないで、小刻みにしこりを揺らした。押し潰すのではなく、優しくあやすようなそれは、根元までしっかり収められ、裏側を刺激される。

「や……くるぅ……ッ」

ダメ、イくと疲れて気絶してしまう。この前も受け入れずに終わった。腰が愛撫から逃れようと揺れる。しかしリカ様の大きな身体はびくともしない。

「きょ……うは、リカ様の、欲しいッ」

「んぐッ」

物理的に止められないので口で言ってみた。すると、リカ様が変な声を出して動きを止める。指は後ろに収められたままだが、あそこを咥《くわ》えていた口は外れた。

「ね、リカ様」

震える指を黄金の巻き毛に絡める。本当にゴージャスだ。

「加減はするが、辛《つら》かったら言えよ」

身体を起こしたリカ様が、僕の額《ひたい》に張りついた黒髪を撫でつけながら言った。こっちからは何も返していないのに、ふぅふぅと肩で息をしている。

「くっそ、旨そうな匂いぷんぷんさせやがって」

指が引き抜かれた場所にリカ様の剛直が宛てがわれる。どっしりと重いそれが香油を纏《まと》って入ってきた。

本当の側妃になってから、両手の指の数では足りないほど受け入れている。リカ様が丁寧に弛《ゆる》めてくれるので痛みを感じたことはない。けれど体格差がありすぎて圧迫感だけはどうしようもなかった。

「おっき……ぃ……んぁ？　なっんで？」

気のせいか？　いや、気のせいじゃない。僕のお胎《なか》の中で大きさが増したぞ？　そんなエロ漫画みたいなこと、まさか自分が体感するなんて⁉

「煽《あお》るな！」

「リカ様が、勝手に……ッおっきくしてる……んでしょッ」

ぬくぬくと隘路《あいろ》を往復されて、さっき感じすぎたしこりを再び刺激された。息が止まりそうになって、縋《すが》る思いで太い首にしがみつく。体格が良すぎて腕を回すのがやっとだ。

リカ様が吐き出す熱い息が耳を舐《ねぶ》る。低くて甘い声が欲に掠《かす》れて色っぽい。ダメだ、耳に直接そんな声を吹き込まれたら、それだけでどうにかなりそう。

「あ……あ……あ……ッ」

筋肉も脂肪もない薄いお腹が痙攣《けいれん》する。入り口が僕の意思とは関係なく逞《たくま》しい熱杭を締めつけるのがわかった。

リカ様が腰を揺するのを止《や》めて奥に潜り込んだまま、二度三度と丸い先端を押しつけてくる。じわりと広がる情熱が胎内を満たす感触に、高く高く宙に駆け上がって何も考えられなくなった。だらしなく半開きになった口が酸素を求めて短い呼吸を繰り返すのを、遠くで感じる。それと同時にリカ様と僕のお腹が濡れた。とろとろと勢いなく押し出されるのは僕の体液だ。

「上手にイけたな……いい子だ」

労《いた》わるようなキスに応える。でもそれが精一杯。僕の意識は甘やかな眠りに搦《から》め捕《と》られた。

気怠《けだる》い朝。

小姓君に世話をされながら、僕はリカ様の膝で朝食をとっていた。

受け入れた翌朝は自力で座っていられない。逞《たくま》しい胸筋を背もたれにする贅沢。僕の口に食べやすくカットされたフルーツが運ばれる。もちろんリカ様の手によって。

恥ずかしがったら負けだ。断ったら耳元で延々と愛の言葉を語られるからな。

僕が少しずつフルーツを食べている間に、リカ様が朝食を終えた。場所を食堂から居間に移すとすぐにお茶が運ばれてくる。今日はリカ様、お仕事じゃないのだろうか。用意されたお茶は二人分だ。

仲良くした翌朝、ゆっくり傍《そば》にいてくれるのは照れくさくもあるけど嬉しい。居間のソファはゆったりしていて座り心地がよく、リカ様と一緒に寛《くつろ》ぐにも充分な大きさがある。もともと大型獣人のために揃えられた家具なので、そりゃそうだ。

「休暇が取れそうなんだ。空気の良いところでゆっくりしよう」

「休暇？」

男臭くニヤリと笑って誘われた。リカ様の丸いライオン耳が誇らしげに立っている。

彼は休暇が取れそうと言ったが、取るために残業をしたってことだろう。しばらく帰ってくるのが遅かったのはそのためか。それにしても休みを取るためには残業が必要だなんて、前世とあんまり変わらないんだな。なんにせよ、お疲れさまでした。

空気の良いところか。王都もあまり空気が汚れている気がしないんだけどな。光化学スモッグや黄砂のような大気汚染とは縁遠い世界だ。地下資源として石炭の採掘は進んでいるので、いつか蒸気で動く何かが発明されるかもしれない。

「旅行なんて、生まれて初めてだ」

もちろん生まれ直してからの話だ。旧ヴェッラネッラ王国からの移動と、誘拐されて連れていかれたフラッギン王国への往復はノーカウントで。激しすぎる馬車酔いのせいで地獄を見た。

「移動手段は？」

九十九パーセント、馬車だと思うんだけど。

「馬車だが、ほんの半日だ。辛《つら》くなったら俺が抱いて歩いてやるから安心しろ」

リカ様は笑っているが、冗談なんかじゃないのを知っている。騎馬で行くより走ったほうが速いなんて言っていたが、多分嘘じゃない。獣人族がすごいというより、リカ様がすごいんだと思う。

行き先よりも移動手段を気にしてしまったが、目的地は王都の外れからちょっと先の保養地だった。そう言えば姉上もアランネラ姫を連れて静養していたな。山間にあって湯治利用を目的に建てられた離宮だと言っていた。

湯治……温泉かぁ。前世以来だ。馬車で半日ならゆっくり行けば大丈夫だと思う。

「これって、私的な旅行だよね？」

「そうだな。護衛は俺がいるから形だけでいいし、侍従と小姓も最低限でいい。離宮にも常駐しているし」

それなら半日で行けるな。護衛や侍従が増えるとその分動きが鈍くなる。城下へのお出かけだって、リカ様と二人きりのほうが全然楽だもん。リカ様自身がべらぼうに強いし、城下でも軍部を率いる大将殿下は有名だ。丸いライオン耳は獅子獣人だってすぐにわかるし、立派な体躯は鍛えているのが一目瞭然《いちもくりょうぜん》。絶対にちょっかいを出したくない相手だ。

そんなわけで、馬車に揺られて王都を出発した。本当に最低限の人だけで、一緒に行くのはヤッカさんと小姓君、馭者《ぎょしゃ》さん。

「クリフは身の回りのことはできるからな」

「任せて」

貴族の中には、自分のこともままならない人が大勢いる。自分のこと、というのがどこらへんまでを指すのかは知らないが。まさか、パンツも穿《は》けないなんてことはないよね？

馬車の扉の窓は大きい。景色もよく見えるし、馬で並走するヤッカさんと話すこともできる。

ヤッカさんの馬は二人乗りの鞍をつけて小姓君と相乗りしていた。

馬車に乗り込むにあたり、僕の身体に負担がないようにという大義名分のもと、リカ様は嬉々として両手を広げた。半日くらいなら問題ないだろうと断ったが、まさかの小姓君の賛成により、あえなくお膝抱っこである。獣人族の夫婦では当然のスキンシップらしい。心の男子大学生が羞恥《しゅうち》に悶《もだ》える。子ども扱いのほうがマシだ、と。

けれど、人目がない場所ならイチャイチャするのはやぶさかでない。

恥ずかしいのを不機嫌で隠して外を眺めていたが、リカ様には全部お見通しだった。始終上機嫌で僕の黒い髪の毛をいじり、耳元でリップ音を響かせ、時々旨そうだと呟《つぶや》く。背もたれ代わりの胸筋はふかふかだ。遂《つい》に我慢できなくなって、僕はリカ様の膝の上で振り向き、額《ひたい》をぺちりとはたいた。被っていた猫は一年以上前にフラッギンの湖に置いてきたので遠慮なんかしない。

「もうすぐ着くので、下ろして」

「もうすぐだったらいいじゃないか」

ダメだ、お話にならない。

「初めて会う離宮の管理人さんたちに、馬鹿夫婦だって思われたらどうするの!?」

「番《つがい》なんてこんなもんだろ？」

獣人族は定めた相手を甘やかすのが大好きだ。なのに僕は人生のほとんどを閉じ込められていたので、人馴れしていない。初めて好きになった人がすでに形式上の夫だったせいで、色んな手順をすっ飛ばしたこともある。本当の側妃になって一年半以上が過ぎたが、僕の世界は王太子宮の中と姉上が住む後宮、たまに行く奉仕活動先のみだ。番《つがい》同士のいちゃいちゃは国王陛下と姉上くらいしか目にすることがなく、慣れない。

「僕はリカ様しか知らないのに、こんなもんだと言われてもわからない！」

サンプルが少なすぎる。ムッとして唇を尖らせるとちゅっと音のするキスをされた。可愛いキスと裏腹に、黄金の瞳の中の瞳孔がキュッと縦に尖る。

「そうか、俺しか知らないか」

ねろりと唇の際を舐められた。牙の尖りがちろと見えて、馬車の中に柑橘《かんきつ》の香りが溢《あふ》れる。甘い香りを深く吸い込むとドキドキした。今度は深いキスが降ってきて、思わず目を閉じる。

だって獅子の瞳に映った僕の顔がとてもだらしなかったから。

「……ん」

大きな口は僕の唇を食べるみたい。少し苦味のある爽やかな香りが僕を包んで頭の芯がクラクラした。とろりと思考が鈍り始める。

「はい、そこまで」

「ひゃッ⁉」

突然割り込んだヤッカさんの声に、目を開ける。ここが馬車の中で、景色を見るために開けた窓の外にヤッカさんと小姓君がいるのを思い出した。恥ずかしさに目が眩《くら》む前に、窓から差し込まれた抜き身の剣が、リカ様の首の後ろにピッタリとくっつく。

まままま待ってぇ‼　ヤッカさん、相手は王太子殿下ですよ⁉　いくら幼馴染みでも、乱暴すぎませんかね？

よく手入れされた剣が馬車の揺れに合わせて光を反射する。

そう、馬車も馬も動いているんだよ！　サクッと首をやっちゃったらどうするの⁉

「チッ、いいところだったのに」

「私が止めるのがわかっていてやっていらっしゃるくせに」

舌打ちするリカ様にヤッカさんが平坦な声音で返して、ようやく剣が離れていく。

「それはそうだが、あわよくばってやつだ」

「成功してたら、しばらく口を利かないから！」

信じられない！　うっかり流されそうになった僕も僕だけど、リカ様ってば何を考えているの⁉

「それはそうと、もうすぐ離宮に着きますよ。威嚇臭《いかくしゅう》をなんとかしてください。クラフトクリフ妃には甘い香りでも、我々には攻撃的な臭いですからね。離宮の管理人はあなたの威嚇臭《いかくしゅう》に耐性がないんですよ」

言うだけ言ってヤッカさんは馬車から離れた。馬は軽快に走っている。ちらりと見ると、彼は小姓君から手綱をもらっているところだった。なるほど、剣を馬車に突っ込んでいる間、小姓君が馬を操っていたのか。馬車ギリギリに寄せて並走するなんて、かなり高度な技術だ。澄ました表情をしている小姓君だが、本当に一体何周目の人生なんだ？

「わかった、わかった。クリフと忍びの旅行なんぞ、そうできるものじゃないからな。少しくらい浮かれたって、構やしないだろうに」

ぶつくさ言うリカ様の言葉が引っかかる。……浮かれてる？

「あの……リカ様」

「ん？」

「旅行、楽しみだったの？」

強面《こわもて》のリカ様の頬が少し赤くなる。堂々としていつでも余裕たっぷりに僕を翻弄《ほんろう》する彼が、照れている？　僕は急に旅行を知らされたんだが、リカ様は時間を作るためにしばらく前からアレコレしていたわけで……その間、ずっとウキウキしていたってこと？　うわぁ、こっちまで恥ずかしくなってきた。

「悪いか？」

ほんのり照れくさそうに問われて、首をブンブンと横に振る。

「……嬉しい」

僕らの始まりは、リカ様からの一方通行だった。こっちが鈍すぎて、アプローチに気づかなかったんだ。育ってきた環境が違いすぎたせいだから、僕は悪くない。……と言うと、小姓君あたりが意味深に微笑《ほほえ》むんだけれども。

でも、リカ様の愛情表現はストレートすぎて、いつでも心臓を仕留めにかかっているんじゃないかと思う。その陰で、旅行を楽しみにしていたってこと？　うわぁ、今使わずしてどこで使う、ギャップ萌え！

気づかなかったが、僕ってかなりリカ様のことが好きみたい。

「嬉しいけれど、離宮の管理人たちにはちゃんとしたところを見せたいな。正妃が空位だからって側妃が自覚に欠ける行動を取るなど、許されるものじゃないでしょう？」

色に溺れて国を傾ける王様の話なんて、地球世界にもこっちの大陸にもたくさんある。人目も憚《はばか》らずイチャイチャして眉を顰《ひそ》められるのはごめんだ。

「俺の番《つがい》は聡明だな。だが獣人族には当てはまらん」

つむじにキスが降る気配がする。何かというとあちこちにキスをされるので最近じゃすっかり感覚が麻痺していて、気にならなくなってきた。

「弁《わきま》えているんだよ」

「そう言うな。お前はいつになったら俺の愛に慣れる？　獣人族は番《つがい》に出会うと最愛が路頭に迷わぬように、がむしゃらに働くぞ？　国を傾けている暇なんかないな。むしろ離宮の使用人たちは、俺とお前が睦《むつ》まじくしているほうが安心するだろう」

リカ様が僕の黒髪を指で遊ばせている。彼の愛に慣れろだって？

「そんなの無理に決まってるじゃないか。毎日格好良くてドキドキが更新されているのに！　けしからん筋肉をなんとかしてから『慣れろ』って言ってよっ！」

とっくに筋肉好きはバレている。これから一生を共に過ごす相手に取《と》り繕《つくろ》っても仕方がないので、言いたいことを言った。

「俺は毎日格好いいか」

「そう……うぎゃッ」

ぎゅっと抱き込まれて変な声が出る。物理的に内臓が出そうだ。

「おっと、すまん」

つむじに再びキスをしながら、軽く謝られた。

もうすぐ離宮の敷地に着くらしいが建物はまだ見えない。森林公園みたいな雰囲気で気持ちのいい景色だ。

「馬に乗るか？」

「いいの？」

リカ様の提案に乗ってヤッカさんたちと交代する。馬車に乗り込む小姓君がその前にと、僕の頭に日よけのショールをかけた。準備は万端だ。馬の背はとても高いが、体格の良いリカ様に抱っこされ慣れているから怖くない。無理にうまく乗ろうとすると全身が強張って、後で全身筋肉痛になるだろうから、素直にリカ様に体重を預けた。手綱を持つ彼の手に囲われて、落馬の心配もない。

「いい天気だなあ」

「日差しはキツくないか？」

日焼けをするとすぐに発熱するので、色々気をつけなきゃならない。前世ぶりの温泉なんだ。お湯を堪能《たんのう》するまでは倒れてなるものか。

「問題ないよ」

馬車の中にいるのと変わらない密着度で馬上から景色を楽しむ。王都の中は整備された街並みだし、豊かな自然はフラッギンからの帰路に眺めた程度だ。前世の最後の記憶もサークル活動のバーベキューだった。精神的にはアウトドア派なのだと思う。

「すごいね、空気が綺麗なのがわかる。王都だって清潔だけど全然違う」

森林浴って言葉があるくらいだ。やっぱり樹木の力は偉大だ。今なら草原を走れる気がする。

「子どもがいたら、一緒に鬼ごっこしたいなぁ」

施療院《せりょういん》や教会での奉仕活動で子どもたちと遊ぶのが僕の仕事だ。日本の昔遊びは単純でわかりやすく、体力勝負なものが多い。ストレッチと合わせて子どもたちと遊ぶ機会を増やせば、もっと丈夫になれるはずだ。

その時、突然、ふわっと柑橘《かんきつ》の香り——って、え？

「リカ様、なんでいい匂いさせてるの⁉」

治まったんじゃなかったのか！　馬上では逃げようもない。鬼ごっこのどこに夜のスイッチがあったのだろうという疑問の答えは、すぐにリカ様がもたらした。

「子どもが欲しいか……？」

「欲しい、けど」

「そうか」

本当の側妃になる前にも言ったが、産めるものなら産みたい。好きな人との間に子どもがいたらいいと思うのは自然なことだ。自分のお腹で赤ちゃんを育《はぐく》むのは、未だになんの冗談かと思うけれど。

「鬼ごっこはしばらくお預けだが、そろそろいいか？」

「…………うん？」

何か話がすれ違っているようだ。本当に鬼ごっこがしたいんじゃなくて豊かな自然への賞賛なんだけど。

リカ様が片手で手綱を操りながら僕の身体を抱き締めた。

そろそろいいって、赤ちゃんのお迎え準備ってこと⁉　奉仕活動の話をしたつもりが、未来の子どもの話になっている。いや、「子どもがいたら」なんて欲しい人が言う台詞《せりふ》に決まってるじゃん。なんか墓穴掘った？　いや、欲しいけど！　自然に任せるものじゃないの？

「しばらく前からお前の匂いが変わった。不安定だったのが、落ち着いてきたぞ」

「えっと、それはつまり」

「胎《はら》の準備が整ったってことだ」

腹……胎《はら》？

「どういう原理で？」

我ながら阿呆っぽい質問だ。前世の記憶を持つ身から見て、この世界の医学はまるで発達していない。施療院《せりょういん》に慰問に通っているとよくわかる。僕はこの二年でひたすら清潔を説いて定着させた。それだけで以前よりも風邪の流行が抑えられている。男子大学生の知識程度でここまでの効果が得られる医療、つまり科学的な研究はまるで進んでいない。

そんな世界で男が子どもを産めるようになる仕組みを聞いても、答えが出るわけがなかった。それでも聞かずにはいられない。だって僕の身体だ。変化があったようには感じない。

「……ずっと前にヤッカさんに言われてた。男の身体で子どもが産めるようになる方法は、リカ様に聞けって」

ヴェッラネッラの王族とリオンハネスの貴族の集団見合いの説明をされた時だ。男の自分が嫁候補と聞いて魂消《たまげ》たもの。なんだかんだで答えを聞いていない。

「方法なんて、とくにない。俺がお前を愛してお前がそれに応えた結果だ」

「お気持ちだけでどうにかなるものじゃないのでは？」

そんな、根性論じゃないんだから！　と突っ込みかけてふと気づく。愛するって、気持ちだけの問題じゃない？　えっと、もしかして、夜のアレコレが関係していたりする？

じわりと顔が熱くなる。

「どうした？　匂いが強くなったぞ」

言わなくていいから！　色を滲《にじ》ませた発言は、夜の帳《とばり》が下りてからのほうが良いと思います！

こんな真っ昼間に馬の背中で交わす会話じゃない。馬車の中なら良いかというと、そんなわけもないのだけれど！

匂いは横に置いておく。産めるようになるためには、って話だ。今聞いておかないと、一生聞きそびれる気がする。

「僕の身体を変化させるために、リカ様は何か特別なことをしたの？」

純粋な疑問だ。せめて魔法の世界とかだったら無条件で納得したんだろうけど、獣人族、それも大型種の男だけが人族の男を変化させられるって、どんな仕組みなんだろう。

「注ぎ込む量が多いほど、早く胎《はら》ができるらしいぞ。だからお前はゆっくりだったな」

何を注ぎ込むのかは、言われなくてもよくわかった。でも結局、詳しくは解明されていないというのが答えのようだ。僕は体力がないから、リカ様が満足するまでは付き合えない。えっちの回数が多いと早くなるなんて、どこのエロゲだ……そんなの言われたら笑うしかない。

「胎《はら》の準備が整ったからといって、できるとも限らないさ。すぐに欲しいかもしれんが、焦らずにいこう」

真面目な声で言いながら、リカ様はつむじへのキスを繰り返し、時々髪を掬《すく》い上《あ》げて弄《もてあそ》ぶ。

初めて会った時の塩なリカ様はどこに行ったのだろう。野生的な格好良さがどんどん増し、そんな彼が甘ったるく愛を囁《ささや》いてくるのは心臓に悪い。何度でも言う、慣れるわけがない！

自覚症状はないがすでに身体が変わっているのなら、夜を重ねているうちに授《さず》かることもあるだろう。子どもを持つ覚悟とかって、色々考え込むより転げ落ちたほうがうまくいく気がしてきた。なるようになれ。今は旅行を楽しむ時だ。

「リカ様、あれが離宮？」

「ああ」

リカ様は肯定したが、僕が離宮だと思ったのは門だった。

そりゃそうだ、敷地はぐるっと柵で囲われている。王族の言う「こぢんまり」を真に受けてはいけなかった。王都のお城に比べたらなんだってこぢんまりだろうけれど、一般的には豪邸だ。

麓《ふもと》の街からは木々で見えないようになっている。セキュリティと威圧感の軽減のためだろうな。体格のいい門番がいるが、明らかに肉食獣系の獣人だ。一般人が見たら怖いかもしれない。王家の離宮に配属されている国軍の兵士らしく、リカ様に軍隊式の挨拶をしている。受けるリカ様も鷹揚《おうよう》に頷《うなず》くだけだ。鞍の前に側妃を乗せていちゃ締まらないだろうに。

人力の自動ドアで門扉が押し開かれると、美しい庭が広がっていた。姉上が采配する後宮の庭のような優美な拵《こしら》えだ。野生味溢《あふ》れる王太子宮の庭とは全く異なっている。

建物の中に入っても使用人が大勢湧いて出てこないのは、静養のための離宮で王族が煩《わずら》わしい思いをしないようにという配慮だろう。責任者みたいなシュッとしたおじいさんが挨拶に出てきて、小姓君と馭者《ぎょしゃ》さんに簡単な指示を与えていた。

「ご側妃様、ごゆっくりお寛《くつろ》ぎくださいませ」

「ありがとう」

おじいさんにゆったりと礼を返す。抱いて運ばれそうになるのを回避し、リカ様の隣で優雅に微笑《ほほえ》んでみせた。僕の手本は姉上なので、ある程度は様《さま》になっているはずだ。リカ様より先に挨拶されたが、誰も気にしていない。初めましてなのが、僕だけだからだろうか。

出発が早かったので、半日の道程を終えてもまだお茶の時間だ。早速、庭の四阿《あずまや》にお茶の用意がされて休憩を取る。庭には趣向の違う四阿《あずまや》が点在していて、その中でも屋敷から距離の近い場所に案内された。

「代々の王族が自分好みの建物を作らせたんだ。若い職人を雇って腕を磨かせたというから、ただの道楽や我《わ》が儘《まま》でもないらしい」

へぇ、そうなんだ。仕事の斡旋《あっせん》や人材発掘を兼ねていたのかもしれない。四阿《あずまや》ごとにテーマみたいなのがあって、親しい貴族を招いてお茶会をすることもあるそうだ。静養に来ているのにお茶会のホストか。なかなかゆっくりできないな。

薄く淹《い》れた紅茶を一口飲む。味は薄いが香りは豊かだ。

お茶を飲むリカ様は実に優雅だった。脳き……ゴホンゴホン、肉体派に見えても育ちが王太子様なのでマナーは完璧だ。膝に僕を乗せてさえいなければ。

温かいお茶を飲んで甘い焼き菓子を摘まんでいると眠気が襲ってくる。朝から馬車に揺られて馬に乗り換え、ショール越しにお日様を浴びたので身体が午睡を欲している。

今眠ったら夕食の時間には起きられないし、変な時間に目覚めて夜中に眠気が来ないだろう。頑張って起きていたいんだが。

はい無理でした眠りましたぐっすりでした。

ノンブレスで自己申告してしまうが、疲れた身体で睡眠欲には抗えなかった。

あぁ温泉でひとっ風呂浴びたかった。宿に着いてすぐ、就寝前、早朝、最低三回は入れるはずだったのに。温泉旅行の醍醐《だいご》味《み》はお風呂だよ。

残念に思いながらも、覚醒する。ゴージャスな金髪が僕の肩に絡まっていた。リカ様はいつも上半身裸で眠っているので、抱き込まれると目の前に魅惑の胸筋がある。女性の豊かなお胸を見ることは一生ないが、僕にはこの立派な胸筋がある。

そっと手のひらを押し当てると、柔らかな弾力が返ってきた。パンプアップしていないと、こんなに柔らかいんだ。面白くなって揉んでみる。ぽよんぽよんしていてすごい！

うっかり夢中になっていると、甘い匂いが漂《ただよ》い始《はじ》めた。まずい、起きちゃうかな。慌ててリカ様の胸から手を離したが、すぐにその手をとられた。誰とは問うまい。僕を抱き込んでいるリカ様だ。

「起きてる……？」

恐々《こわごわ》顔を上げると黄金の瞳を爛々《らんらん》と輝かせたリカ様が、僕を見下ろしていた。

うわぁ、起きてた！　捲《めく》れ上《あ》がった唇から覗く牙が、獰猛《どうもう》に僕を狙っている。

「疲れているだろうから、今夜は何もしないでおこうと思ったんだがな」

びっくりして息を吸い込む。ひゅっと音がして、少し苦味の混じった甘い柑橘《かんきつ》の香りが胸に広がった。しまった！　この香りは……！

どろりと思考に膜がかかる。少し眠ってはっきりしていたはずの頭が、考えるのを放棄した。

「自分で鍛えたいと言っていたが、お前は骨が脆《もろ》そうだからな……俺の筋肉で我慢しておけ」

取られた手のひらにキス。真ん中の窪《くぼ》みをちろちろと舌の先で舐《ねぶ》られると、くすぐったさが背中にまで伝播する。適温に保たれた寝室が寒いはずもないのに、ゾクゾクとした何かが背中を駆け抜けた。

「ん……っ」

鼻から声が抜ける。僕はこの声が好きじゃない。甘ったれで自立心の欠片《かけら》もない媚《こ》びた声に思えて仕方がない。

けれどリカ様はお気に入りのようで、声を殺そうとする僕の気持ちいいところを執拗《しつよう》に探す。幾度も夜を共にして、すっかり発見し尽くされてしまったのに、まだ新たな弱点を探そうとするんだ。

「可愛い番《つがい》。旨そうな匂いで俺を誘う、いけない子だ」

大きな口が僕の口を食べるようにキスをする。牙で唇を甘噛みされ、たまらず口を開けた。すると、舌を引《ひ》き摺《ず》り出《だ》されてそこに固い尖りが宛てがわれる。噛まれてしゃぶられて、鼻で息をするのもままならず意識が遠のく。それと共に恍惚《こうこつ》とした官能が押し寄せて、この一年半ですっかり慣らされた身体から力が抜けた。

送り込まれる唾液も甘い。舌を突き出すのが辛《つら》くなると、今度はリカ様が侵入してくる。上顎《うわあご》の凹凸《でこぼこ》をくすぐり、えずくギリギリのところを苛《さいな》まれた。まだキスしかされていないのに、擬似的な挿入のようだ。

ようやくキスが解《ほど》かれて、肩で息をする。呼吸を整えるとすぐにリカ様の手が僕の身体を這う。

僕はそれから逃れるように身を捩《よじ》った。

「待って。今日は、その……」

「止《や》めるか？」

僕の太ももに触れるリカ様の滾《たぎ》りはガチガチに猛《たけ》っている。止《や》めると言ったら、リカ様は本当に何もしないで僕を寝かしつけるだろう。僕だって男の端くれだもの、この状態が辛《つら》いのはわかる。

「そうじゃなくて……」

旅行に来て環境が変わると、ちょっと大胆になるものらしい。僕はもそもそと起き上がり、仰向《あおむ》けに寝るリカ様のお腹に跨《また》がった。八つに割れた腹筋は僕の体重などものともしない。

「僕だって、番《つがい》にアレコレしたい欲はあるんだ」

「クリフ」

恥ずかしさを振り払って宣言すると、リカ様が僕の名を呼んだ。ギラギラと獰猛《どうもう》に光る獅子の瞳が、真っ直ぐに僕を見上げている。いつも見下ろされる身としては存外気分がいいものだ。

リカ様の発情香に誘われて、夜着《よぎ》の裾を捲《めく》った。これを僕に着せたのはリカ様か小姓君だろう。下衣はないのですぐに下穿《したば》きが見えるはずだ。

痩せた白い太ももは小姓君の手入れの甲斐《かい》あって、しっとりしている。リカ様の手のひらが意思を持ってそこを這うのを押し留めると、身体を倒して胸の間の窪《くぼ》みを舐めてみた。しょっぱい。

「可愛いことをする」

「格好いいを目指しているんだけどな」

「そうだな、格好いいな」

リカ様、絶対にそう思っていないでしょ。薄く笑っているけど、しらっと視線を逸《そ》らしたよね。

腹が立ったので、胸の尖りに噛みついた。もちろん軽く。リカ様の口からはクックッと笑い声が漏れるだけだ。

「いつもいつも、僕ばかりがぐちゃぐちゃなんだけど」

「お前が乱れるのは俺がそうしているからだろう？」

むかつく。どれだけぐちゃぐちゃになっても、僕のささやかな場所はふんわりしかおっきしない。たまにちゃんと起きたら驚くくらいだ。リカ様のはいつでもえげつないくらいなのに。今だって僕の尾骶骨《びていこつ》を押し上げている。

「リカ様はじっとしていて」

「ごめんだな」

「意地悪」

「なんとでも言え。これだけは譲れん」

リカ様の手のひらが動きを再開して、また太ももをなぞり始めた。触れるか触れないかのぎりぎりの刺激に、息が苦しくなる。反対の手は下穿《したば》きの隙間から入り込んで、尾骶骨《びていこつ》を撫でた。

「あ……」

吐息と一緒に吐き出された声は小さなものだったけれど、リカ様の耳は聞き逃さない。僕には聞こえない音もキャッチする高性能の獅子の聴力は、聞いてほしくないものも拾ってしまう。

「獣人族の尻尾の付け根は番《つがい》や伴侶にしか触らせない。性感帯だからな。お前の尻尾の名残《なごり》もちゃんと感じている。可愛いな」

「可愛い……禁止ぃ！」

尾骶骨《びていこつ》だけでなく太ももや脇腹までゆるゆるとなぞられて、逃げようと腰が揺れる。嫌なんじゃなくて、反射みたいなものだ。ふんわりおっきしたものが情けなく揺れていた。

ってていうか、リカ様は僕の尾骶骨《びていこつ》がお気に入りらしい。そんなところ感じる場所じゃないと認識していたのに、一緒にあちこち触られているうちに脳が官能と回路を繋げてしまった。

たいしたことはされていないのにすっかり身体の力が抜け、リカ様の胸に倒れ込む。彼の腰を跨《また》いだままなので、かなりはしたない格好だ。

「……僕だってアレコレしたいって言ったのに」

恨み言が口から出るが、リカ様はくつくつと笑うばかりだ。

彼が笑うと僕の身体も一緒に揺れる。その間もリカ様の手は止まらず、尾骶骨《びていこつ》で遊んでいた指がその下の受け入れる場所に移動した。

回数を重ねて柔らかくなっているし、先日も受け入れたばかりだ。それでもリカ様は焦《じ》れったいほどにそこを弛《ゆる》める。ゆっくりと外側からあやすように会陰を押されると、中のしこりが外側から刺激されて声がもれた。助けを求めてしがみつく相手は、僕を苛《さいな》む張本人だ。

分厚い筋肉に頬を押しつけてリカ様の指から腰を逃す。するとふんわりおっきしたものを彼の硬い腹筋に押しつけてしまった。

「あ……んぅ、も、ちょうだい」

どう取《と》り繕《つくろ》っても僕は若い男だ。気持ちいいことに抗えるわけがない。ましてや相手は夫だ。

「可愛い」

リカ様はベッドの上で起き上がると、僕をシーツの上にうつ伏せで寝かせた。腰を抱えて引っ張り上げられ、お尻を彼に向かって突き出すような体位を促される。チュニックタイプの夜着《よぎ》はずるりと捲《めく》れ上《あ》がり、下穿《したば》きはとっくに脱がされた。恥ずかしいところが全てリカ様の目に晒《さら》される。

「いつまでも初心《うぶ》な色だな」

「ばかぁ」

デリカシーのないことを言わないで！　そういうとこ、意地悪だと思う！　薄紅色とか言われても、自分じゃ見られないからね！

「ひゃあッ。そこ、やだぁ」

すぐに入れてくれると思ったのに、尾骶骨《びていこつ》に濡れた感触がした。後ろに目なんかないが、何をされているのかわかる。薄い肉の下の骨で、蠢《うごめ》く湿った舌が好き勝手にそこを弄《もてあそ》ぶ。

獣人族にとって尻尾の付け根は、番《つがい》か伴侶にしか触らせない場所だ。人族を番《つがい》に迎えたリカ様にとって、僕の尾骶骨《びていこつ》は最大限に愛《め》でるべき場所らしい。そこを舐めるのは彼にしか許されない。それ以外もリカ様以外になんて真っ平ごめんだけど。

手のひらで薄い尻たぶを割られる。両手の親指で後蕾をふくふくとあやしながら尾骶骨《びていこつ》から背骨に向かって舐め上げられた。皮膚を逆撫でされるような怖気《おぞけ》が走り、背中が反り返る。ふんわりしたモノの先端がシーツに擦られて「あっ」と声が出た。

「や、もう、でる……からぁッ」

互いの汗から薫《かお》る甘い匂いが混じり合う。僕は自分の匂いを感じないが、リカ様のが変化したのはわかる。より濃密で重苦しい匂いだ。僕を逃さないっていう、深い想いも感じられた。

うつ伏せたままイヤイヤと首を振る。お尻を突き出した格好は、マグロが伸びをする仕草にも見えるだろう。

「可愛いな、よく頑張った」

こういう行為は、頑張るものじゃないと思う！　それに、なんだって僕は毎回、息も絶え絶えになるんだ⁉

……いや、たとえ僕が健康な成人男性でも同じことになっただろう。今のリカ様はこれでもめちゃくちゃ遠慮しているんだから、無茶に耐えられる相手であれば容赦ない気がする。

温めた香油を突き入れられた指を伝って流し込まれる。お互いの匂いを邪魔しないように無臭なので、香油と言っていいのかは謎だ。リカ様の滾《たぎ》りが後蕾に押し当てられて、そこからくちくちと粘り気のある水音がする。

「ん――ッ」

納刀するように躊躇《ためら》いなく押し込まれて、お胎《なか》の奥でこぷこぷと水と油が混ざる音がした。丁寧に弛《ゆる》められた入り口は苦もなく楔《くさび》を受け入れて、官能のしこりを押し上げられる。僕は身体が小さいので、胎内のひだというかくびれがダイレクトに滾《たぎ》りを刺激するらしい。何度か体験した最奥の扉も、今日はこじ開けられそうだ。

感じすぎて吐き出せないまま、僕のはそっとしょんぼりしてしまった。最近では吐き出すよりも中でイくことが多い。前でイくとそのまま気絶するように眠ってしまうので、これでいいのかもしれなかった。

いつの間にかお尻が落ち、僕はぺったりとお腹をつけている。シーツをくしゃくしゃに掴む両手は、リカ様の大きなそれで覆われていた。ゴージャスな黄金の鬣《たてがみ》が檻《おり》のように僕を覆い隠し、背中に逞《たくま》しい筋肉が押しつけられている。

鬣《たてがみ》から薫《かお》る苦くて甘い柑橘《かんきつ》の匂いが、僕の理性を全部奪っていく。ひたすらリカ様の名前を呼んで、揺り上げられる腰を受け止めた。リカ様はずっと「可愛い」「愛している」「旨そうな匂いがする」と言い続け、終わりの見えない快楽の海に引《ひ》き摺《ず》り込《こ》もうとする。

「大人の匂いがする」

その呟《つぶや》きを合図に最奥の扉が押し開かれる。お胎《なか》の中でごぷりと音が響く。

「かはッ……」

もう声なんて出ない。捩《ね》じ込《こ》まれたままゆらゆらと揺すられる。リカ様は決して激しく打ちつけはしない。僕が小さくて弱いから……

「大丈夫だ。何も心配はいらない。お前だけが俺の正妃になる存在だ」

僕の不安を感じ取ったのか、リカ様の声は情欲に濡れていながらも優しかった。

「旨そうな匂いだ。最初から、お前だけが旨そうだった」

「リカ……さまぁ」

「クラフトクリフ、俺の番《つがい》」

「あああぁぁぁ――――ッ」

ぐっと楔《くさび》を押しつけられて、お胎の奥に情熱が注ぎ込まれる。いつもより熱いし、深い。後蕾はきつくリカ様を締めつけて、しょんぼりしたものは力なく自分のお腹の下敷きになっている。汗ばんだリカ様から甘い匂いが一気に噴き出して、僕は酸素と共にそれを吸い込んだ。

「あぁ、また匂いが変わったな」

リカ様の言葉が耳を滑っていく。リカ様の匂いも苦味が消えてただ甘いだけになった。この腕の中は安心だ……当たり前のことを何故《なぜ》だか急に強く意識して、僕はリカ様の滾《たぎ》りを納めたまま眠りに落ちた。


せっかくの温泉なのにようやく入湯できたのは、夜が明けてからだった。僕の予定を二回分すっ飛ばして朝風呂からである。

朝もやっぱりリカ様の腕の中で目覚めたのだが、夜の名残《なごり》は身体の表面には残っていなかった。気絶している間に綺麗にされているのはいつものことだ。情事の後始末は絶対に小姓君には任せないというのは、僕が言い出さなくても取り決めてある。なのでリカ様がしてくれたはず。

目覚めてからしばらく、無言のままリカ様の胸にもたれていた。彼も何も言わずに僕の黒髪を梳《す》きながら、つむじにキスを繰り返す。心臓の音が心地いい。それからようやく温泉の存在を思い出して、リカ様を誘ったのだ。

事前に聞いた話だと、露天風呂もあるって。楽しみだな。

「珍しいな、お前が俺を風呂に誘うなんて」

「え？　温泉でしょ？」

言ってから気づいた。裸の付き合いなんて文化、この世界にないのでは⁉　リカ様、甘い匂いはご遠慮くださいませんかね⁉

今のは僕が悪いってわかる。温泉に浮かれて軽率にお風呂に誘うなんて、朝からえっちなお誘いしたように思われても仕方がない。

「ごめんなさい、リカ様！　そんなつもりじゃなくて……ッ！」

「わかってるさ。昨夜の今朝じゃ、無理なんかさせられない」

朝から笑顔が眩《まぶ》しい。男臭い美形が唇を片頬だけ持ち上げる。ニヤリと笑いながら僕の頬を両手で包んでキスを仕掛けてきた。

チュッチュッと小鳥が戯《たわむ》れるキスは好き。理性を保っていられるから。

「ここの湯は身体にいいらしい。俺はあまり恩恵に与《あず》かったことがないがな」

「それは元から頑健だからでは？」

「言うようになったな」

喉の奥でくっくっと笑うリカ様に送り出されて、小姓君と露天に向かう。もうすぐ成人を迎える猫の獣人は足音を立てずに軽やかに先導してくれた。

「側妃様、ここの温泉水は飲用にもなります。この地で静養されると不思議とお子を授《さず》かると、王侯貴族に愛されております」

こ、子宝温泉!!

世界を跨《また》いでそんな概念が……

子宝温泉の効果のほどは不明だが、それから三ヶ月後。側妃の間の窓から飛び出したリカ様が歓びの咆哮《ほうこう》を上げることになる。今はまだ、誰も知らない未来の話。

ハッピーエンドのその先へ ー
ファンタジックなボーイズラブ小説レーベル

&arche NOVELS

アンダルシュノベルズ

スパダリ王と
ほのぼの子育て

カリスマ主婦の息子、異世界で王様を餌付けする。1〜2

織緒こん ／著

ヘンリエッタ／イラスト

パン屋の倅・エルフィンは、両親を亡くし、たった一人で姉の忘れ形見である甥のリューイを育てていた。自身も子どもであるエルフィンに子育ては大変だが、彼にはカリスマ主婦の息子だった前世の記憶があり、家事全般をどうにかこなせたのだ。そんなある日、リューイが前王の息子であることが判明。現王のリュシフォードは、弟であるリューイを城に引き取るという。甥を城で一人ぼっちにするのはかわいそうだとエルフィンも城で暮らすことにしたところ、リュシフォードは、リューイだけではなくエルフィンまで甘く溺愛して!?

詳しくは公式サイトにてご確認ください。
https://andarche.alphapolis.co.jp

異世界BLサイト“アンダルシュ”

新刊、既刊情報、投稿漫画、X（旧Twitter）など、BL情報が満載!

ハッピーエンドのその先へ ―
ファンタジックなボーイズラブ小説レーベル

&arche NOVELS
アンダルシュノベルズ

年下執着攻めの
熱烈下克上LOVE

子どもじゃないから、覚悟して。
～子爵の息子、肉屋の倅を追い詰める。～

織緒こん ／著

ヘンリエッタ／イラスト

迷子になっていた貴族の子どもを助けたことがある肉屋のシルヴェスタ。十数年後のある日、その可愛かった少年が立派な青年貴族になって目の前に現れ、熱烈アプローチを始めた!?　年下の、まして貴族の男に口説かれるとは想像もしていなかったシルヴェスタは戸惑うものの、何故か拒めない。周囲から頼られるしっかりもののはずなのに、いつしか彼を頼るようになってしまい、ますます困惑することに。そんな中、シルヴェスタは国家間の争いに巻き込まれる。それを助けてくれたのは、やっぱり年下の彼で――!?

詳しくは公式サイトにてご確認ください。
https://andarche.alphapolis.co.jp

異世界BLサイト"アンダルシュ"
新刊、既刊情報、投稿漫画、X（旧Twitter）など、BL情報が満載!

この作品に対する皆様のご意見・ご感想をお待ちしております。

おハガキ・お手紙は以下の宛先にお送りください。

【宛先】

〒150-6019 東京都渋谷区恵比寿 4-20-3 恵比寿ｶﾞｰﾃﾞﾝﾌﾟﾚｲｽﾀﾜｰ 19F
（株）アルファポリス　書籍感想係

メールフォームでのご意見・ご感想は右のＱＲコードから、
あるいは以下のワードで検索をかけてください。

アルファポリス　書籍の感想　検索

ご感想はこちらから

不憫王子《ふびんおうじ》に転生《てんせい》したら、獣人王太子《じゅうじんおうたいし》の番《つがい》になりました

織緒こん（おりお こん）

2024年 7月 20日初版発行

編集－黒倉あゆ子
編集長－倉持真理
発行者－梶本雄介
発行所－株式会社アルファポリス
〒150-6019 東京都渋谷区恵比寿4-20-3 恵比寿ｶﾞｰﾃﾞﾝﾌﾟﾚｲｽﾀﾜｰ19F
TEL 03-6277-1601（営業） 03-6277-1602（編集）
URL https://www.alphapolis.co.jp/
発売元－株式会社星雲社（共同出版社・流通責任出版社）
〒112-0005 東京都文京区水道1-3-30
TEL 03-3868-3275
装丁・本文イラスト－芦原モカ
装丁デザイン－しおざわりな（ムシカゴグラフィクス）
（レーベルフォーマットデザイン－円と球）
印刷－中央精版印刷株式会社

価格はカバーに表示されてあります。

落丁乱丁の場合はアルファポリスまでご連絡ください。

送料は小社負担でお取り替えします。


ISBN978-4-434-34169-4 C0093